ELENA NETCU

UMBRELE DIN VALEA RECE

-roman-

LETRAS
Scrie. Publică.

Descrierea CIP a Bibliotecii Naţionale a României
Netcu, Elena

Umbrele din Valea Rece / Elena Netcu -
Snagov : Letras, 2017
ISBN 978-606-94356-4-9

821.135.1

Carte distribuită de PIAŢA DE CARTE.
www.piatadecarte.net
email: **office@piatadecarte.com.ro**
Comenzi la tel. 021 367 5228 // 0787 708 844

Editura Letras
Pentru solicitări de publicare vă puteţi adresa editurii, pe mail, la adresa **edituraletras@piatadecarte.com.ro**

„Omul nu poate fiseparat de sat, de trăirea sa mistică.”
(Mircea Eliade)

PREFAŢĂ

POVESTEA-CA MOD DE EXISTENŢĂ
MARIAN DOPCEA

Întâmplări de dincolo de fire, cu năluci malefice şi oameni urmăriţi de blesteme vechi şi de păcate noi, dau cunsistenţă lumii propuse de doamna Elena Netcu, în cel de-al doilea roman pe care-l încredinţează tiparului.

Autoarea, afirmată în ultimul deceniu ca o poetă a candorii şi a stărilor de graţie ce caracterizează sensibilitatea şaizecistă, a debutat în proză cu LENKA, o construcţie cu aer autobiografic şi cât se poate de realist (cu excepţia unui ciudat episod în care lumea e smulsă din rosturile-i fireşti de zvonul bezmetic al iminentei zile de Apoi). Antecedente fantastice, aşadar, s-ar găsi şi nu prea în ceea ce doamna Netcu a publicat până acum.

Orice experienţă literară, pe de altă parte, se bizuie pe existenţa unor predecesori şi este legitimată, deseori, de o tradiţie pe care şi-o revendică prin recursul la opera acestora. Teoria filiaţiei estetice nu deschide, neapărat, porţile înţelegerii, dar nici nu poate fi negată.

Mă voi mulţumi să consemnez că spaţiul dunărean, ca topos epic al realismului magic, are, la noi, o astfel de tradiţie, ctitorită de V. Voiculescu şi susţinută până în zilele noastre de St. Bănulescu, Ovidiu Dunăreanu, Paul Sârbu. S-ar putea să mai fie şi alţii, încă necunoscuţi mie.

Conflictul dintre realităţile lumii moderne şi conştiinţa ancestrală (şi poate, buimacă) a unor comunităţi marginale (vasăzică exotice!) pare a pecetlui apropierea dintre aceste opere, altfel diverse şi cât se poate de personale.

Nu altfel stau lucrurile în cazul " Umbrelor din Valea Rece" însufleţită mai mult de duhul arhaic al povestirii decât de spiritul arhitectural al construcţiei romaneşti.

Vraja şi visul sunt "armele" conştiinţei ancestrale în

înfruntarea cu o realitate tot mai lipsită de valori autentice umane, maculată până la dizolvarea în mocirlă şi nimicnicie-dar nu întru totul lipsită de speranţă, căci finalul pare a lăsa o poartă deschisă" Urcam şi tot urcam cu Zorina de mână, urcam spre cer. Urcam spre nicăieri şi ne pierdeam în poveste"

Final cu tâlc, de altfel, sugestia fiind că trecerea realului în poveste are funcţie expiratorie şi soteriologică (sau măcar catharctică).

∗ ∗ ∗

Valea Rece, până la Revoluţie un cătun uitat de lume din apropierea Galaţiului, trăieşte cu frenezie viaţa nouă, capitalistă, bucurându-se infantil şi lacom de plăcerile imediate, ca de nişte jucării. Unul umblă mândru cu fustanelă scoţiană, altul pretinde să i se spună Medarling-boy şi îşi „cinsteşte" consătenii, pantagruielic, până la pierderea de sine, ţiganca Iawa şi-a ridicat un palat, telefonul mobil nu e o noutate, iar cumpărăturile zilnice şi le făceau, cu toţii, de la Minimarket. Celor vreo douăzeci de case li s-au alăturat multe altele, căci apariţia şomajului în marele oraş a făcut atractiv cătunul cu iluzoria-i viaţă ieftină. Tinerii au plecat, în majoritate, prin "cele străinătăţuri", de unde trimit unii, cadouri şi bani-şi pe unde pier-alţii, precum Victor al lui Savu, se pierd în numai de ei ştiute reglări de conturi de tip mafiot.

Acesta pare a fi păcatul cel mare al comunităţii: acceptarea destramării (prin pierderea tinerilor), renunţarea la identitate.

Mirajul civilizaţiei şi bunăstării duce, fireşte, la disoluţia valorilor vechi, la degradarea morală, la ruperea oricăror legături cu trecutul păstrător, poate, al forţelor ce ar putea resuscita această lume ce agonizează cu zâmbetul pe buze, fără a bănui măcar că e condamnată, că moartea lucrează în miezul ei aparent sănătos.

"Boala " aceasta, a comunităţii e nouă şi nu prea. Rădăcinile ei ar trebui căutate cu aproape un secol în urmă, când s-a stabilit în Valea Rece un oarecare Tyron, negustor de piei. Acesta şi-ar fi zidit în temelia casei nevasta zăludă, ca să scape de ea. Problema e că din spița acestui Tyron se trage majoritatea locuitorilor.

Avem, așadar, un fel de păcat originar și corolarul lui. Ajunși la maturitate, urmașii își pierd mințile. Așa se întâmplă cu frumoasa Carolina, nevasta grecului Costas, ori cu Rita lui Palady. Mai mult decât atât. Par supuse aprigului blestem până și animalele, a căror nebunie se manifestă la oi prin lătrat, la câini prin nechezat. Cum să nu-și iasă și oamenii din minți?

O nebunie generală înseamnă, însă, oricum am suci-o și am întoarce, că lumea nu-i în esența ei, rațională, că noimă nu are.

Acesta este, cel puțin, sentimentul lui Savu, naratorul (nu și vocea textuală) tuturor întâmplărilor (care s-ar putea foarte bine să fie și visate). Acesta zboară chagallian peste cătun, asistă neputincios la amestecarea osemintelor din cimitir și se pierde, în final, urcând spre nicăieri, în poveste.

Victimă a vremurilor noi, Savu este un „umilit și obidit" cu rol de catalizator în procesul sumbru al involuției comunității. Copiii lui, pierduți, sunt păcatul lui viu și nemântuit (decât cum am spus în poveste). El percepe nebunia din jur-fără a gândi o clipă că el ar putea fi nebunul. Se lasă cu voluptate prins în mrejele Iawei, trăind mult mai intens decât consătenii sfârșitul aproape grotesc al lumii în care a trăit. Faptul acesta însă, paradoxal, ar putea fi cheia salvării lui.

Miracolul ne înconjoară, oricât de lucizi am pretinde că suntem. Depinde de noi dacă binevoim a-l recunoaște sau nu.

Personajul doamnei Elena Netcu a ales povestea —implicit recunoașterea miracolului ca mod de existență.

* * *

— Ce faci, măi Savule, nu ne-am văzut de zece ani.

— A, tu eşti, Săftoiule, ce faci, omule? Ce te aduce pe la mine?

— Uite, vreau să mă stabilesc în Valea Rece. Am lăsat tribunalul, gata cu toată nebunia din justiţie! Vreau să cumpăr casa asta a lui Mărgineanu.

— Procurorul-şef?

— Da. Nu ştii? A murit într-un accident stupid.

— Nu mai spune! De-aia nu l-am mai văzut eu pe aici?

Pe poartă intră un tânăr înalt şi cu braţe vânjoase.

— Dar cine-i, Savule, băiatul acesta?

— El e Stelea. E la mine de vreo doi ani. A fost lovit de soartă. Trăia într-un sat din nordul Moldovei şi când au fost inundaţiile alea mari de acum doi ani, nu i-a mai rămas nimic. Puhoiul apelor i-a măturat tot, gospodărie, animale, nevastă şi un copil în faşă. A plecat de durere.

Stelea se aşeză lângă mine pe prispă. I se citea pe chip tristeţea. După un timp se ridică şi-o apucă spre poarta care dădea în grădină.

— Munceşte la mine, de parcă ar munci pentru el. O să-i las lui tot după moartea mea. Dar hai în casă, Săftoiule!

Savu stătea pe marginea patului şi răsfoia un album de familie cu cei doi copii ai lui de carenu mai ştia nimic. Rămase cu privirea aţintită asupra unei fotografii, apoi mi-o întinse cu mâinile tremurânde.

— Îi vezi? Aştia sunt copiii mei. Au plecat în lume.

Oftă şi se uita la mine cu ochii lui albaştri şi încercănaţi. Slăbise foarte mult de când nu ne-am mai văzut.

— Ce-au făcut vremurile astea tulburi din tinerii de azi! Valea Rece mi-a trebuit? Visez urât, Săftoiule! Vise care mă storc de puteri. Nu visez ca tot omul, ci trec dintr-un vis în altul de nu ştiu dacă e aievea sau coşmar.

— Poate de singurătate, Savule!

— De ţi le-aş povesti, cred că nu mi-ar ajunge o viaţă. În toate visele îmi apare Zorina, vecina mea. A fost plecată toată vara iar eu i-am păzit curtea. Trei luni, numai la ea m-am gândit. Când ştiam că trebuie să vină, stăteam numai la poartă. O vedeam de departe, urcând încet-încet spre casă.

Băiatul ei, Iosif, e plecat departe la capătul lumii, în Noua Zeelandă. Îmi era din ce în ce mai greu fără ea. Mi-a lăsat în grijă toată gospodăria, cele câteva păsări, o pisică neagră şi o căţeluşă care toată ziua lătra la mine. Nu mă accepta şi nu înţelegea ce caut eu acolo... A venit cu două genţi de voiaj uriaşe, cine ştie câte vechituri nu i-o fi dat fecior-său... iar ea nu l-a refuzat ... aşa să aibă amintire ... de dragul lui... Nici un părinte n-ar refuza. Dar oare de ce cred ei că noi am avea nevoie de hainele lor purtate? Poate pentru a înlocui absenţa lor...cine ştie...!!! Ce n-aş da să primesc şi eu de la Mălina şi Viktor al meu ceva din ceea ce lor le-ar prisosi? Of, au plecat şi ei la marginea lumii, în America şi băiatul în Italia ... nici nu mai ştiu de ei de mai bine de zece ani...!!! M-am autoexilat în satul ăsta mărginaş, de parcă aş fi pe o insulă...

A fost opţiunea mea, nu m-a silit nimeni să vin aici după Revoluţie, am intrat şi eu în acelaşi şuvoi nebunesc în care intraseră toţi şi ceream cu înverşunare eliberarea de toate constrângerile sociale, psihologice, morale şi politice...

Tăcu. Câteva minute privi într-un punct fix, de parcă ar fi răscolit în cenuşa vremii cu durere în suflet...

— Stau acum singur pe dealul ăsta într-o casă în care trăiesc de mai bine de zece ani, văduv şi fără nici o veste la la copiii mei plecaţi în lume nici eu nu ştiu pe unde...

— Mulţi au lăsat Galaţiul, Savule, şi s-au retras aici pentru o moştenire sau un alt mod de viaţă... Să devină proprietari peste noapte ...de parcă ăsta ar fi fost singurul lor scop în viaţă. Se născuse în ei foamea de pământ, de parcă strămoşii nu-şi-argăsi liniştea acolo în mormânt şi le-arcere cu lacrimi în ochi să recupereze trecutul lor frământat şi plin de umilinţe... Am avut zeci de cazuri în tribunal, sunt răfuieli care ţin şi acum. Un neam întreg din tată în fiu se judecă pentru pământ şi case bătrâneşti.

— Dar eu, eu ce-am căutat aici? Aveam, n-aveam procese, îmi plăcea, nu-mi plăcea, dar eram lângă copii. Am plecat să am linişte şi nici aici nu-o am.

— A fost opţiunea ta, nu te mai plânge! Îmi amintesc ce încântat erai că pleci în Valea Rece.

— Nici nu-ţi poţi închipui cât e de zbuciumat satul ăsta!
Şi câte nu s-au întâmplat!

— La ce te referi, Savule, că, dacă ar fi să privim situaţia în ansamblu, nu e sat să nu-şi aibă frământările lui...Şi multe neajunsuri pornesc de la natură. Sărmanii oameni se uită pe cer şi aşteaptă mila Domnului.

— Trebuie să-ţi spun că vara asta a fost toropitoare... De la o vreme nu mai ştii unde începe şi unde se termină un anotimp, ba e prea cald, ba din senin se porneşte o furtună de răscoleşte parcă şi măruntaiele pământului, ba o ploaie devastatoare mătură totul în cale, năpăstuindu-ne… ba e vară, ba e toamnă…!

Aproape toţi tinerii dinValea Rece au plecat în lume după un trai mai bun. Părinţii nu s-au opus, aşa era atunci…

Unde să câştigi un ban? Cum să ajungi cineva? Puteai să te duci oriunde, cât mai departe de ţară, cine să te oprească? …

— Dar cine-i Zorina, prietene; de ce spui c-o visezi?

— De când am rămas singur, Săftoiule, mi-e foarte greu. Zorina este o femeie care mă fascinează. O ştiu de când era mică. Când o văd mi se pune un nod în gât şi nu mai pot scoate un cuvânt. Cred că ştie asta. O simt după cum mă priveşte. Dar nu spune nimic.

Câteodată stau pitit după poartă să nu mă vadă c-o urmăresc. Se mai îndură uneori şi mai vine pe la mine. Săptămâna trecută a venit din Noua Zeelandă şi s-a oprit în dreptul curţii mele. Eram ascuns după poartă, am văzut-o de departe şi m-am pitit. Îmi bătea inima tare, dar când am auzit-o strigând, parcă mi s-a oprit respiraţia.

— Savule, măi Savule, măi! deschide poarta asta, că te-ai ferecat de parcă cine ştie ce averi ai fi având !

— Ho, taci, Zorino, că nu ştii ce-am păţit aseară!

— Vai de mine, Savule, ce-ai păţit? Doar n-au dat hoţii?

— Nu erau hoţi, dar ceva a fost, că m-au băgat în sperieţi.

Nu ştiam ce să fac…Să-i spun sau să nu-i spun ce mi s-a întâmplat cât a fost ea plecată? … Să mai aştept vreo două-trei zile…că poate nu m-o crede… Poate o să i se întâmple şi ei…şi atunci o să mă creadă.

Mă uitam la ea şi-mi spuneam în sinea mea: "frumoasă ai rămas tu, Zorino"! Aveam în mine un fel de bucurie ascunsă.

Tăcea, de parcă mi-ar fi ghicit gândul şi s-ar fi ruşinat.

— Apoi eu mă duc acasă, Savule, mi-am tras şi eu oleacă sufletul lângă poarta ta, că-s prea obosită de drum, dar voiam să te şi văd, aşa, să ştiu şi eu cum ţi-a fost cât am fost plecată.

— Nu-i bine, Zorina, ai să vezi şi tu.

O urmăream din priviri...! O vedeam cum intră în curtea ei şi cum închide poarta. Auzeam zarva pe care o făceau păsările şi căţeluşa, mai mult scâncind de bucurie că şi-a văzut stăpâna.

N-am putut s-o opresc, să-i spun să mai stea cu mine. Ce să-i spun? Stai, Zorino, că mi-a fost dor de tine? Să-i spun c-o aştept mereu, doar-doar şi-o da seama că mi-e greu fără ea?

Mă odihnesc uneori pe băncuţa de lângă poartă. Îmi las gândurile în voie. Mă uit în jurul meu şi este atâta singurătate!... Asta-i Valea Rece...!

Case răzleţite pe malul Dunării, vile peste vile, apărute ca ciupercile după ploaie...

Au venit gălăţenii să-şi facă aici case de vacanţă...Totul e nou şi modern... un adevărat orăşel peste Dunăre.

Acum douăzeci de ani ce era aici? Un imens maidan, câteva case sărăcăcioase, zeci de căruţe care se înşirau pe malul apei aşteptând să treacă cu marfă spre pieţele din Galaţi, unde ţăranii din satele din nordul Dobrogei veneau să-şi vândă produsele... Acum ajung aici din ce în ce mai rar... Totul se cumpără de la Minimarket.

Revoluţia i-a smuls pe tineri de lângă părinţi şi aproape toţi şi-au luat zborul spre Europa, dar şi mai departe. Aici în Valea Rece nu mai trăiescdecât bătrâni, femei măritate sau nemăritate, văduve, femei îmbătrânite de muncă, din ce în ce mai puţini tineri, iar copiii ... îi numeri pe degete. Şcoala a devenit spaţiu comercial. În centrul satului tronează un ditamai restaurant cu firmă luminoasă „Aquarium". Bătrânii cască gura şi se chinuiesc să-l pronunţe.

— Astea-s vremurile, prietene!

— S-au boierit cu toţii, Săftoiule! Cei mai mulţi muncesc în străinătate şi trimit tot felul de bunătăţi şi, mai ales, valută, iar vara, satul este invadat de turişti străini. Tinerii dornici de câştig rapidşi-au luat lumea-n cap. Trimit haine de ultimă modă pe care sătenii le poartă duminica cu mare fală şi fac mare haz din asta. Îşi studiază gesturile ostentativ, rup câte o vorbă în italiană, în engleză, în franceză şi se umflă în pene. Îşi văd de treabă, nu zic. N-aşteptă să le dea cineva din cer şi nici nu se îmbată cu apă rece, amăgindu-se că pe străzi o să curgă lapte şi miere... Uite, au trecut de atunci aproape douăzeci de ani şi parcă ne ducem în jos cu toate...!

Aici influenţa Occidentului e mai puternică. Se mândresc cu asta, mai ales că localitatea s-a înfrăţit cu un oraş din Scoţia şi schimburile culturale şi de orice fel se ţin lanţ, vara, în special. Bărbaţii mai chipeşi din Valea Rece se îmbracă în costume populare scoţiene, cu fuste plisate, scurte, îşi lasă picioarele păroase să se vadă în toată splendoarea lor. Femeile îşi pun mâna la gură şi chicotesc.

— Ptiu, bată-te să te bată, Răuţă, parcă eşti dracu' de pe comoară, te-a făcut mă-ta şi păros şi colac peste pupăză, ţi-ai mai lăsat şi barbă. Fugi de-aici, că te visez la noapte!

— Taci, fă, ce ştii tu! Ăsta-i cadou străinesc. Ce, nu-ţi place? Mi-a adus dom' primar doi scoţieni în ospeţie şi, la plecare, mi-au lăsat amintire costumul ăsta. Mă-nnebunesc după el! Şi Răuţăse-mpăuna, o lua din locţanţoş, legănându-şi mersul ca să i se legene fustanelaplisată în carouri.

Sătenii se adună ciorchine într-un ceair de pe malul apei, destul de întins, cu vegetaţie de apă, pâlcuri de stuf şi ţipirig, un loc din ce în ce mai pitoresc şi mai căutat de localnici. Vin aici să stea la sfat, să pună ţara la cale...

Care mai de care se fălesc cu pachetele pe care le primesc din Spania, Franţa, Italia, Germania, din toată lumea pe unde s-au aciuat ca să câştige şi ei un ban. Vezi cât e de frumoasă Valea Rece? Înconjurată de trei dealuri oarecum simetrice. Dealul lui Găman e cel mai înalt. Situat între celelalte două, pare mai lat, cu o creastă răsfirată pe vreo doi km şi răsfăţată de razele soarelui. Dincolo de deal, începe pădurea.

Pe Găman e atâta verdeaţă cât e vara de lungă. Se văd şi câteva cratere de unde ţâşneşte apă rece de izvor. Aici se desfată animalele în zilele dogorâtoare de vară.

De pe dealul meu, privesc casele înşirate pe toată valea, de-o parte şi de alta a şoselei principale, iar vreo câteva sunt cocoţate pe celelalt deal. În ceair se ţin toate întrunirile. Se adună aici mulţi bătrâni, profesori pensionari, avocaţi, artişti, stabiliţi la bătrâneţe în satul nostru, căutând linişte după viaţa tumultuoasă pe care au dus-o în Galaţi.

Tot aici se ţin şi nunţile, unde cântă lăutari vestiţi şi vedete de muzică populară. Locul se umple cu maşini de lux, nu puţine cu numere de înmatriculare străine, parcate ostentativ de proprietarii lor. La sfârşitul petrecerii îşi iau rămas bun, se urcă în maşinile lor luxoase şi apucă drumul pe şosea, pierzându-se printre plopii foşnitori.

Ei, ce crezi că visez ? Bazaconii, Săftoiule, care mă

înnebunesc de cap că nu ştiu ce e realitate şi ce e vis.

Se făcea că umblu prin sat până ajung în valea cu plopi. Era întuneric peste tot, dar eu vedeam ca-n palmă tot. Mă treceau fiori pe spinare şi mi se încreţea pielea ca la găină. Vedeam plopii neobişnuiţi de înalţi, cu frunze mari întunecate. Deodată s-a făcut peste tot soare puternic de mă orbea, dar eu parcă intram într-un con de umbră. O perdea nevăzută, mişcătoare şi răcoroasă se legăna, parcă, peste vârfuri, lăsând pe întinderea şoselei pete de umbră, vii şi cu formă umană estompată. Şi nu desluşeam misterul, dar simţeam o stare ciudată de nelinişte. Mi se încetineau paşii, înaintam greu, încâlcindu-mă în fire nevăzute. Deodată mă săltam în sus şi-o luam spre casă în zbor. Închipuieşte-ţi, pluteam deasupra caselor şi aterizam în camera mea.

Se făcea că dormeam aici în patul ăsta şi numai că aud că mă strigă cineva. Ies în curte şi văd nişte fiinţe misterioase, care intră prin gard, se opresc în colţul casei, mă strigă, iar eu ies în curte parcă hipnotizat. Mă privesc cu ochi de bufniţă, se strâmbă la mine în toate chipurile, apoi, mă fugăresc prin toată ograda. După ce mă ameţesc bine, se fac nevăzute, pe poarta dinspre grădină. Şi asta noapte de noapte.

Le vedeam, Săftoiule, înălţându-se în nucul din colţul gardului de unde mai veneau câteva hohote de cucuvea şi apoi se lăsa o linişte de mormânt. Intram în casă, mă aşezam în faţa icoanei, dar, dintr-o dată, îmi apărea în mijlocul icoanei chipul nevestei mele moartă de aproape zece ani: „Savule, Savule, să ai grijă că-n grădină, la rădăcina părului, am îngropatsovonul de la cununie, c-aşa m-a învăţat pe mine

Iawa". Eu întindeam mâna s-o prind, dar rămâneam cu ea în aer ca un milog... şi mă gândeam în sinea mea: "Ah, numai Iawa-ghicitoarea o să desluşească ceea ce mi se întâmplă mie, o să merg la ea, că nu mă mai ţin pe picioare, o să-mi facă de petrecanie într-o noapte... zăludele astea!"

În altă noapte am un vis asemănător. Îmi apare Leontina, nevastă-mea, şi-mi spune: „Uite, măi Savule, cum n-am linişte şi nici tu nu vei avea cât vei trăi pe pământ"... Eu încremeneam, holbându-mă la icoana din perete. Rămâneam cu gura căscată, apoi, totul se întuneca în faţa ochilor. Mă ridicam bâjbâind până ajungeam în pat. Tremuram din toate măruntaiele. Nu ştiam ce să fac, să-i povestesc Zorinei sau să tac? Eram buimac. Aveam o stare de ameţeală. Îmi aminteam visul cu o mare limpezime. Priveam in jurul meu, căutând parcă urme. Încă nu mă dezmeticisem şi tot aşteptam să aud glasul Leontinei pe undeva pe afară... Cum să-i spun Zorinei? Pe ea n-o puteam convinge aşa uşor.Avea nevoie de dovezi palpabile. Pentru ea vedeniile mele sunt prostii. Parcă o şi aud: „ia, mai termină cu aiurelile tale! Nu pot fi decât hoţi, ei umblă noaptea după furtişaguri, oricât de neînsemnate ar fi fost, ăştia fură tot ce e la vedere. Adună ce găsesc prin curtea omului, apoi le vând pe nimic..."

De câte ori visez urât, mă ridic din pat cu greu, să ies afară să mă dezmeticesc după noaptea de coşmar: Iau hotărârea să-i spun Zorinei ce mi se întâmplă, poate găseşte vreun leac. În faţa ei mă simt ca un prăpădit. Dar ea se uită lung la mine şi-mi spune cu o voce moale, mai mult şoptită:

— Vai de tine, Savule, eşti galben ca ceara!

— Ei, mă crezi acum? Să crezi şi tu ce-i în curtea mea noaptea!

Mă privea cu milă, chiar aveam impresia că mă crede.

— Nu sunt hoţi, Zorino, nu sunt...vai de sufletul meu...!

— Dacă tu spui, Savule, că nu sunt hoţi, atunci ce-o fi ?

— Visez urât, parcă nu mai sunt în largul meu în casa asta.

— Poate unde eşti singur şi te năpădesc amintirile, de te visezi cum spui, ba în Galaţi, ba în casa bunicilor din marginea ailaltă a satului..., ceva se întâmplă...!

Avea aşa ceva în privire care mă topea. Îmi e dragă, Săftoiule, femeia asta şi nu pot să-i zic. Mă ia mereu cu altceva şi nu mai pot aduce vorba despre noi. Dar când îi spun c-am visat urât, mă priveşte fix de parcă s-ar concentra să descopere în ochii mei cine ştie ce secret. Atunci încep să-i povestesc cu toate detaliile, dar măuitam în altă parte pentru că-mi simţeam ochii înjectaţi şi umflaţi de nesomn. Încercam să ascund asta. Şi atunci o aud că-mi spune:

— Apoi, dac-o fi să mă iau după ce-am auzit de la bunica mea, casa asta-i cu bucluc. Cică-i de pe vremea primului război, ăhăăă !... de cândera lupul căţel. Ar fi fost a unuia, Tyron, care umblase prin lume mult, unfel de crai, aciuat pe-aici ca negustor de piei.

Se spune că ar fi avut o nevastă dusă cu pluta. Plecadeacasă şi nu mai venea, se rătăcea prin păduri, se căţăra prin copaci, urla ca toate lighioanele. O aduceau sătenii acasă descultă, cu hainele sfâşiate, flămândă şi plină de răni de nu mai ştia bietul Tyron ce să facă. Şi, cum pe atunci nu se prea mai ţinea cont de ce se-ntâmplă-n curtea ta, Tyron ăsta, ca să scape de ea, ar fi zidit-o în temelia casei. Apoi, a dat-o dispărută. Lumea l-a crezut, dar la urmă n-avea linişte. Îl mustra conştiinţa.

Gospodăria lui luase foc de vreo trei ori, animalelese-mbolnăveau de streche. Aşa spuneau sătenii, dar vrăjitoarea credea că este o boală molipsitoare adusă de Tyron din război, că nu-şi explicau cum oile îşi schimbau behăitul pe nechezat iar pisicilemiorlăitul pe lătrat. Se întâmplau lucruri ciudate în curtea lui: vaca nu mai mugea, ci urla, oile nu mai behăiau, iar caii miorlăiau. Sătenii au început să-l ocolească, iar Tyron şi-a pus casa la vânzare şi-a plecat din sat. De-atunci, casa asta este mereu vândută şi mereu cumpărată. Nu mai ştiu ce să cred, Savule, că de când te-ai mutat tu aici, ai avut parte numai de necazuri de-astea. O fi vreo casă blestemată, cine ştie?

O ascultam şi făceam tot felul de conexiuni:

— Zorino, mă mai gândesc şi la altceva. Cât a trăit nevasta mea, Leontina, se cam ţinea şi ea de vrăji de-astea. Te pomeneşti c-o fi stârnit duhurile rele ascunse-n casa asta de o sută de ani. Am ajuns să mă culc cu frică seara.

— O fi şi asta, Savule dragă, dar se zice că Tyron ar fi avut o grămadă de copii şi toţi erau băieţi. Şi când au ajuns ăştia la vremea cătăniei, se pornise războiul în '41. Care au mai apucat să vină din război au venit, săracii, dar plini de boli lumeşti. S-au însurat şi ei ca tot omul. Dar ce să crezi? Toţi nepoţii lui Tyron erau apucaţi de dambla. O luau razna, rând pe rând. Curios lucru, că asta se-ntâmpla destul de târziu, după ce se însurau şi-apucau să facă şi ei copii la rândul lor.De-asta a şi plecat Tyron din Valea Rece, vânzându-şi gospodăria, care, iată, a ajuns în mâinile tale. Tu nu vezi, Savule ? Pe unde te uiţi în satul ăsta, numai oameni loviţi cu leuca-n cap. Vezi câte un băietan de-ăsta zărghit la cap şi, când faci socoteala din ce neam se trage, ajungi la concluzia că are ceva grad de rudenie cu Tyron. Tot la a şaptea generaţie se năşte câte unul apucat de dambla. Şi asta în fiecare an. Făceai socoteala în neamul cu pricina şi vedeai că răul de-acolo vine. Cine cumpăra casa se plângea că visează urât. Acesta era primul semn. De la vis ajungea la coşmar. După o vreme ieşea în puterea nopţii în şosea şi-l auzeai lălăind de mama focului: " Uha-la-ba /La viaţa meaaaa/

Uha-la-ba/ Am o damblaaaa....
A doua zi era nebun în bună regulă.

— Zorino, ce-mi spui tu acum mă cam sperie. Vai de somnul meu! De multe ori visez că mănânc pământ. Văd o femeie îmbrăcată în negru, dar cu voal alb pe cap care-mi spune:"mănâncă, mănâncă până nu mai poţi, e bine să te ghiftuieşti cu pământ, că ăsta-i lutul facerii" Eu rămâneam mut. Îmi era gura încleştată de frică şi, în tot corpul meu, se înfipseseră mii de ace. Pielea capului părea năpădită de milioane de furnici. Apoi mă desprindeam parcă uşor de pământ şi zburam pe deasupra acoperişurilor: "mergi, mergi! Vezi dunga aia de lumină ca o săgeată? Acolo trebuie să ajungi". Şi nu puteam, Zorino, şi râcâiam zidul şi-l tot scormoneam cu unghiile, doar-doar oi ieşi dincolo... şi, când colo, ce să vezi? Îmi apare femeia mea. Stătea, săraca, pe un maldăr de coceni, aşa cum ne odihneam noi toamna pe tarlaua noastră de la Lupărie. Şi-n jur bătea un vânt, frunzărind glugile de coceni, încolo şi-n coace. Leontina mea avea mâinile pline de sânge şi se tăvălea de durere: "Savule, blestemat să fii şi să n-ai linişte cât ai trăi, c-am lepădat o droaie de copii nenăscuţi, că niciodată, omule, n-ai ţinut seama de nimic.Ai trăit fără nici un Dumnezeu". De-aia zic eu, Zorino, cred că făpturile astea, care bântuie noaptea prin curtea mea, or fi copilaşii pe care i-a lepădat femeia mea cât a trăit. Nici ea pe lumea aialaltă şi nici eu pe lumea asta, nu avem odihnă.

— De câte ori îi povesteam un vis, Zorina ce crezi că-mi zicea? "întăreşte-te, omule, că te prăpădeşti. Eu ţi-aş spune ceva ţie, dar mi-e teamă să nu-ţi iei lumea-n cap."

N-o lăsam până nu scoteam tot de la ea.

—Păi, spune! Ce ştii tu şi nu ştiu eu?

— Ţi-oi spune eu altă dată. Mi-e teamă să nu-ţi şubrezesc şi mai mult sufletul.

—Bine că te gândeşti!... Oare vrăjitoarea n-o avea vreun leac? Că asta e menirea ei, face şi desface, de i s-a dus vestea ca de popă tuns...

— Apoi, Savule, doar vrăjile să-ţi mai dea de cap, că uneori mă întreb cu ce-ai fi greşit pe lumea asta...

— Nu ştiu, Zorino, că de la o vreme, parcă-i un făcut, numai mie mi se întâmplă...

— Aşa o fi, dar, fie că-i pe lumea asta, fie că-i pe cealaltă, toţi tragem, c-aşa îi este omului, să ducă şi bune şi rele. Uite, crezi că eu nu le am pe ale mele? Cât m-am trudit şi eu şi omul meu să ne creştem băiatul! Tu, Savule, nu ştii ce înseamnă să te naşti din părinţi săraci, ca mine. Tu ai trăit la oraş, în Galaţi. Taică-tău era mare domn, venise tocmai din Canada, în interes de serviciu şi dacă s-a îndrăgostit de mama ta s-a făcut şi el român. Şi ai avut de toate. Nu ţi-a lipsit nimic. Veneai vara în vacanţă, aici în Valea Rece, de parcă erai fiu de boier şi erai frumos, Savule, ca o fetişcană, cu obraz alb, alb, uşor palid şi firav, că uneori mă apuca aşa o ciudă pe tine şi ţi-aş fi dat un brânci cât colo, dar când mă uitam la tine cât erai de pricăjit, mi se părea că eşti ca o păpădie gata să-şi dizolve puful în aer.

— Ei, Zorino, eram eu aşa mai bolnăvicios, că mama mă ducea mereu la doctor şi mă îndopa cu de toate.

— Ştiu, ştiu, Savule-îmi zicea, că venea la măicuţa şi i se plângea: "Tuşă Vasilico, ce să fac eu cu băieţaşul meu? E străveziu de i se văd toate vinişoarele albăstrii prin piele". Iar mama de colo: "Ei, dragă doamnă, lasă-l toată vara aici, că ţi-l pun eu pe picioare. Uită-te la Zorina mea cât e de rumenă şi aleargă de duduie pământul sub picioare !". Şi te-a lăsat, Savule, şi ce crezi? Îţi dădea mama, în fiecare dimineaţă, câte o lingură de pământ galben, frământat cu nu ştiu ce mirodenii şi seminţe de tot felul. Tu ce făceai? Mâncai, că erai aşa de cuminte şi te supuneai, fără să cârteşti. Te strâmbai, dar îl înghiţeai şi, după vreo lună de zile, ţi-a apărut şi ţie ceva culoare în obraji. Noi, eu şi sora mea mai mică, ne prăpădeam de râs, când te vedeam scrijelând cu unghiile varul de pe pereţi şi-l băgai în gură. Îţi era poftă de var. Noi ne holbam la tine şi nu ştiam ce să mai zicem. Te-am prins odată adunând de prin curte găinaţul de găină pe care-l mestecaica pe sacâz. Atunci, am alergat la mama speriată: "Mamă, Savu mănâncă caca de la pui". Dar mama râdea: "Lasă-l, că i-o fi şi lui poftă". Ştia ea ce ştia.

— Şi tu, în loc să mă fereşti de găinaţ, te pomeneşti că mă îndemnai, ai? De-astea-mi eşti? Erai mai mare şi-ţi băteai joc de un băieţel, nu?

— Păi, nu ţi-am zis? Mă uitam la tine ca la o arătare. Dar, uite, că trăieşti. Eram cu vreo câţiva ani mai mare ca tine, Savule, ce ştiam eu?

— E mult de-atunci, a trecut o viaţă de om, dar parcă a fost ieri.

— Ei, şi ca să nu uit vorba. Crezi că numai ţie ţi se întâmplă? Uite, Iosif al meu cum a plecat? Şi-a luat tălpăşiţa în Noua Zeelandă. Nora mea, stătea ca pe ace. Că ea nu mai vrea să trăiască în Galaţi, că ea pleacă şi gata, că nu-i mai pasă de niciun apartament, de nimic. Numai noi ştim cu ce sacrificii i-am mobilat apartamentul şi câte i-am cumpărat: veselă, lenjerie, cărţi rare, că şi alea se dădeau pe sub mână, cu relaţii. Avea o bibliotecă cât peretele. Şi ce crezi c-a făcut noru-mea? S-a pus pe capul băiatului meu: să plece şi să plece! Au cerut emigrarea în Noua Zeelandă, unde a înţărcat mutu' iapa, în capătul celălalt de lume. După şase luni, le-au venit actele de emigrare. Au făcut toate formele şi în trei luni duşi au fost. Măi, omule, mă uscam pe picioare şi eu şi bărbatul meu, carea şi murit, de inimă rea, după mulţi ani de suferinţă. N-am să uit, Doamne fereşte, cum nora mea a scos toate lucrurile din casă în faţa blocului, să le pună la vânzare. Stătea pe scaun şi făcea negociere cu lucruşoarele mele. Taman atunci mă dusesem la ei, într-o dimineaţă, ca de obicei, încărcată. Voiam să-i mai văd o dată înainte de a pleca. Ştiam că vor părăsi ţara în curând. Şi, ce să vezi? Toate înşirate pe jos, cât îi blocul de mare, că ziceai că-i talcioc. Râsu'lumii! Oamenii se opreau acolo, de nu ştiam de ce se tot adună şi se bulucesc âia în faţa blocului. Când mă apropii, o văd pe deşteaptavânzând cearşafurile lucrate de mânuţa mea, cu broderii frumoase pe la colţuri. M-am chiorât nopţi întregi să i le cos. Şi ea le dădea pe nimic. Vindea până şi farfuriile la bucată, căni, ceşti de tot felul, boarfele din şifoniere..., o calică, a vândut tot până la cel mai neînsemnat obiect. Ce să mai spun de cărţi! Oamenii se îmbulzeau, că erau colecţii rare, procurate de băiatul meu prin relaţii, că aşa era pe-atunci. Iosif al meu era pasionat de cărţi, un băiat de nota zece, singurul meu copil, mi l-a prostit fufa aia. Toată ziua cu ţigara şi cafeaua. După ce-a vândut tot până la ultima furculiţă, a făcut comerţ şi cu ce avea în cămară, îţi închipui, cu gemuri, zacuşti de tot felul, pe care i le făceam eu ca proasta, vorba aia: "e bine să ai un prost la ţară". Şi eu eram aia. La urmă, a vândut şi apartamentul. N-am să uit ziua de 10 aprilie cât oi trăi. M-am dus la ei. Casa, goală-goluţă. Geamantanele erau în mijlocul sufrageriei, iar ei gata de plecare. Venise cumpărătorul, făcură toate actele. Plângea inima în mine. Era chiar după Paşti. Bărbatul meu mi-a zis: "Zorino, nu mai e de stat în Galaţi, nu mai dăm pe-aici niciodată"! Şi aşa am făcut. Am venit aici să ne trăim bătrâneţile în linişte, la ţară. Cât aveam atunci? Vreo patruzeci şi ceva de ani, oameni în toată puterea. Dar dacă mi l-a luat Dumnezeu pe omul meu, ce să fac? Ne naştem singuri şi murim singuri. Ai fi crezut tu, Savule, că Leontina, femeia ta, care n-a suferit în viaţa ei de nimic, să se ducă aşa dintr-o prostie? Vezi, fiecare cu ce i-a dat soarta, ce să mai zic!...

— Zorino, nu mai e nimic de făcut! Degeaba ne amărâm noi acum. Mai rău e de mine, decât de tine. Hai, că mi-a murit nevasta şi ţie bărbatul e durere mare, că vorba aia, nu suntem veşnici, dar să mă chinuie acum nălucile astea noaptea, ăsta-i iadul pe pământ, nu alta!

— Măi, omule, nu ştiu ce să zic? La mine-n curte nu e nici ţipenie. Eu nu ştiu dacă o fi sau n-o fi adevărat? Nu cumva ţi se trage de la pacostea asta de casă cumpărată de ăla căruia i-a vândut-o Tyron?

— Aşa vorbeam cu ea, Săftoiule! Uneori şi în timpul zilei, când plecam de acasă, mi se întâmplau lucruri ciudate pe care tot ei i le povesteam.

Odată m-a apucat seara în valea cu plopi, că veneam de la pădure. Am fost cu Stelea s-aducem nişte vreascuri. Trebuia să facem tescovina aia din prăştină, că era prinoctombrie şi, cine ştie, se strica vremea! Ei, când am ajuns în vale, nu mai aveam spor la mers. Parcă băteam pasul pe loc, un pas înainte şi doi înapoi. Mă tăiau toate apele, mi se încleşta gura, cu chiu cu vai am ieşit din valea aia nenorocită. Acolo nu-i lucru curat!...

* * *

Stăteam amândoi la poartă unul lângă altul pe o lespede peste care Savu aşternuse un preş.Îl ascultam fascinat. Îmi spuneam că aici trebuie să fie mai mult decât ceea ce-mi povesteşte el, că aici voi descoperi lucruri care depăşesc cu mult puterea minţii, a raţionalului, că aici sunt mistere pe care nimeni nu le poate desluşi. N-aveam de gând să plec, voiam să aflu ce se întâmplă cu prietenul meu, stările lui inexplicbile.Locul din faţa porţii lui era cel mai bun punct de observaţie. Puteam cuprinde cu privirea toată această aşezare până dincolo de Dunăre, unde se profila în depărtare Galaţiul meu cu forfota, agitaţia şi angoasele lui.

Îmi aruncai ochii spre valea cu plopi de la marginea satului.

Şoseaua urca, apoi cobora, şerpuind printre plopii înşiraţi

pe-o parte şi pe alta. Pe acolo, treceau maşini una după alta, pe timpul zilei. Cărau piatră de la cariera Sorocam, la vreo trei km de Valea Rece. Patronul era un francez care luase în concesiune Dealul Morii, un deal plin de blocuri mari de piatră, unele desprinse de viituri gata să se prăvălească.

Francezul, în asociere c-un inginer român, a văzut aici o sursă naturală de exploatare pe termen lung a acestui deal. Într-un an de zile, cu finanţare europeană, cei doi asociaţi au adus utilaje grele, maşini de mare tonaj, macarale, buldozere, escavatoare. Apoi, au angajat muncitori din Valea Rece.

Afacerea era de bun augur pentru săteni, în ciuda efectelor ce începeau să apară. Huruitul zilnic asurzitor, crăpăturile discrete sau evidente în zidurile caselor mai puţin solide, şoseaua deteriorată din loc în loc de greutatea sutelor de tone, toate acestea făceau viaţa localnicilor greu de suportat.

La început, toţi se bucurau, aveau de unde câştiga un ban, puteau procura piatra pentru construcţii, pentru casele sau vilele ce răsăreau din loc în loc, schimbând aspectul suburbiei.

Îl ascultam pe Savu şi vedeam parcă totul cu o limpezime şi o concreteţe, încât îmi dădeam seama de tot pulsul acestei aşezări şi îmi plăcea. Aici o să-mi petrec tot restul vieţii. Întotdeauna mi-am dorit să trăiesc într-un loc de unde să privesc apa, să privesc cerul, zborul pescăruşilor, să aud zbaterea valurilor. Povestea lui îmi întărea dorinţa mea de a rămâne în acest loc cu mistere, credinţe, tradiţii şi obiceiuri...

Savu îşi continua povestea satului cu vocea lui domoală, aproape şoptită.

— Din an în an, acest loc pitoresc, ca să-i zic aşa, că nici sat nu e, capătă însemnele oraşului. Puţine case bătrâneşti păstrează învelişul lor de stuf, scorojit de ploi şi ninsori. Lângă ele, răsare câte o casă cu etaj, învelită cu tablă albă sau roşie. Altele, ai văzut şi tu, suntacoperite cu ţiglă veritabilă. Cei mai mulţi s-au stabilitîn Valea Rece, lăsând în urmă oraşul. Eun adevărat exod de la oraş la sat. Foarte mulţi şomeri şi pensionari s-au întors aici în Valea Rece. Au venit şi au revendicat pământurile părinţilor şi ale bunicilor. Cât despre mine, n-aveam nici o chemare pentru pământ. Suntaici pentru că aşa a vrut Leontina, nevastă-mea,născută aici … pentru ea am venit… Nu m-am gândit niciodată că voi rămâne singur. Sunt aproape zece ani de când s-a stins…

O dată ajuns aici, am văzut cum părinţi şi copii se învrăjbeau pentru pământ, ba că unul a primit mai mult decât altul, ba că nu mai erau acceptaţi de neam pentru că s-au făcut orăşeni, ba c-au părăsit satul de mici…tot felul de motive mai mult sau mai puţin întemeiate. Se urau fraţi cu surori, cu mătuşi, cu unchi, neamurile între ele. Pentru ce? Pentru o bucată de pământ ! Toate astea mă umpleau de silă. Ca să nu mai spun de procesele mele pierdute. Şi aici mă luau cu ,,dom avocat", dar de la o vreme o făceau în băşcălie. Nu reacţionam, eram nepăsător… Am lăsat-o pe bătăioasa mea nevastă să se lupte pentru averea părinţilor ei. Aveam bani destui pentru a dezvolta o afacere cu animale, cu fructe, cu legume şi chiar am făcut din toate astea o sursă de venit şi ne mergea bine.

Când s-a dat anunţ că se împart pământurile, nevasta mea era în frunte. Eu eram martor. A trecut multă vreme de atunci. Şi acum amîn minte toată scena aceea pe câmp când se făceau măsurătorile. Stăteam deoparte şi îi priveam pe ţărani cum se încăierau, cum se uitau pe furiş cu duşmănie, gata să se ia la harţă cu cei din comisie, veniţi la faţa locului pentru împărţirea "pământului strămoşesc". Unii chiar îşi vărsau năduful. Parcă o aud pe Maria lui Gherghel strigând cât o ţinea gura:

— Măi, Pantelimoane, deşteptule, care ai fost tu mare şi tare, mie să-mi dai pământ la Lupărie, nu la Cucuieţii din deal, la dracu-n praznic!

— Taci, Marie, c-ai o gură cât o şură, nu-ţi mai ajunge, de parcă te-ai omorât cu munca până acum! Că duhneşti numai a ţuică, iar eşti cu băutura-n nas.

Dar Maria s-a săturat repede de pământ. L-a vândut pe te miri ce. A venit unul din Galaţi, s-au cinstit cât s-au cinstit, a luat-o pe Maria a doua zi cu maşina, a dus-o la notariat şi au făcut act de vânzare-cumpărare. La notariat, a cerut un preţ, iar când a ajuns acasă şi s-a trezit din beţie, a văzut că şi-a vândut pământul pentru care a făcut atâta tărăboi, cu un preţ de nimic.

— Apoi, Marie, ai ajuns de râsu' curcii! De s-ar face moş Gherghel acum să vadă ce boroboaţă ai făcut, te-ar ciufuli el bine. Ce dracu' te-ai prostit aşa? A venit ăla din Galaţi şi te-ai lăsat dusă de nas, vorba aia: "unde nu-i cap, vai de picioare"- o certa vecinul ei, un bătrân cumsecade

— Ce treabă ai tu? A zis că vine să-mi dea şi restul de bani... i-o întorcea Maria, cu glas şovăielnic.

— La Sfântu' Aşteaptă!-o lua peste picior bătrânul.

Însă omul şi-a văzut sacii-n car şi n-a mai venit niciodată prin Valea Rece.

Mai venise acolo şi Răuţă. Se agita de colo-colo, răţoindu-se la moş Caloianu.

— Ce să facem? L-am luat, să fim sănătoşi! Dar cu ce-l muncim acum? Că n-avem tractoare, n-avem una, n-avem alta. Du-te pe câmp, să vezi câte pârloage sunt! Umbli cu căciula în mână la ăsta al lui Boghici, că numai el are tractor în tot satul. Toţi trag de el. Eu am noroc cu băieţii, c-aleargă, se mai duc şi în alte sate, au relaţii.

Băieţii lui Răuţă au primit pământ, dar aveau cu ce-l munci. După câţiva ani de stat în Israel, în construcţii, veniseră cu bani şi începură şi ei să concesioneze pământ ca să înfiripeze o afacere în legumicultură. Era, totuşi, greu, aveau nevoie de forţă de muncă, ce trebuia plătită cu bani mulţi, iar profitul era mai mic decât se aşteptau.

Atunci mi-am dat seama c-am venit la ţară ca la pomul lăudat.

După ce am pierdut-o pe Leontina, iar copiii mei au plecat în lume, au început problemele mele, Săftoiule. Aveam gânduri negre. Noroc cu Zorina că m-a mai îmbărbătat. Straşnică femeie!

Tăcu. Îl simţeam încordat. Poate c-ar fi vrut să spună mai mult, dar se opri. Îşi aţinti privirea în depărtare.

— O caut peste tot, prietene !Îmi arunc mereu ochii peste gardul ei, o urmăresc ca să stau devorbă, chiar dacă nu e important ce-aşvrea să-i spun...

Îmi veneau tot felul de idei, tot atâtea pretexte, ba de una, ba de alta, ca să-i sar în ajutor şi s-o am cât mai mult prin preajmă. Stăteam uneori pitit lângă gard şi o vedeam trebăluind: "frumoasă ai rămas tu, Zorino". Alteori ieşeam la poartă şi o aşteptam să iasă din curte cu treburi prin vecini.

Mă aşezam pe banca de lângă gard şi-mi lasam gândurile să curgă în voie... Ce-a rămas din familia mea? Mi-am lăsat copiii în Galaţi, să urmeze liceul şi să se facă apoi medici. Asta mi-am dorit, numai că Mălina mea cea frumoasă a intrat într-un cerc de prieteni dubioşi, care i-au promis că o duc în Italia, să fie dansatoare. După ea, a plecat şi Viktor. Terminase liceul şi dus a fost. L-a luat vărul lui, Clim, care colindase deja prin lume şi se lăuda că le ştie pe toate. Am aflat astea târziu, nu mai era nimic de făcut. Când m-am dus în Galaţi să-i văd, să le mai duc câte ceva, cum făceam de obicei, nu mai erau de găsit. Îşi luaseră amândoi zborul, spre a lua viaţa în piept cu bune şi cu rele, dar mai ales cu toate capcanele ei.

***

În curtea Zorinei toate erau vraişte. Dăduse o ploaie torenţială şi toate stăteau înfipte în noroiul clisos, care, uscat de soare, prinsese o crustă sfărâmicioasă, că nu puteai s-o desprinzi decât cu sapa sau lopata. Numai că şi astea erau prinse sub o platformă de mâl. Zorina le scotea cu greu, de pe lângă gard, unde le proptise când plecase la fecioru-său. Aveau rugină pe ele. Vremea se anunţa închisă.

Vântul spulbera şi ultimele frunze, iar curtea se umpluse de frunze moarte aduse de pretutindeni.

— Ce faci, Zorino?

— Ce să fac, Savule? Ia, să termin treaba asta şi o să mă duc întâi la Johannes, să văd ce şi cum. Că mă zăpăceşti de cap cu nălucile tale. Oi fi luat-o razna. Pe urmă, să văd ce părere are Iawa. Ea este vrăjitoare. Oricâtă importanţă şi-o da cu aiurelile ei, uneori le nimereşte. Ţiganu'-i tot ţigan. Are el o putere pe care noi, ăştia de rând, n-o cunoaştem, ce mai! Asta vine din moşi-strămoşi, cu ei să nu te pui, că desfacfiru-n patru şi tot descâlcesc iţele. Ştiu tot, câte în lună şi-n stele..."

O văd că zâmbeşte şugubăţ spre mine:

— Ea şi Petrache Lupu! Ce crezi? Mâine poimâne intră în economia de piaţă. Concurenţă mare!

— Ce zici tu? Păi ieri deşteptul de Jalbă care stă toată ziua cu ziarul în mână, o îmbie pe Iawa să citească. Ce crezi? Ea luă ziarul şi văzu un titlu scris mare şi cu litere groase „MINUNEA DE LA MAGLAVIT".

Citeşte articolul din ziar şi numai ce-o văd că face feţe-feţe:

— Iote-te, au început să apară şmecherii pe toate drumurile, ca ciupercile după ploaie.

Dar Jalbă puse paie pe foc:

— Te-au întrecut pe tine, Iawo? Ai grijă, că dai faliment!...

Dar trebuie să-ţi spun cine este Iawa în jurul căreia se învârtesc toate în Valea Rece. Este pe jumătate bulgăroaică, iar dinspre mamă, pe jumătate ţigancă. Provine dintr-o şatră de ţigani care hălăduise pe timpuri din primăvară până-n toamnă prin toată ţara.Erau ţigani nomazi. Aşa au ajuns şi aici, în ceairul acesta de pe malul drept al Dunării. Iawa s-a născut dintr-o idilă frumoasă dintre o ţigăncuşă şi-un soldat bulgar, aflat în misiune militară. Se făceau astfel de manevre din când în când, iar soldaţii poposeau şi prin Valea Rece. Alungată de şatră, mama Iawei a rămas în Valea Rece. A trăit singură într-o colibă, unde veneau sătenii să le ghicească, să le facă tot felul de vrăji, unele pentru a se răzbuna pe duşmani, altele pentru a dezlega de deochi, de cununie, de Ucigă-l Toaca, toate stăteau în puterea ei. Iawa era vânjoasă, ca taică-său şi frumoasă, ca maică-sa.

La Revoluţie, Iawa avea aproape treizeci de ani şi era o frumuseţe de femeie. Umbla prin sat în portul ei ţigănesc de care era tare mândră şi la care n-a renunţat niciodată. Toţi bărbaţii întorceau capul după ea. Nici ea nu s-a mai măritat, cine s-o ia? Fiind copil din flori, nimeni nu punea preţ pe ea: "fata ţigăncii de la marginea satului!"

Multă vreme trăise în aceeaşi căsuţă sărăcăcioasă de pe malul apei înspre valea cu plopi. Acolo, îşi ducea zilele din ghicit. Apoi, a plecat, o vreme, în lume. Unii spuneau că ţiganca e în Franţa, alţii că-i în Germania. Iawa n-a spus niciodată unde-a fost. Dar s-a întors plină de bani. A adus constructori din Galaţi care i-au cunstruit o casă de se întorce după soare. Au rămas toţi cu gura căscată. — Na, aţi văzut? Vă dă Iawa lecţii despre cum se face avere. Ce-a făcut, ce n-a făcut, este ea mai deşteaptă ca noi? Este!

I se dusese vestea că are viziuni cu Maica Domnului şi că prevesteşte întâmplări nefericite. Şi, când treceau printr-onăpastă, oamenii, în deznădejdea lor, o credeau.

Veneau la Iawa, vara, tot mai mulţi năpăstuiţi ai vieţii, ca la ultima speranţă. Se opreau maşini după maşini şi profitul creştea. Iawa se împăuna şi-şi perfecţiona arsenalul de vrăjit.

Casa ei are un etaj şi o mansardă, turnuri şi turnuleţe poleite cu vopsea sidefie, obloane de culoare roşu-stacojiu, două balcoane străjuite de două animale compozite şi acoperite de un brâu cu reprezentări stranii, chiar diabolice. O cunoşteai de la o poştă.

Toate vrăjile le făcea într-o cameră semiobscură, cu perdele roşii în spatele unei mese dreptunghiulare cât peretele, unde erau înşirate toate ustensilele de ghicit pe categorii: datul în bobi, în cărţi, în cafea, cititul pe fundul paharului plin cu apă neîncepută, la lumina lumânării, până la ghicitul în globul de aur şi în faţa oglinzii la doisprezece noaptea. De ieşeai de la Iawa noaptea, dacă erai slab de înger, aveai ocazia să fii apucat de dambla.

Zorinei nu-i era frică de nimic, dar ţinea neapărat să se consulte cu Iawa, să afle şi părerea ei.

Aşa că făcu mai întâi un drum la Iohannes, că nu mă credea pe mine! Eu speram că va veni vremea când o să i se întâmple şi ei şi atunci s-o văd eu!...

Când s-a întors am întrebat-o:

— Ei, Zorino, l-ai găsit pe Iohannes? Te-ai lămurit?

— L-am găsit în mijlocul curţii, cocoţat pe grămada de ştiuleţi, punându-i în panere şi răsturnându-i în coşar.

— Mi se pare munca asta o corvoadă. Cum să care pe umeri lui bătrâni ditamai paner?

— A muncit o viaţă, Savule, ce vrei? Mă uitam la el cum se speteşte aplecat asupra grămezii de ştiuleţi. Îl iau prin surprindere:

— Ziuă bună, Johannes, de unde ai, măi omule, atâta putere? Las-o mai încet, că acum îţi plesneşte o arteră şi ţi-ai luat adio de la viaţă. Însă Johannes arunca de zor ştiuleţii în coşar, uneori cu paner cu tot, apoi, i se adresă Zorinei, gâfâind:

— O fi greu, Zorino, dar asta-i munca mea de astă-vară.

Dacă-i las pe pământ şi se pun ploile, încolţesc şi n-am făcut nimic. Ce să fac? Am găini, puţine câte sunt, le scot eu în primăvară.

— Da' parcă aveai şi o capră, Johannes?

— Dă-o-n lupi! Mi-a scos sufletul. A ros tot, mai rău ca lăcustele. Toţi pomii mi s-au uscat. Le-a ros coaja, lupchita, dare-ar boala-n ea!!... Şi-atunci, ori capră, ori pomi! Din două-una. Am vândut-o şi am terminat bâlciul.

— Măi, Johannes, ce-a fost în sat cât am lipsit eu? Ştii tu ceva?

— Oho, Zorino, câte nu s-au întâmplat! E mare belea! Să ştii că trebuie să facem ceva. S-a dus vestea peste tot. A ajuns până-n Galaţi... De când ai plecat, în numai trei luni, ăştia ai lui Tyron ne fac de baftă. Nu trece luna şi-apare unul din neam apucat de dambla. Ba aleargă ca nebunii prin sat, ba urlă noaptea ca apucaţi de streche, ba se urcă în stejarul din faţa bufetului, până-n vârf şi cântă „mulţi ani trăiască!", dar câte şi mai câte nu fac? Şi bătrânii, cei mai împovăraţi de ani, de-alde Buric, de-alde Butică, care-l ştiaubine pe Tyron bătrânul, spun că boala asta ţine până la al şaptelea neam... Nu ţii minte ? Anul trecut, un băiat de-al lui Vasile Tyron, numai ce lăsat la vatră, s-a aruncat în fântâna lui Volintiru, de-a spurcat-o. Se făcuseră oamenii foc şi pară, că acolo se adunau turişti mulţi vara. Era o apă bună de izvor, că dacă beai, te îngrăşai, ţinea de foame. A mai fost o fată care vorbea în dodii pe străzi, dar a dus-o taică-său la sanatoriu de boli nervoase. Chiar ieri m-am dus în ceair şi era acolo Stavăr Buric, ăla bătrân, ieşise şi el să vadă lumea. Stătea pe un pietroi înţepenit de ploi în gardul lui Vrabie, ştii, ăla pătrăţos, unde se cocoaţă Iawa să ne îndruge nouă verzi şi uscate despre vedeniile ei. Ei, şi moş Buric îşi învârtea o ţigară dintr-un tutun de-ăla bun. Îl ţinea într-o tabacheră aurie, primită de la unul dintre băieţi, care era marinar. Vine din când în când în sat cu tot felul de daruri. Moşul a primit şi-un trabuc şi închipuieşte-ţi-l, Zorino, pe moş Buric fumând trabuc ! Dac-aveam un aparat foto, îi făceam o poză. Fuma tacticos, scoţând rotocoale din gură de ziceai că-i gangster pe platoul de filmare de la Hoolywood. Mă uitam la el şi nu m-am putut abţine: "Opa ! s-a urcat scroafa-n copac!"Da' el de acolo: "Păi ce, te joci cu ţara-n bunghi şi cu Europa-n nasturi!" „Bre, moş Buric, ai trecut la delicateţuri! Până mai ieri îţi învârteai ţigara din ziar, acum te-ai boierit!...". El, de colo: "Johannes, asta-i viaţa, e mai dulce la trabuc!" Ei, şi Buric aduse vorba de boala asta adusă de Tyron în sat, că ne-a stricat sângele şi că nu mai scăpăm noi cât îi cucu' de năpasta asta. Apoi schimbă repede vorba, începu cu altele.

— Am aflat, măi Savule, de la Johannes tot felul de lucruri, dar îmi dădui seamă că nici el nu ştie mai multe ca mine. Chiar i-am spus:.

— Johannes, drept să-ţi spun, te cam învârţi precum câinele în jurul cozii. Prea multe n-am înţeles de la tine. Nici tu nu mai ştii ce-i adevărat şi ce-i minciună, că vorba se duce din om în om, ba mai mult, se găseşte câte unul şi mai adaugă vrute şi nevrute şi din ţânţar se face armăsar.

— Şi la ce te referi, Zorino?

Am început eu să-i spun lui Iohannes ce ştiam şi el nu ştia:

— Păi, a tot umblat zvonul din bătrâni că ăştia ai lui Tyron au venit din război plini de boli lumeşti şi nevestele lor ar fi născut o droaie de copii, toţi apucaţi de dambla. Cum ajungeau aşa, cam în pragul armatei, parcă era un făcut, o luau razna. Uneori era ceva trecător. O vreme n-aveau nimic, uneori şi ani de zile. Că nu se năşteau chiar în fiecare an. Când ziceai că s-a curăţit neamul de boală, iar îi apuca. Cică unul s-ar fi făcut stană de piatră pe dealul lui Găman şi-a stat aşa până a venit un sobor de preoţi. Au făcut o slujbă de se auzea până-n capătul celălalt de sat. Răsunau rugăciunile şi cântările până la cer, de ţi se ridica părul de emoţie şi smerenie. Au aruncat peste el apă sfinţită până a început să se dezmeticească puţin câte puţin, venindu-şi în fire.

Am făcut aşa o socoteală în mintea mea, apoi i-am spus iar:

— S-au înmulţit, măi Johannes, ăştia ai lui Tyron, că dacă ar fi să facem o socoteală de la un capăt al satului la altul, cred că trei sferturi din sat sunt din neamul ăsta bolnav".

— Bine, bine Zorino, dar ce-ţi veni să aduci vorba despre Tyron? -mă întrebă Iohannes.

— Uite, te întreb ca să mă lămuresc şi eu. Şi-i spun de tine că stai într-o casă de-a lui Tyron, că e o casă cu bucluc. Dac-ar fi să mă iau după ce-am auzit, e o casă bântuită.

— Săracu', e cam slab de înger-spuse Johannes. De! e orăşean. El a fost tot timpul plăpând, dar acum de când e văduv, s-a şubrezit rău.

— Ce crezi? Mi se plânge că-l vizitează noaptea nişte făpturi din altă lume. Cred că nu te superi, Savule, că i-am spus şi lui? Vă cunoaşteţi, sunteţi prieteni.

— Ce să mă mai supăr, Zorino? Poate m-o sprijini vreodată şi mi-o sări în ajutor.

— Aşa am zis şi eu. Chiar a mai completat şi el ce-a mai auzit. Spunea că se adeveresc spusele bătrânilor. Am rămas fără grai, Savule, când am auzit vorbele lui Iohannes. Ştii ce mi-a zis? Că s-a dus într-o zi s-o vadă pe biata Laika pe care a uitat-o Dumnezeu. A trecut de mult suta de ani şi nu mai moare. Se zice că noapte de noapte stă de vorbă cu-un bătrân înalt de doi metri. Laika spune că-i trimisul lui Tyron."

— Cred c-a venit vremea să ţinem cont şi de sfatul bătrânilor

Apoi l-am întrebat de tine:

— Tu ce părere ai, Iohannes, că pe tine lumea te crede sfătos în toate. Savu se topeşte pe picioare. Visează urât, iar curtea lui e bântuită noaptea de năluci.

— Dac-ar fi să judecăm lucrurile după cum arată Savu, ai zice că se cam stânge funia la par, încheie Johannes discuţia şi-şi văzu mai de parte de ştiuleţii lui.

— Când l-am auzit, am rămas fără glas. Mă apucă un tremur interior de parcă ar fi turnat cineva gheaţă în sufletul meu, că era vorba despre tine, Savule! După replica asta am plecat de la el, hotărâtă să ajung la deşteata aia de Iawa.

— Apoi te las, măi Iohannes. Mă duc pe la Iawa. Am o vorbă cu ea.

***

Tot atunci m-am dus şi eu, Săftoiule, la vrăjitoare.
Am ieşit în şosea. Nici ţipenie de om. Toţi parcă intraseră în pământ. Casele păreau singuratice în soarele blând de toamnă târzie. Mă uitam la mestecenii ruginii, la plopii arămii, înşiraţi de-o parte şi de alta a şoselei. Privii spre ceairul gol, unde, altădată, se punea ţara la cale şi unde Iawa ne băga pe toţi în sperieţi cu prorocirile ei.

Tot gândindu-mă ba la una, ba la alta, am ajuns în faţa casei Iawei, unde erau oprite câteva maşini de lux. Am intrat fără să strig, căci toate porţile erau larg deschise. Era un fel de pelerinaj, unul intra, altul ieşea.

De la o vreme, Iawei i se dusese vestea că are soluţii pentru rezolvarea crizei şi veneau patroni în pragul falimentului, cu speranţe că-şi vor menţine afacerea pe linia de plutire. Naivi care nu acceptau realitatea, oameni fără pregătire, care habar n-aveau ce înseamnă competiţia într-o economie de piaţă. S-au aruncat în lumea afacerilor, nebănuind jungla din spatele ei. Victime cădeau cei de bună credinţă.

M-am aşezat pe un pietroi ce ţinea loc de bancă. De acolo, o urmăream pe Iawa, care îşi conducea clienţii, gesticulând şi explicând cu multă volubilitate, în timp ce bieţii oameni dădeau din cap şi promiteau că vor respecta toate canoanele. Toţi care veneau ştiau dinainte că se vor supune unui supliciu pe care-l acceptau cu stoicism. Vine şi Zorina. O las pe ea prima să pregătească terenul. Hei, ce crezi? După ce-şi conduse şi ultimul client, se opri în dreptul ei răsuflând uşurată.

— Of, nici nu mai văd pe unde merg, Zorino! Lumea se duce în jos. Şi eu mă lupt, din răsputeri, să le transmit necăjiţilor care vin la mine energie pozitivă.

— Hai, las-o moartă-n păpuşoi, Iawo, de unde ai fi având tu atâta energie pozitivă? Că doar nu te plimbi prin Înaltul Cerului să-i ceri lui Dumnezeu putere: ”Dă-mi, Doamne, ceva bioenergie pentru amărâţii ăia din Valea Rece…”! Zău, Iawo, crezi că vinzi castraveţi la grădinari?

Iawa o privea fix pe Zorina. Pe mine nici nu mă băga în

seamă. Se făcea că nu mă vede. Mă privea ca pe un neajutorat. Avea ce-avea cu ea. Zorinan-o credea şi o înfrunta fără să-i pese de blestemele pe care Iawa le avea nereu la îndemână.

— Puşchea pe limba ta, Zorino, nu te pune cu mine! Poate nu ştii că mi se arată tot felul de semne. Chiar astă noapte am visat că vine unul la mine îmbrăcat în ofiţer din armata bulgară.

— O fi fost taică-tău, Iawo, că el era ofiţer în armata bulgară. Poate n-ai băgat de seamă, nu semăna cu tine? C-aşa spune lumea, că semeni cu el.

— Zorino, lasă-mă să-ţi spun, avea ăsta în vis nişte haine negre şi o floare roşie la butonieră, de-ţi lua ochii! Era un fel de cavaler.

— Hai, c-ai început să baţi câmpii, Iawo, cui foloseşte visul tău?

— Stai, să-ţi spun, că-i ardea pe cap o coroană şi cânta „veşnica pomenire".

— Ei, Iawo, de-acum să te gândeşti că nu mai eşti tânără şi ţi se face pregătirea psihologică pentru Viaţa de Apoi.

— Nu cred nici în ruptul capului, Zorino. Ăsta-i un semn benefic. Vine la mine ofiţerul şi-mi trage o pupătură!...

— Taci, Iawo, că mă ia cu răcori. Nu-i de bine! Mai ştiu şi eu câte ceva.

— Ce vorbeşti, Zorino? Ştii ce mi-a zis? "Salvează, Iawo, sufletele, că sunt multe în valea cu plopi nemiruite".

— Şi te-ai găsit taman tu să le miruieşti, haida'de! Ce treabă ai tu cu mirul, Iawo? Pe cine vrei să prosteşti?

— Ai grijă ce spui, că nu te joci cu nălucile!

— Da'te pomeneşti că fac rondul de noapte în curtea lui Savu!...

— Zorino, se vede treaba că nu ştii ce puteri am eu!

Trebuie să-ţi spun, prietene, că astea două femei sunt puternice. Ele domină totul în Valea Rece. Ai să te convingi, când ai să te stabileşti aici

Când ai s-o vezi pe Iawa cum vorbeşte, ai să-mi dai dreptate! Are o putere mai presus de oamenii obişnuiţi şi numai aşa se explică influenţa ei asupra sătenilor. Are o privire care te întorce din drum, Intri ca vrăjit în curtea ei şi... acolo îţi laşi toţi banii.

Amândouă sporăvoiam, ba de una, ba de alta, făcându-se că se ascultă una pe alta, dar, de fapt, se suspectau.

Stăteam la uşă şi ascultam toate sporovăielile lor.

Doamne, ce căsoi are! Neam de neamul ei n-a avut aşa ceva..!!!

N-am mai avut răbdare să le ascult şi împing uşa mai tare, că era întredeschisă. Mi se adresează cu un ton de comandă:

— Hai repede, Savu, că mi-e frică să nu cazi, parcă eşti moartea în vacanţă.

— Nu glumi, Iawo, că nu degeaba vin eu la tine. Unde să mă duc? Am gânduri negre, femeie!

— Spune, bietul de tine, care-i năpasta ?

— Apoi eu te las Iawo, că văd c-ai un client, care o să-ţi dea de furcă. Se uită apoi la mine cu un zâmbet pe buze:

— De-o fi ceva, să nu te pierzi cu firea, Savule, că nu eşti chiar singur în curtea ta. Îl ai pe Stelea. Poţi să strigi şi la mine la gard, că mie nu mi-e frică de întuneric.

Mă uitam la ea recunoscător. Îmi dădeau lacrimile, dar îmi ferii privirile... Eram prea obosit şi nu voiam să vadă ea asta.

— Bine că te gândeşti şi tu o dată la mine! Dar îţi spun eu… nu mai pot ele de tine, Zorino! O dată să te văd şi pe tine chinuită de năluci şi atuci să mai stăm de vorbă,… Să te văd o mai faci pe viteaza?

— Hai, Savule, nu-ţi mai da cu presupusul, cu mine ai treabă acum…

Stăteam în faţa ei şi-mi trecea prin gând să nu-mi fi făcut Iawa ceva ca să se răzbune pe mine, pentru că-i încurcam socotelile, punând la îndoială prorocirile, de câte ori în ceair ne împuia capul cu bazaconiile ei. Na, acum am ajuns la mâna ei…

Îmbrăcată în veşmintele ei somptuase şi sclipitoare, vrăjitoarea intră în „sanctuarul" ei şi se acoperi cu o pânză străvezie din borangic fin, lăsat moştenire ca bunul cel mai de preţ. Se spune că voalul acesta ar fi avut în el puteri magice. Aşa credeau sătenii că prea îl lua cu ea peste tot ca pe un talisman.

Atotştiutoarea satului se aşeză într-un colţ al camerei pe un taburet, stând întoarsă către perete, bolborosind cuvinte pe care nu le desluşeam, dar care îmi dădeau o stare de frământare interioară: "Ce-o fi îngăimând asta acolo? O fi de bine sau de rău? " Apoi simţii o ameţeală şi o auzii pe vrăjitoare ca prin vis:

— Spune, Savule, spune tot…

— Nu ştiu, Iawo, ce să mai fac! Când se face seară, aud în casă numai trosnituri, din dulap, de sub pat, pe la geamuri. Mă uit încolo, încoace, poate o fi intrat vreun şarpe, nu l-o fi primind pământul. Ştii că de Ziua Crucii, ăştia intră în pământ, dar cei care s-au înfruptat din sânge omenesc sunt alungaţi, nu-i primeşte pământul.

— Ştiu, Savule, tu zi-i mai departe, că eu te menesc aici, nu-mi încurca treburile.

— Caut în toată casa, în toate colţurile şi nimic. Dar nimic. Ce să fie asta, lawa?

— Aici, Savule, e de lucru, nu glumă! E un război. Să ne mulţumim dacă o să câştigăm măcar o bătălie. Trăim sub papuc. Nimic nu-i de capul nostru. Să nu crezi că puterea mea e pe termen lung! Nu sunt eu mai presus decât cel care mă are în grijă, că acum nu pot să spun cum arată, dar el îmi porunceşte ce să fac. C-o fi de rău, c-o fi de bine, acum eu nu pot să ştiu. Vine la mine trimisul lui. E un bătrân cu un toiag.

— Se spune că sunt mulţi de-ăştia în toată ţara, am auzit că zilele trecute ar fi trecut unul de-ăsta prin sat.

O ascultam şi mă convingeam în felul acesta de spusele ei. Apoi, mi-am amintit vorbele Zorinei, cum că Tyron şi-ai lui s-au făcut solomonari. Se aude c-ar avea o reţea întinsă în toată ţara. N-o să-i spun asta lawei să nu intre la bănuieli. Mai bine să tac. Oi vedea eu mai târziu ce s-o alege.

— Hai, Savule, zi-i înainte, spovedeşte-te!

— Fii atentă, lawo, visez urât!

— Ăsta-i primul semn! Sufletul tău, aici este toată buba. Cu tine trebuie să-ncep şi asta fac acum.

— Dar cum să încep?

— Să te închizi într-o cameră goală, tu cu tine însuţi Să te adânceşti în tine, să-ţi plimbi gândul din creştet până-n călcâie, până când devii propriul tău stăpân pe viaţă, pe gândire şi pe simţire. Arunci din tine acel înveliş, care te face vulnerabil faţă de tot ce-i trecător. Să rămână numai puterea gândului, numai gândul curat despre tot şi toate.

— E uşor să vorbeşti, Iawo, dar eu simt că e ceva mai presus de noi.

— Frica. Atât. Frica de orice. Tot ce vine înspre noi ne trezeşte nelinişte, iar noi avem pornirea să ne închidem precum o mimoză, ne ascundem de întuneric şi devenim proprii noştri prizonieri.

— De unde ştii tu toate astea?

— De la lume adunate, Savu. De la măicuţa. Tu crezi că ea a trăit şi suferit degeaba pe lumea asta? Darul meu cel mai mare este că eu cunosc omul după ochi. Nici n-ai idee câte văd eu în ochiul unui om. Acolo este miezul lui şi orice miez este supus schimbării. Devine ori mugur ori iască, ori viaţă ori moarte. Mai sunt şi semnele care mi se arată la tot pasul.

— Ce ştii tu, Iawo şi eu nu ştiu?

— Uite am să-ţi arăt cât suntem noi de mici şi neajutoraţi...

Eram copilă, aveam vreo zece ani. Mama umbla cu mine de mână din sat în sat cu ghicitul. Că din asta ne câştigam pâinea. Dormeam pe unde apucam. Odată am dormit la o bătrână ca să fim în siguranţă, altfel deveneam ţinta batjocurii celorlalţi. Măicuţa se temea pentru mine. Eram frumoasă şi nu ştii ce înseamnă două suflete neajutorate pentru răufăcători, care se uitau la noi pofticioşi.

— Ei, Iawo, Iawo, şi acum eşti frumoasă...! Eu nu ştiu de ce n-ai rămas tu în Franţa sau pe unde ai fost, că precis, ajungeai pe covorul roşu la Hoolyood...

— Taci, omule, că nu m-am procopsit prea mult...am muncit din greu să nu crezi că-i mare sfârâială pe acolo...

— Asta să le-o spui fetişcanelor şi băietanilor, ca să ştie şi ei că acolo nu-i raiul de pe lume...!

— De ţi-aş povesti eu, Savule, viaţa mea, nu mi-ar ajunge o viaţă...! Am trecut prin multe primejdii şi dacă nu dădeam peste oameni buni, care să ne apere la nevoie, poate acum nici nu mai eram. Numai că măicuţa, ca şi mine, prevestea nenorocirile. I se arăta Maica Domnului pe cer, plângând, şi ştia că-i de rău. Şi nu peste mult timp auzeai c-a ars o casă sau un sat întreg de lângă pădure, că a murit cutare călcat de căruţă, cum s-a-ntâmplat cu o nepoată de-a bătrânei. Parcă aud şi acum cum povestea: „Ehei, nepoata mea a murit de mult... îţi dai seama cât de demult s-a întâmplat asta, Savu? .. Deci, bătrâna avea o nepoată, care a murit călcată de căruţă. A trecut căruţa peste gâtul eicu roţile şi i-a sfărmat gâtul, a murit pe loc. Era o frumuseţe de fată, n-avea nici treisprezece ani, un copil."Ei, şi când au trecut şapte ani ... cam pe vremea războiului,-îmi povestea bătrâna-nepoata, adică moarta, îmi apare în vis:„Bunico, tu eşti mai aproape de mine". Adică, Savule, ştii ce vrea să spună moarta?, că bunică-sa e mai aproape de lumea de dincolo, că era bătrână, cât mai avea ea de trăit? Cât mai era până pe lumea cealaltă? O azvârlitură de băţ, dar moarta, ca să n-o sperie, cică e mai lângă sufletul ei. Şi-i spune nepoată-sa, care era o frumuseţe de fată, dar parcă ceva mai înaltă, că de! trecuseră şapte ani de la moartea ei..." Bunico, te duci să-mi cumperi o rochie de mireasă, cunună, verighetă, pantofi noi, albi, tot ce trebuie. Te duci la mămuca, îi dai toate astea să le sfinţească. Apoi, îi spui mămucăi să iasă la răscruce de drumuri, pe la Dealul Morii şi să aştepte. Prima maşină care a trece pe acolo s-o oprească şi să dea toate hainele astea de pomană, că eu le aştept, bunico, le aştept cu drag. Mi-a venit şi mie vremea. Asta este soarta mea". Ei, şi bătrâna asta, Savule, nu minţea, era vestită în sat pentru presimţirile ei. Dimineaţa, se trezeşte bătrâna, se duce la fiică-sa, îi spune visul şi se apucă amândouă şi pregătesc totul, că musai trebuia să împlinească ce auzise în vis. Se pune mama moartei pe plâns de parcă atunci ar fi murit Măndica ei şi se duce în Dealul Morii cu noaptea-n cap. Se-aşază în drum şi face cu mâna la prima maşină, dar nici gând să oprească. Mai stă ce mai stă, era cât pe ce să plece şi numai ce vede o hardughie de maşină de război. Şi cum povestea, Savule, eu, care eram de numai zece ani, mă cutremuram, mă treceau fiori prin tot corpul, că avea bătrâna aia un har la povestit, că parcă vedeai totul înaintea ochilor. Parcă o aud: „Stătu fiică-mea în şosea ca o mogâldeaţă pe margine, zgribulită de frig, că eu n-aş fi stat, Doamne fereşte, cu tot visul, dar ce era să facă sărmana fiică -mea? Tremura de frig, că aşa e dimineaţa, şi numai ce vede venind o hardughie de maşină de război, huruind de departe. Face cu mâna. Apoi o cuprinse frica şi lăsă mâna jos, dar când ajunge în dreptul ei, repede, făcu semn cu mâna ca să oprească. Îi era inima cât un purice. De! era război, cum să opreşti ditamai maşină? Şi ce să vezi? Maşina se opri cu un bârâit greoi, înăbuşit. Din ea coborî un ofiţer plin de galoane şi o luă la întrebări pe biata fiică-mea "ce-ai, măi femeie, ce cauţi în şosea cu noaptea-n cap? " Dar ea de colo, bâlbâindu-se: "Uite, dom' ofiţer, aşa şi-aşa, uite, am avut o fată care a murit acum şapte ani. Mi-a trimis semn de acolo să-i dau hainele astea de pomană". Ofiţerul holbă ochii mari la fiică-mea, avea ăla nişte ochi albaştri, bulbucaţi, era rusnac... Se făcu alb ca varul: "păi, ştii, măi femeie ce avem noi în maşină? ", "ce-aveţi, păcatele mele? - întrebă fiică-mea. Şi ofiţerul îi spuse răstit şi cu vocea gâtuită, aproape gâfâind:

"ducem acasă un soldat mort. A murit ieri în misiune." Fiică-mea s-a făcut albă ca varul la rândul ei, că ofiţerul a sprijinit-o să nu cadă."

— Ei, Savule, soldatul ăla mort era ursitul moartei. Ei, ce zici? Te mai îndoieşti de puterea lui Dumnezeu? Fiecare avem un rost şi pe lumea asta, dar şi pe cealaltă. De-aia vă spuneam eu vouă că ce zic nu zic de nebună, e ceva ce voi nu vreţi să pricepeţi. Dar lasă că ne vine rândul la toţi.

Am rămas pe gânduri. Ce mai! Iawa ştia multe!!! E dată dracului!!! Cred că nu sunt eu singurul căreia îi îndrugă verzi şi uscate. Le spunea ea la toţi clienţii ce-mi spune şi mie, n-avea grijă!... Precis îi zăpăceşte, îi sperie, iar ei scot banii şi pleacă cu sufletul la gât de frică. Mă trec toate căldurile şi mă furnică până-n creştetul capului...! La fel ca semnalele pe care mi le trimite nevasta mea în vis. "Ce-o fi făcând ea acolo pe lumea cealaltă? O fi având ea vreo putere sau face niscavai aranjamente să mă ia mai repede lângă ea? "

— Tu să-mi spui deschis, Iawo, nu mă ameţi, mai am vreo speranţă să-mi curăţ curtea de năluci?

— Ţi-am spus şi-ţi repet - începu Iawa tacticos, luând o poziţie marţială - aici se pune problema aşa: ori e vreun blestem rămas nedezlegat de la Tyron -că nu ştiu dacă ţi-am zis, s-a făcut solomonar-ori ceva ce ţine de mintea ta şubredă, care a început să se ramolească. Şi atunci, n-ai ce-i face? Eşti unsul Domnului, poţi s-o iei prin sat ca Petrache Lupu şi să propovăduieşti...

— Iawo, eu vin la tine ca omul necăjit şi tu mă iei de prost? Al dracului să fie ăla care ţi-o mai călca pragul!..

M-am ridicat şi-am luat-o la fugă pe scări...

— Stai, măi omule, că n-am terminat. Ai uitat că ai două moarte la uşă, dac-o pui şi pe-aia din zid, a lui Tyron? Păi, e făcătură grea...! O auzeam cum strigă după mine, dar nu m-am mai uitat înapoi, dus am fost!

— Ei, acum ce mai zici?

Ce să zic, prietene? Pe mine unul mă captivează poveştile tale, zici că eşti în altă lume. Chiar aş vrea s-o cunosc.

— Fii fără grijă, că dacă n-o cauţi tu, te caută ea, nu scapi de aiurelile ei!

— Vrei să spui că nimeni şi nimic n-o poate doborî?

— Stai să-ţi mai spun că poate o să ai de-a face cu ea.

I se întâmplase de mai multe ori Iawei să i se pună la îndoială calităţile ei extrasenzoriale. Nu o dată în ceair, locul unde vrăjitoarea făcea şi desfăcea vorbele ei meşteşugite, îi puneam întrebări încuietoare. Trebuie să ştii că atunci erau momente când Iawa dădea din colţ în colţ, iar uneori rămânea singură înlemnită, Toţi îi întorceau spatele. Pleca spre casa ei, dar nu-şi pierdea speranţa. De fiecare dată se întorcea cu forţe proaspete. Ce mai! E omul vremii. Dacă ar fi ştiut ce păţeşte cu mine, nu mă mai primea. Îmi făcea o programare şi între timp se documenta. E şmecheră!

Când e singură, intră într-o cameră semiobscură, aprinde lumânările, se aşează turceşte pe jos şi-n lumina difuză se priveşte în oglindă. Aşa face mereu.De-acum o ştiu toţi.

***

Ziua era pe sfârşite. Erau vizibile umbrele înserării.

Dinspre baltă adia un vânt umed cu o uşoară burniţă. Balta era acoperită cu o pâclă deasă, o negură sidefie pe toată întinderea, dezvăluind din loc în loc parcele de stuf veştejit.

Scârţâiau ferestrele. Vântul de noiembrie, aducător de brumă răsfoia cu ciudă resturi de frunze zdrenţuite, învăluindu-le într-o horă a morţii, apoi abandonându-le cu nepăsare. Din loc în loc, câte o luminiţă anemică, îşi răsfira razele palide pe uliţe, iar câte un câine rătăcit lătra în răstimpuri, nereuşind, totuşi, să stârnească vreo zarvă. Totul părea încremenit. Vedeam casa Iawei, care se înălţa pe verticală, dezvăluind o mansardă luminată de un neon.

— O vezi, Săftoiule, cât e de impunătoare? Aşa a dorit Iawa. Să fie un punct de reper pentru maşinile tot mai numeroase, care vinîn Valea Rece şi-o caută pe vestita vrăjitoare. Acolo, la mansardă, Iawa a instalat un tub luminos cu numele ei scris cu albastru intens, pe un fundal roşu, ca să fie mai vizibil. A amenajat în curte un loc de parcare, iar de jur împrejur a sădit brazi care, în câţiva ani, au depăşit nivelul clădirii. Oamenii se amuză, poate din invidie sau poate chiar o cred pe Iawa trăsnită şi-o tot stârnesc la vorbă pe stradă: "Iawo, parcă eşti din neam domnesc, ţi-ai pus arbuşti ornamentali şi gazon, tufe de bucsus, gard viu, în loc să-ţi sădeşti şi tu un pom fructifer, o legumă, tu ce mănânci la iarnă, răbdări prăjite? "

Iawa, care se îmbrăca din ce în ce mai elegant, nici nu-i băga în seamă. Îşi făcuse de-acum un „brand" în sat, îi veneau toate la comandă. Avea ea grijă să nu-i lipsească nimic. Era încă frumoasă, uneori avea un farmec straniu pe careîl cultiva în camera obscură. Avea grijă să-şi profileze silueta pe un perete peste care se suprapuneau nişte umbre ciudate, ca să impresioneze clientul care, de cele mai multe ori, rămânea mut. Umbrele fremătau întruna şi se mişcau de colo–colo. Apoi, ea îşi începe incantaţiile care-ţi dădeaufiori. Îţi furnica trupul din cap pânăîn picioare, iar părul ţi se face măciucă. Vrăjitoarea se uita în oglindă intens de unde începeau parcă să iasă siluete de tot felul în lungul şi-n latul camerei, reflectate pe pereţi, în timp ce vocea ei guturală murmura incantaţia:

Să umblaţi /Să colindaţi / Printre plopi / Până-n gropi /

Printre bărbaţi /Încornoraţi / Ochi cât mai şui / Fluturi haihui

Jivine mici / Cu ţepi de-arici / Plesniţi din bici

Pociţi la rând / Tot îngropând...

Şi cu cât lawa se lăsa purtată de gând, cu atât, din oglindă, ţâşneau, ca din cutia Pandorei, tot felul de învălmăşeli de forme, chipuri, aripi, cozi, ochi străvezii, care izbucneau hohotind şi chiuind în timp ce lawacontinua sacadat:

Puii, mamei, pui/În lume hai - hui

Cu zbucium şi foc/Şi făr' de noroc

La omu' hain/Să guste pelin...

— „Aşa!" - spuse răsuflând uşurată, dar simţea cumcurgeau apele de pe ea. Acum să vă văd eu! Mai credeţi sau nu mai credeţi? Jucaţi-vă voi cu mine că vă aranjez eu pe toţi! Să văd pe unde scoateţi cămaşa, când or tăbărî astea întărâtate în curţile voastre!... Ce-o să veniţi la mine, învârtindu-vă, să văd ce mai spuneţi atunci? ...! Apoi aranjează tot „arsenalul" şi îl acoperă cu o pânză neagră până a doua zi.

— Ei, Săftoiule, spune dacă nu te bagă în sperieţi fiinţa asta? Dar să-ţi spun ce spaimă am tras în casa mea.

Deschid uşa la verandă. Aprind lumina şi mi se pare că văd un abur prin toată casa. Să fie fum? Aud gemete, veneau dinspre zid. Îmi lipesc urechea de zid şi aud un oftat prelung, apoi suspine repetate. Cineva plângea. Am rămas cu urechea lipită o vreme de perete. Mă fac una cu zidul. Doamne, s-a luminat de ziuă şi eu stăteam lipit de zid, topit în lutul răscopt de vreme, mirosind a var mucegăit!!. Încep să mă pipăi: "Vai de mine!, nu văd bine? ... unde sunt? ... unde sunt oasele mele? ... Nu mai sunt întruchipare omenească!". Simt o căldură în tot trupul... Stelea venea spre mine:

— Ce-i,domnule Savu?

— Mă prăbuşesc, ia-mă-n braţe şi du-mă în pat.

În dimineaţa aceea m-am sculat lac de sudoare. Eram moleşit.

— Poate era un semn de boală, Savule?

— Era coşmar, Săftoiule, faza a doua! Parcă mi se învârtea în cap o morişcă. Are dreptate Iawa. Puterea minţii este tot secretul. Ce mi-am zis eu în mintea mea? Ia, să nu mă mai las eu doborât!

Nu ziceam nimic. Mă uitam la Savu şi parcă mi se încleştase limba. Ce să mai spui când auzi toate acestea? O avea dreptate, dar mie îmi treceau fiori pe şira spinării. Îl auzeam parcă prin vis:

— Cât o fi ceasul? Soarele e sus pe cer. În curte nu e nici ţipenie...Noroc cu băiatul ăsta, altfel nu mai am nici o scăpare. Dumnezeu mi l-a adus în cale.

Se uita la mine cu o privire ciudată, parcă venea din altă lume. Slăbise mult. Era străveziu. Vocea îi era şoptită:

— Uite aşa îmi petreczilele, dragul meu prieten! Când am câte un vis, mă refugiezîn ceair să mai văd pe cineva, de parcă aş cere protecţie.

Uneori mă duc în să iau o gură de aer. Îl văd pe Butică, târându-şi piciorul bolnav. Îi ies în întâmpinare şi intru în vorbă cu el:

— Da' unde pleci, măi, Ilie, cu noaptea-n cap?

— Mă duc la primărie, că am o veste de la Boy-ul meu, în piele de american. Am primit vorbă c-ar fi lăsat un mesaj primarului, dar ce-ar putea fi, nu mă duce capul! Cine ştie ce boroboaţă a mai făcut!

— N-o mai lua aşa, poate face vreo investiţie, o fi câştigat la jocurile de noroc, mai ştii?

— Fugi, măi Savule-îmi spuse el- tu crezi că toate muştele fac miere?

Tăceam şi mă uitam la el cât era de întunecat la faţă. Simţeam că are o durere adâncă şi nu vrea să mi-o spună.

Ajunsei la Iawa şi o luai în primire de la poartă:

— Iawo, am venit la apel!

— Ia, mai lasă-mă cu apelul tău, Savule, la mine vine numai cine crede. De-alde de-ăştia cu fundulîn două luntre sunt sătulă. Toate se fac în lumea asta prin puterea credinţei.

— Păi, Iawo, eu tocmai asta voiam să-ţi spun. Am veşti bune. Am dormit buştean, numai că spre ziuă m-a chinuit un vis urât.

— Astea-s încercări, Savule, te mai lasă, iar te ia, până pricepi şi tu o dată că nimic nu e întâmplător pe lumea asta, dar ai grijă, când va fi lună plină, atunci să te ţii, nene, începe multiplicarea, adică înmulţirea în proporţie aritmetică, poate nu ştiai asta, nu?

— Iawo, iar mă sperii?

— Nu te sperii! Dar dacă vrei să te încrezi în mine, trebuie să vii pregătit. Nu mănânci nimic, dar absolut nimic, ca să putem acţiona asupra învelişului astral.

— Baţi câmpii, Iawo, uită-te la mine că nu mai am carne pe mine. Spune tu, Iawo, aşa cum arăt acum, nu crezi că mi-a mai rămas doar învelişul astral?

— Asta-i cam aşa, Savule, dar eu mă mai gândesc şi la altceva: nu cumva Leontina ta e la cuţite cu moarta din zid a lui Tyron? Tu crezi că nu s-au întâlnitacolo pe lumea ailaltă? O fi un conflict, care pe care,pentru a avea supremaţie asupra ta.

— Iawo, faci ce faci şi iar m-abureşti! N-ar fi bine să-ţi iei toată artileria grea şi să vii la faţa locului, la mine acasă? Că dacă te vedea pe tine cu mintea ta brici, s-ar duce-n panaghia mamei lor pe la alţii!

— Vin, Savule, dar trebuie să facem o conferinţă de presă în ceair, ca să fiu şi eu cunoscută, tu crezi că eu vin aşa... degeaba? E vorba aici de imaginea mea pe care doar aşa s-o fac cunoscută. Să-mi fac mai întâi o viziune de ansamblu asupra situaţiei şi apoi pe persoană fizică...cum s-ar spune...!

— Asta da documentare, Iawo, văd că eşti la curent cu toate, eşti omul vremurilor noi, mai ai puţin şi parcă te văd că pleci că faci cursuri de marketing...cine-o să mai fie ca tine?

— Păi, cum vrei tu să-mi ţin afacerea-n mână, fără

specializare? Acum, cât e criza asta, au început să vină patronii în şir indian, să vezi ce-i la poarta mea!!? Cică să le ţin afacerile pe linia de plutire, să nu intre-n insolvenţă. Au ajuns la mâna mea. Îi rezolv pe bază de programare. Între timp, mă documentez despre fiecare ce şi cum, ca să ştiu cum să-i iau. Fac feţe–feţe, când le pun pe tapet toate matrapalzâcurile.

Nu-mi venea a crede ce auzeam, Săftuiule. Câte nu-i trec Iawei prin cap? "Iawa-i dracu'gol! Astea-s măsuri anticriză! Uite ăştia supravieţuiesc, de-alde Iawa, cine-ar fi crezut? Iar eu umblu după cai verzi pe pereţi"

Copiii mei plecaţi în lume!!!Nu mai ştiam nimic de ei. Regretam c-am plecat din Galaţi? Cum mi-am schimbat singur destinul meu şi al copiilor mei? Îmi simţeam sufletul încărcat. Mergeam greu. Trupul îmi era încordat ca un arc. Îmi propusesem să trec din nou pe la Butică, chiar dacă era ora prânzului, când tot omul se odihneşte. Auzisem că i s–a întors băiatul din America. Probabil de-aia se ducea el la primărie!.. dar n-a vrut să spună, ca să nu dea în vileag cine ştie ce prostie de-a lui Toader-Boy

Se ştia în sat că băiatul lui Butică era printre primii care şi-luase zborul în lume. Venea din când în când acasă plin de fumuri, stâlcind în mod voit cuvintele limbii lui materne ca să-i convingă pe săteni cât de "american" a devenit el. Pretindea să i se spună Medarling-Boy.

La început oamenii se uitau la el cu respect, cu invidie, dar şi cu speranţacă vor găsi un sprijin pentru odraslele lor, înleslindu-le şi lor plecarea în „ţara făgăduinţei", dar apoi s-au lămurit. L-au dat jos repede de pe soclu şi-l provocau intenţionat, făcând băşcălie de el. Toader nu-şi dădea seama

Îşi etala prostia, umflându-se în pene ca un curcan.

— Auzi? „Maidarlingboy!!"-chicotea câte o fetişcană, îi dat dracului Toderaş al nostru!!!

— Vax!-completa alta, privindu-l pe Toderaş, amuzată de ifosele lui.. Eu mă întrebam în sinea mea ce-o fi însemnând Medarling? Poate o fi un fel de maidan, după cum se pronunţă.

În spatele lui era taică-său, târându-şi piciorul bolnav şi dondănind înăbuşit:

— Tu-ţi arhanghelul şi altarul mă-tii de golan! Ai umblat prin lume şi nu s-a prins nimic de tine? Nici n-ai ajuns bine acasă şi te-ai şi încăierat cu băiatul primarului? Ce-ai avut cu el aseară, mă? Că m-am dus la primărie dimineaţa şi-mi venea să intru în pământ de ruşine. Ai tocat aseară un sac de bani.

„Medarling - Boy" întoarse capul către taică-său şi spuse pe un ton răstit.

— Da' ce-s banii tăi, măi "tede"? Numai eu ştiu cum i-am câştigat, pierzândnopţile!

— Păi, tocmai de-aia, netotule, îi arunci în vânt? Îi îndopi pe toţi neisprăviţii în loc să-ţi faci şi tu un rost?

— All right, all right... bolmoji Toader – Boy, dându-şi importanţă şi gesticulând cu eleganţă. Aproape că dansa pe stradă. Apoi, se întoarce către mine:

— A, mister Savu, brather...

Na drăcie! Dar nu mă lăsai mai prejos:

— Ce-i , măi Toadere? Vrei să-mi spui că sunt "breaz"? ,

Nu ţi-e ruşine? Aşa vorbeşti tu cu un om bătrân? Ia vezi!...

— Excuse-me, excuse-me, ... ai zis ceva?

Mă prezint: Medarling

— Boy - şi băiatul lui Butică îmi întinse mâna grăbit.

— Las-o moartă, Toadere! E ceva ce seamănă „a bou" ce-mi zici tu acum?

Un grup de fete, gălăgioase, printre care si-o nepoată de a lui Mitică Vrabie, venită de curând din Italia, se uita la Butică bătrânul cum îşi "aghezmuia" fiul şi se puse pe chicotit. Ba chiar Lorica, nepoata lui Vrabie, care rupea câte ceva în engleză, îl luă în primire:

— Helo!......ce faci şmechere? Todiraşule, mâncaţi-aş emblema!...

Toader se uită la ea pofticios, îşi ţuguie buzele:

— Şi eu ţie... you know that... money? Lorico, Lorico,... mai pune-ţi pofta-n cui! S-au dus money-ii mei...!

Mă uitam la el şi mă gândeam cât de uşor îşi risipeşte banii. Nu ştie ce-i necazul! Se opreşe în faţa mea cu un rânjet:

— Uite ce e, mister Savu, am o veste O.K.! Mălina matale e mare damăla Toronto. Cântă la bar, dar mai face şialtele...

Îmi aruncă aşa în faţă un hohot obraznic, clipind din ochi şi ţuguind buzele, privindu-mă cu subînţeles. Simţeam că-mi ies văpăi din faţă, am lăsat capul în jos de ruşine şi am apucat-o spre casă, urcând dealul din ce în ce mai încet şi mai abătut. M-am aşezat pe prispă, mi-am prins capul în mâini şi-am plâns îndelung.

Curtea era pustie. Stelea plecase de mult cu animalele pe imaş. Îmi arunc ochii spre deal şi văd oile răspândite, păscând de-a curmezişul. Mă uitam în curtea Zorinei şi ce crezi? Năluci! Dansau prin curte şi se auzea o muzică în surdină . Nu puteam s-o descifrez.. Îmi trecu prin gând: "poate s-o fi mutat la Zorina nenorocitele astea de năluci! Lasă să vadă şi ea ce-nseamnă că pe mine nu mă crede.„Dă Doamne s-o ia pe ea la rând!" Dar în mintea mea auzii o voce: "nu te bucura de răul altuia, scapă de-al tău!". M-am căit amarnic pentru gândul meu. „Tocmai Zorinei să-i vreau eu răul? Zorina care, de câte ori o văd, îmi umple sufletul de bucurie! "

Mă hotărăsc pe loc să mă duc din nou la Butică să aflu mai multe despre fata mea, să văd eu cum stau lucrurile".

Trecui de pe o uliţă pe alta, urcai dealul spre Butică.

Nici ţipenie de om. Acelaşi sat pustiu, cu atmosferă cenuşie. O cupolă de nori grei stătea să se prăvale: "O să înceapă ploile de toamnă" Mă oprii în mijlocul drumului, rotindu-mi privirile de jur împrejurul meu Apoi, am intrat în restaurantul AQUARIUM. Carolina, nevasta patronului, mormăia singură pe la bar.

— Doamnă Carolino, ce se-ntâmplă cu oamenii ăştia? Pe unde umblă? Toată vara n-aveai loc să arunci un ac aici şi acum bate vântul, ici şi colo câte un întârziat în faţa unui pahar de tescovină.

Carolina nu-mi răspunse, se uita aşa la mine pieziş, cu o căutătură urâtă. Am rămas în loc, privind-o lung: "parcă nu-i sunt boii acasă, De! nu mai are vânzare!"

Deodată o aud cântând:

Uha-la-ba / La viaţa meaaaa...

Uha-la-ba / Am o damblaaaa...!

Mă uitam la ea nedumerit. O fi băut ceva!-mă gândii

Ieşii din restaurant fără să mai dau ziua bună şi îmi continuai drumul spre Butică. Îl găsii pe Ilie Butică, oblojindu-şi un picior. Îl tot ungea cu un amestec de sunătoare şi gaz. Umpluse toată ograda de duhoare.

— Ziua bună, măi Ilie, dar ce-ai păţit, de te doftoriceşti?

— Ia, mă doare al dracului piciorul ăsta şi-l ung şi eu cu ce mi-a zis Iawa, dar tare mi-e teamă să n-ajung la cuţit! Dar ce vânt te-aduce, măi Savule, că şi ieri te-am văzut stând de vorbă cu fii-meu.

Mă uitai pieziş la Ilie şi începui cu o voce nehotărâtă. Eram oarecum stingherit de ceea ce văzusem în faţa restaurantului.

— Măi Ilie, îl caut pe Medarling – Boy, fiu-tău, ascunzându-mi un zâmbet maliţios pe sub mustaţă.

— Nu-i mai spune aşa că mă apucă pandaliile! Şi-a schimbat numele în americăneşte. Un derbedeu! Şi-a luat tălpăşiţa după ce aseară a făcut un scandal de-a sculat toată casa-n picioare. Măi, omule, am crescut o lichea. A venit beat, a spart toate vasele, până şi becul l-a spart în palmă, de-am rămas pe întuneric. Umblam ca orbetele prin casă să-l prind, să-i ard câteva după ceafă, să mă ţină minte. Nu l-am mai prins, şi-a luat geanta de voiaj şi s-a dus în cloaca lui, acolo în America, de unde a venit, după ce a păpat toţi banii. Ăsta-i fecioru-meu, mi-a făcut mai mult sânge rău!

— De, măi Ilie, măcar vine şi el acasă, o dată la un an. Eu nul-am văzut pe Viktor al meu de zece ani, nici nu ştiu de unde să-l iau. Anul trecut, am umblat pe la Ambasadă o săptămână, c-am primit o veste că l-ar fi împuşcat carabinierii. Am deschis nu ştiu câte uşi, doar-doar i-oi da de urmă. Am aflat însă că-i băgat până-n gât în trafic de droguri şi că-l caută Interpolul.

— Văleu, omule, păi crezi că nu-i fac ăia de petrecanie? C-am auzit că-i împuşcă şi-i aruncă la tomberoane, ca să nu divulge reţeaua. E belea mare! Sunt implicaţi şi ăia mari de tot de pe la FBI, ce crezi, moarte curată!

— Nu ştiu, Ilie, dar n-am dat de nici un fir, dar eu am venit la tine să aflu de fata mea, de Mălina. Cică-i tot pe acolo, cu fiu-tău.

— Nici nu l-am mai întrebat nimic, Savule! Aia nu-i viaţă,e destrăbălare curată unde munceşte Toader al meu, în Toronto. Anul trecut, m-a luat şi pe mine cu el: "hai tată să vezi lumea!" Şi ce crezi? Cât am stat la el, Toader al meu dormea cât e ziua de mare, iar noaptea lucra la un club cu femei de-astea deocheate. Am vrut să văd şi eu ce muncă de noapte face el, credeam că treburile stau ca la noi, cu tură grea, cu sporuri de noapte. Pe dracu'! M-am crucit când am intrat în club, aşa mai spre ziuă. Erau, măi Savule, pe jos, numai femei goale, bete turtă, gemeau, ce dracu făceau, c-am pus mâna la ochi şi-am ieşit glonţ. Doamne fereşte! Nu văzusem asta de când mama m-a făcut. Am trăit s-o văd şi pe-asta! Am plecat, nenică, nu mi-a mai trebuit nici Americă, nici nimic. Mai bine aici în Valea Rece, bine-rău, ştii că eşti acasă, în ţara ta!

— Măi Ilie, aşa sunt părinţii. Îşi fac şi ei, săracii, iluzii, că vor fi ţinuţi pe palmă la bătrâneţe, dar toate o iau razna. Te poartă soarta unde cu gândul nu gândeşti.

— Aşa am crezut şi eu, că Toader al meu se face om de ispravă, dar a intrat în lume taman ca vaca-n păpuşoi. Nu era mai bine înainte? N-aveai voie să pleci din ţară cum îţi venea ţie pe chelie, te verifica dacă meriţi sau nu. Nu vezi acum? Toţi românii fără căpătâi, de orice naţie ar fi, hălăduiesc prin lume de la un capăt la altul, de ni s-a dus vestea ca de popă tuns. Mai mult la rău decât la bine.

Mă gândeam la Mălina mea. Tăceam şi ţineam în mine tot năduful. Nu voiam să ştie Butică ce-i cu fata mea, dar îmi era inima încărcată, că adică s-a dus pe unde s-a dus, crezând c-o aşteaptă câinii cu colacii-n coadă. Numai că acum, privindu-l pe Butică, văzui că nu e el singurul tată năpăstuit din lumea asta. Am ajuns acasă, târându-mi picioarele: "ce rost mai am eu pe lumea asta!"

* * *

Era o zi de noiembrie ceţoasă, cu negură multă pe coama dealurilor ce împrejmuiau suburbia Valea Rece. Văzută de pe Dunăre sau de pe faleza oraşului Galaţi, Valea Rece părea un o aglomerare urbană mărginită dedouă dealuri şi o şosea şerpuindă ce se pierdea printre plopi. La mijloc, între cele două dealuri, unde erau cele mai frumoase vile, se vedea dealul lui Găman, cu o coamă lungă. Acolo se adunau animalele satului. Era un fel de păşune, din loc în loc câte o tufă de măceş, scoruşi, păducel, oţetari. Toate dădeau un aspect pitoresc.

Pe partea dinspre Dunăre se vedea întinderea de păpuriş şi de stuf şi pădurea de sălcii de pe malul Dunării,o mare atracţie pentru turişti. Celelalte case maiestoase dominau pe verticală cele două dealuri, într-un amestec neobişnuit de modern şi arhaic. Case bătrâneşti învelite cu stuf, colibe din papură care serveau drept adăpost pentru animale, dar tocmai ele dădeau un farmec aparte. Era un mozaic bizar cu arhitectură de import, susţinută de tinerii care munceau în străinătate. Trimiteau mulţi bani acasă şi aveau pretenţia să se ridice case în stil occidental, unele de un gust îndoielnic.

Nu se armonizau cu peisajul şi păreau nişte coloşi penibili. Turiştii se opreau şi făceau glume: "ia uite! parcă - i Bastilia, murea dacă nu-şi făcea gard din piatră, înalt de doi metri? "

— Ei, prietene, care este nedumerirea mea? Ceea ce visam mi se întâmpla şi în realitate.

Valea cu plopi era un loc periculos cum era în visul meu .Şi asta mă speria şi nu-mi venea să povestesc oamenilor ce mi se întâmplă. Ţineam în mine, dar simţeam cum mă topesc pe picioare. Auzeam despre toate astea acolo în ceair. Unii chiar povesteau ceea ce mi s-a întâmplat mie în vis. Jalbă le spunea tuturor că cel mai temut loc din Valea Rece este valea cu plopi. Erau atât de deşi plopii acolo pe şosea, încât în bătaia vântului frunzele care încă nu căzuseră, şuierau pe toate gamele. Aveai impresia că acolo s-ar fi adunat mulţime de oameni nemulţumiţi şi parcă şi-ar fi strigat în gura mare durerea. Mai ales pe timp de noapte, dacă treceai pe acolo, ţi se făcea părul măciucă.

Printre plopii foşnitori ţâşneau umbre sidefii sau fumurii, după cum era cerul. Le simţeai deasupra, le vedeai sau nu le vedeai, dar ţi se părea că se-ncolăcesc în susul şi în josul trunchiurilor, în valuri şerpuinde sub lumina lunii, încât rămâneai paralizat pe marginea şoselei.

— Ei, ce spui tu de toate astea,Săftoiule? Au fost şi-n visul meu şi acum aud că s-a întâmplat în realitate. Că şi alţii au trecut prin ce-am trecut eu. Este, prietene, ceva necurat în toată tărăşenia asta.

Cei mai slabi de înger îşi făceau cruce cu limba. Se mai găsea şi câte un bătrân cum e moş Buric să spunăo poveste de demult cum că în anii în care a bântuit seceta în Valea Rece, oamenii au pus totul pe socoteala duhurilor din valea cu plopi, care ar fi sorbit norii, golind cerul de orice strop de ploaie.

— Dar să vezi ce făcea Iawa! Când n-avea clienţi îşi schimba tactica. Oamenii stăteau în case ca orbeţii şi nu mai ieşeau în ceair, cum făceau altădată, iar ea se gândea la ce-i mai rău, că adică i se duce afacerea de râpă. Atunci, iaşea ea mai des printr oameni, cu ghiocul în mână. Aşa că începea să umble din poartă în poartă ca să-i descoase, să le afle păsurile. Unii erau mai deschişi la suflet, o primeau, iar Iawa le spunea numai de bine. O ascultau şi se mai linişteau, când vrăjitoarea îi asigura că n-o să li se întâmple nimic. Alţii o credeau „piază rea".

— Du-te, Iawo, că numaitu ne mai lipseai! Nu-i de-ajuns că noaptea avem „vizitatorii noştri" care ne tulbură somnul? Mai vii şi tu să cobeşti cu visele tale de fată bătrână? - o certa Leonte cu năduf.

— Mai bine ascultă, omule, - începu Iawa cu ton categoric - nu te mai crede băţos, că tot la mine ajungi. Spune-le oamenilor că-i aştept în ceair.

— Uite, chiar acuşica mă duc! S-o crezi tu ! Ca să-i faci pe bărbaţi cu ouă şi cu oţet, c-au făcut şi-au dres! Aşteaptă tu mult şi bine! Mai bine ţi-ai pune capul la contribuţie să-l scapi pe Savu de năluci c-a ajuns din om neom. Şi dacă ar fi numai el! Dar mai sunt şi alţii. Să vezi ce halima e în curtea mea, numai că nu se iau de mine, ci de biata soacră-mea. Nu ştiu ce au cu ea că eu nu i-am pus gând rău.

— Poate o confundă cu tine, măi Leonte. Las'că mă ocup eu de - asta. Ştii că pot să le deturnez?

— Ho, nebuno, nu face asta! Hai că-i anunţ pe toţi să vină în ceair, numai lasă-mă în pace!

— Aşa, Leonte, aşa să faci! Cine nu-i cu mine e împotriva mea şi vai de mama lor!

— Eu atâta te rog, Iawo, să nu mă crezi de prost. Am citit şi eu câte ceva, mai ascult şi pe la televizor, s-a deschis lumea, mai e şi internetul. Un lucru nu pricep: cum de afli tu înaintea tuturor? Ai tu vreun canal cu Dumnezeu, că-mi vine să-ţi spun "Să trăieşti, Măria Ta !"

— Cam aşa ceva, măi Leonte, fă bine şi transmite mai departe cuvântul meu şi nu mai pune întrebări prosteşti!...

Nu trecu mult şi oamenii au început să iasă din nou în ceair. Se adunau seara la asfinţitul soarelui, că tot veneau să-şi ia animalele acasă, când turmele coborau de la păşunat. Astfel, mai aflau de una, de alta. Într-o seară, fiind numai bărbaţi, cei mai mulţi tineri, Iawa îi luă în primire:

— A !... aţi venit până la urmă? - le striga ea cocoţată pe pietroiul din gardul lui Vrabie. Vă simţiţi cu musca pe căciulă! Oare cine a adus răul în sat? Voi, nesătuilor, duceţi femeile în ispită cu poftele voastre de tot felul!

Răuţă se făcu roşu ca racul şi strigă tare, să audă toată lumea.

— Ce tot ne arunci în faţă toate relele? Tu nu ştii, Iawo, că voi femeile sunteţi date dracului. Voi ne duceţi pe noi în ispită! Cine l-a ademenit pe blegul de Adam? Nu Eva? Hai spune repede ce ai de zis, că ne grăbim!

— Măi oameni buni, - o lăsă Iawa mai moale, de frică, să nu-i piardă, n-o luaţi aşa! Noi avem aici două rădăcini adânci, care au răbufnit la suprafaţă precum buba coaptă: una este neamul lui Tyron şi alta vine din văzduh, aici nu ştiu să vă spun precis, dar cred că sunt faptele din moşi-strămoşi care vi se transmit vouă din generaţie în generaţie, ba mai mult intră în noi chiar de la naştere, că aşa face Dumnezeu să nu le încurce mai târziu, ni le dă plocon de la început. Dumnezeu se supără şi vă trimite duhuri rele cu vârf şi-ndesat, ca să vă sature, dar tot ale voastre sunt, ele izvorăsc din voi, aţi înţeles?

O voce izbucni nemulţumită:

— Hai, nu mai amesteca alte forţe, că nu eşti tu Mafalda. Nu te băga unde nu-ţi fierbe oala! Ce-are a face vrăjelile tale cu bolile şi cu forţele naturii?

— Eu vreau să vă deschid ochii şi vouă vă sare ţandăra! Vă spun că mie totul îmi apare în vis, am harul ăsta de la mama mea, că doar o ştiţi. Cum mi s-arată Maica Domnului plângând, cum ne aşteaptă o nenorocire. O simt cum pluteşte-n aer. Aţi văzut ce s-a întâmplă de un an încoace?

— S-au întâmplat mai multe, Iawo, care din ele?

— Aia cu fântâna lui Volintiru, unde s-a aruncat băiatul lui Vasile Tyron de-a spurcat apa. Cine l-a împins acolo? Tot gândul rău. Şi de unde vine el? Tot din adâncul neamului. Acolo răul zace ca un sâmbure gata încolţit. Numai să-i creezi condiţii. Şi noi ne pricepem la asta. Ne uităm în curtea vecinului. Râvnim că el are şi noi nu. Gata ! răul îi făcut!

— Şi care-i problema, Iawo? Că muncim de ne spetim ca să ne creştem copiii? N-am omorât pe nimeni. Şi cu toate astea suntem părtaşi. Că nu se poate pădure fără uscături.

— Păi, să căscaţi bine ochii -prinse Iawa curaj, răul se ia şi din privit!

Iawa observă pe cineva alergând pe uliţa dinspre restaurant. Era Carolina, cu părul vâlvoi, gesticula cu mâinile în aer şi urla:

— Uha-la-ba/ Uha-la-ba/ Iha-iha,

Pe limba mea,/ Uite scaieţi /Cum fac puieţi,

Uha-la-ba, /săriţi pe ea!

Uha-la-ba, /la viaţa meaaaa

Uha la-ba /am o damblaaaa...

Şi Carolina începu să danseze ca apucată, ridicându-se de la pământ de parcă-i ardea jăraticul sub tălpi, când pe un picior când pe altul, bălăngănindu-se ritmic.Toată mulţimea aia de bărbaţi înmărmurise. Dintre ei se desprinse bătrânul Panaitache, care era socrul Carolinei. Îi ieşi în faţă, încercând să-i prindă mâinile, dar nu era chip s-o oprească. Atunci Răuţă interveni:

— E nebună, chemaţi repede Salvarea! Imobilizaţi-o şi opriţi-o că-i scoate ochii bietului moş Panaitache. Cineva sună de pe mobil pe bărbatul ei, Costas, care veni repede cu maşina. O luă pe Carolina cu uşurelul, urcând-o în maşină.

Un murmur trecu ca un curent electric printre oamenii rămaşi în ceair care începură să se mişte ca să-şi facă loc mai în faţă, aproape de lawa, de parcă ar fi aşteptat cine ştie ce explicaţie din partea vrăjitoarei. Din mulţime se auzi vocea bătrânului Buric.

— Nu vă mai bateţi capul, oameni buni! Fata asta nu-i din neamul lui Tyron, după mamă.? Am zis eu că se-ntâmplă ceva de zilele trecute, când m-am dus la bufet şi se uita la clienţi cu o căutătură de fiară sălbatică. Cânta de parcă grohăia. Am simţit de atunci că se tulbură apele. Fata asta e o frumuseţe, păcat de ea! A fost balerină în Italia, apoi a ajuns în Germania. Era un talent, spuneau cei care au văzut-o pe scenă.

Acum ceairul se umpluse de femei, băieţi mai tineri, ba şi copii cu biciclete. Toţi forfoteau şi vorbeau numai de Carolina. Printre femei era şi mătuşa Carolinei, o grecoaică masivă, dar frumoasă, cu-o privire de te înţepenea. Lumea se uita la ea cum se jeluia.

— Draga de ea! Cum am crescut-o eu ca pe cea mai scumpă comoară...! Vai de sufletul ei!!

— Poate nu trebuia, Hrisulo, s-o trimiţi în Italia. S-o fi scrântit la cap prin câte o fi trecut pe-acolo!

— Păi, n-avea de ce! Acolo l-a cunoscut pe băiatul lui Panaitache, pe Costas, băiat cu studii, că lucra şi el la o firmă de construcţii. Avea contract, aveau de toate, dece să sufere? Au umblat amândoi prin lume să câştige o grămadă de bani şi uite acum. S-alege praful!

— Dar ce-or face cu ăia mici ? De nu s-ar transmite şi lor! – îşi dădu cu părerea Tonica lui Mardarie.

Zorina stătea la o parte şi se uita cu părere de rău la ceea ce vedea. Se pomeni dându-şi cu părerea.

— Apoi când zici că e mai bine, atunci izbucneşte câte o bubă rea. Nu mai scăpăm noi cât îi cucu' de afurisitul ăsta de neam. O să ne contamineze pe toţi, vai de noi!

— Nu mai cobi şi tu, Zorino, că n-o fi chiar aşa! - interveni din nou Hrisula. Carolina este o mină de aur. Făcea bani la barul restaurantului, nu glumă! Şi e atât de deşteaptă că te uitai la ea şi te întrebai dacă nu cumva conduce ea treburile lui Costas.

Iawa crezu că e momentul să intervină, sprijinindu-se pe vorbele Zorinei.

— Ştii că ai dreptate? Ia vino tu lângă mine să ne sfătuim, să vedem ce-avem de făcut.

— Iawo, eu nu fac afaceri cu tine! N-avem nimic de împărţit. Dar dacă vrei să le facem bine oamenilor, să-i lăsăm în seara asta. Sunt prea tulburaţi. Nu-i mai băga şi tu în ceaţă, mai ales că, uite, se-ntunecă şi e periculos pentru copii. Nu vezi că s-a umplut ceairul de suflete nevinovate?

Se lăsă o tăcere peste masa de oameni, apoi fiecare o luă pe drumul lui ca să ajungă acasă, căci se înserase de-a binelea.

Ceairul rămase aproape gol. Pe o buturugă se aşeză Buric, care se tot căznea să-şi pună tutun în trabuc. De el se apropie Iawa. Femeia avea pe cap o salbă cu bănuţi. Îi cădeau foarte bine pe frunte. Vrăjitoarea purta două cozi pe spate de care, de asemenea, atârnau bănuţi găuriţi. Aşa se îmbrăca la întruniri, ca să impresioneze, mai ales acum, că era momentul să-i aducă pe toţi în ceair, ţinea morţiş să i se recunoască statutul de vrăjitoare. Aştepta mereu cu sufletul la gură să i se ia de bună părerea. Acum, că plecaseră aproape toţi, voia să desfacă firul în patru cu Buric. Însă moşul n-o prea lua în seamă, se făcea c-o asculta şi o lăsa să bată câmpii.

— Ei, moş Buric, fiindcă tot am rămas singuri, să-ţi spun eu cum stă treaba:

— Lasă-mă, Iawo, că asta nu-i treabă de tine, e de doctori şi nu orice doctori.

— Da' eu am ştiut că va fi aşa!... Semnele mele!... Apoi o tot vedeam pe fata asta aproape zilnic, parcă stătea pe un butoi de pulbere. Vorbea repede, vrute şi nevrute. Eu mă gândeam că nu poţi să turui aşa, fără cap şi fără coadă, decât dacă ai ceva vâltoare în mintea ta. Eu mă uitam la ea şi-mi ziceam că asta plesneşte într-o zi şi aşa s-a întâmplat.

Buric o asculta şi se gândi să spună şi el ceva, mai ales că simţise că vrăjitoarea aştepta părerea lui.

— Mândreţe de fată, se adunau turiştii ca muştele, veneau de peste tot, trăgeau la Carolina la bar. Parcă-i vrăjea pe toţi, nu-i mai tăcea gura cât îi ziua de mare. Umbla ca o sfârlează pe la toate mesele şi-i veselea pe toţi. Ce mai vorbe meşteşugite le spunea pe la mese şi toţi erau cu ochii pe ea!!... Consumau de dragul ei, că nu-ţi mai venea să pleci din bar.

— Asta o ştiu şi eu, moş Buric, dar s-o fi văzut în ultimele săptămâni, era tot mai tăcută, tot mai înnegurată. Într-o zi am rămas pe loc şi mă uitam după ea pe uliţă. Mă împinge păcatul s-o întreb: "Carolino, drăguţă, parcă nu ţi-s boii acasă? Te-ai uitat în oglindă să vezi ce ochi bulbucaţi ai? Sunt bulbucaţi ca la broaşte, iar culoarea bate parcă în roşiatic." Carolina puse imediat palmele la ochi şi începu să se hlizească la mine, apoi o luă la fugă în zigzag. I se împleticeau picioarele de gazelă, de ziceai că nu-i făptură omenească. Am rămas cu gura căscată, uitându-mă după ea şi-mi ziceam că n-o să treacă mult şi fata asta o s-o ia din loc.

— Ei, lawo, spui şi tu aşa, că de când te ştiu o faci pe deşteapta. Tu crezi că eu nu-mi dau seam c-astea sunt tertipuri de-ale tale.

Buric se urni din loc, lăsând-o pe lawa singură în ceair. O luă şi ea la vale, spre baltă, la faimoasa ei casă.

Costas Panaitache ajunse acasă, încercând s-o liniştească pe Carolina lui. Refuza ideea că frumoasa lui nevastă a luat-o din loc. Îşi reproşa faptul că a lăsat-o prea mult să se ocupe de treburile lui de la bar, că a fost suprasolicitată şi că oboseala şi-a spus cuvântul. Încerca s-o adoarmă c-un ceai de tei şi miere, ca să se calmeze.

Toate păreau să intre în normal. Se gândea să angajeze un alt om pentru a gestiona situaţia la bar. Se gândea chiar să-l închidă până-n primăvară, până se lămuresc lucrurile cu nevasta lui.

Trecu o vreme de acalmie. Vântul de toamnă târzie smulse aproape toate frunzele, care alergau în duium pe uliţe. O perioadă nimeni nu mai vorbea cu nimeni. Se instalase o tăcere neobişnuită. Părea un orăşel lipsit de viaţă. Localnicii treceau grăbiţi ca nişte umbre, umblând în susul şi-n josul străzilor.

Din fiecare casă se înălţa fumul alb în rotocoale sau răscolit de vânt. Costas închise pentru o vreme restaurantul AQUARIUM, dar şi barul Carling & Costas, ceea ce-i făcea pe oameni să stea mai mult pe la casele lor. Parcă nici maşinile nu se mai opreau în sat, toate erau în trecere, într-un trafic mai puţin aglomerat, întrucât pe vreme de iarnă cele două cariere de piatră îşi reduceau ativitatea.

După o vreme, Angelo, un italian pripăşit prin Galaţi, a auzit de restaurantul lui Costas şi se grăbi să-l închirieze la un preţ avantajos. Costas fu de acord. În Valea Rece începu din nou freamătul acela specific oraşului. Din nou localul era plin de oameni care poposeau la o ciorbă de burtă, la un grătar sau tot felul de bucate pe toate gusturile. Maşini după maşini se opreau la restaurant.

Eu şi Buric stăteam în ceair şi ne odihneam pe un trunchi scorburos pe care-l abandonase o maşină de mare tonaj, încărcată cu buşteni. Îmi povestea Buric că asta s-a întâmplat pe o vreme ploioasă. La un viraj neinspirat a aterizat chiar în mijlocul ceairului, înfundându-şi roţile-n noroi. Un buştean s-a rostogolit şi a rămas înţepenit. Nimeni nu-l mai putea urni din loc. Acolo începură să se adune, din când în când, câţiva localnici care n-aveau stare să stea acasă.

Bătrânul îşi făcuse un obicei din a-şi fuma trabucul în văzul oamenilor. Cum stam aşa deodată se vedea Costas aşa ca prin ceaţă coborând din maşină cu greu, bandajat la mâna stângă, mai spre umăr. Se ducea la dispensar. Dar parcă era şchiop. Buric nu se putu abţine să nu-l întrebe.

— Costas, băiete, ce necaz ai mai păţit? Ai avut vreun accident?

— Ăsta nu-i accident, ăsta-i pericol de moarte.

— Ei, nu mai spune! Dar ce-ai păţit?

— Măi, oameni buni, sunteţi bătrâni, aţi trecut prin multe, dar prin ce trec eu să vă ferească sfântul!...

Mă uitam la el şi mă gândii în sinea mea: "măi, băiete, de ţi le-aş spune şi eu pe ale mele!...sunt de-acum secătuit de puteri". Apoi l-am întrebat, curios să aflu ce putea să i se întâmple unui om plin de bani, care putea cumpăra orice.

— Da' ce mai face, Carolina ta, măi Costăşele? Are vreo legătură cu bandajul de la mână?

— Mai rău, domnule Savu. De dimineaţă de când s-a sculat, a început să vorbească-n dodii. Am văzut-o că intră-n bucătărie şi mă gândeam că se-apucă de mâncare ca orice gospodină. Dar ce credeţi? Luă cuţitul de pe masă, veni spre mine, auzi? Să-mi ceară voie să-mi taie mâna să facă borş şi chiar a pus cuţitul pe umărul meu şi mi-a făcut o rană adâncă pe muşchi până la os. Apoi mi l-a înfipt în picior. Am ţipat, am ieşit în curte, au sărit vecinii, i-au luat cuţitul şi-au anunţat poliţia. Pe mine m-au dus repede la dispensar de mi-a pus bandajul ăsta. Ei, m-am dus acasă, ce era să fac? Carolina mea era bine mersi. Nici n-am stat în casă, m-am dus la vecinul de alături să-l întreb. Îmi spuse: "Costas, cât ai fost tu să-ţi pui bandaj la mână, eu am chemat poliţia care, ce crezi? A vorbit ce-a vorbit cu ea şi-a plecat pe motiv că nu se amestecă în treburile de familie".

Buric îmi dădu amănunte după ce Costas plecă, cum că şeful de post n-ar fi vrut să se-amestece în treaba asta, căci frumoasa Carolina îi dăduse o sumă frumuşică de bani fără să ştie Costas. Şi ca să nu afle încornoratul soţ, poliţistul s-a făcut că nu pricepe care-i starea Carolinei. O tot scălda, bătând în retragere. Invocă tot felul de scuze, ieşind discret din casă

Ne uitam amândoi la Costas care intră în dispensar să schimbe din nou pansamentul, apoi se urcă în maşină şi plecă la părinţi.

Cum intră pe poartă, bătrânul Panaitache îl întâmpină:

— Măi băiete, ce facem? Hai să aducem un doctor din Galaţi, aşa, pe ascuns, să nu afle lumea. Gândul că nora lui nu mai e întreagă la minte, îl măcina zilnic. Neam de neamul lui nu avusese de-a face cu aşa ceva şi tocmai printr-o asemenea încercare să treacă băiatul lui? Se gândea la cei doi nepoţi. Ce se va alege de neamul lui? Ăştia ai lui Tyron au împânzit satul de rude, au ajuns o molimă. Că s-au înmulţit câtă frunză şi iarbă, pe unde umbli dai numai de ei. La toate astea se gândea bătrânul Panaitache, iar nevasta lui i se jeluia:

— Doamne, omule, n-aş fi crezut să ne încuscrim cu ăştia ai lui Tyron! Că te uitai la Carolina ce mândreţe de fată şi uite cum aluat -o din loc. Mare blestem pe capul nostru!

Costas rămase pe gânduri şi i se plânse lui taică-său:

— Tată, mă tot bate gândul să divorţez. Dar ce se va alege de copiii mei? Ca să nu mai spun c-a sărit cu cuţitul la mine de mai multe ori.

— Poate nu s-o arunca copiii în neamul ei! - oftă bătrâna, făcându-şi cruce.

Costas ajunse acasă. Îşi pune mâinile-n cap. Carolina spărsese tot din casă, toate paharele, toate bibelourile. Zăceau cioburi în mijlocul sufrageriei, iar ea, cocoţată pe masă, înfăşurată în cearşafuri, urla ca din gură de şarpe c-a venit PRO TV-ul s-o filmeze.

— Nenorocitule, ai chemat FBI-ul, ai adus pe şmecherii din televiziune pe capul meu să mă filmeze? Să ştie toată lumea ce-i în casa mea? Na, să mai filmeze şi-acum! Am spart tot, tot... Cheamă-l şi pe preşedinte şi pe toţi golanii din primărie, pădurarul, hoţomanul ăla,... Uite aşa am să vă rod oasele, cranţ, cranţ !!

Costas o luă cu binişorul:

— Hai cu tata, hai cu tata, binişor, uşor, uşor, hai dă-te jos de pe masă, my darling, hai, hai ! Apoi o prinse de mâini, i le răsuci la spate, o legă burduf: ”stai, zăludo, că ne-ai băgat în sperieţi, zănatico! Apoi, în sinealui: ”Doamne, Doamne, ce mi-a fost dat să trag!”

Făcu un apel de urgenţă la 112, o puse într-o cămaşă de forţă şio internă în Galaţi la psihiatrie. Tot satul vuia. Ba chiar oamenii mai bătrâni au început să răscolească toate legăturile de rudenie să vadă care-i din neamul lui Tyron până la al şaptelea neam şi reieşea că nu e om din sat să nu fie mai mult sau mai puţin în legătură cu afurisiţii ăstia.

Adunaţi ciorchine în şosea vorbeau despre Carolina lui Costaş şi se întristau.

— E boală grea în satul nostru, oameni buni!

— O să ne molipsim cu toţii! Să nu se întindă molima asta pe tot ce mişcă, Doamne-fereşte!

— Boala asta e moştenire grea. N-auzi? Se zice că de la o vreme se întruchipează în făpturi ciudate.

— Nu mai spune! O fi trecut într-altă fază?

— Aşa spune Iawa, ca să ne sperie!

— Toate aceste temeri le auzeam de la săteni şi nu puteam să nu le cred, când ştiam ce-i în curtea mea. Hohoteau, Săftoiule, precum cucuveaua. Mă ademeneau şi mă chinuiau, apoi se cocoţau în nucul din colţul grădinii. Îmi trecea prin cap să tai nucul, dar avui o tresărire: "dacă şi-or schimba locul şi mă trezesc, Doamne fereşte! cu ele-n patul meu. Măcar de m-ar ajutaDumnezeu să fiu cu mintea-ntreagă".

Mă mai duceam la Zorina, căutam motive să-mi fac drum şi mereu aduceam vorba de năluci, poate îmi dă vreun leac, vreo buruiană, ceva, să nu cumva să creadă lumea că nu sunt în toate minţile, să-mi găsească vreo legătură de sânge cu neamul lui Tyron.

— Ei, prietene, toate frământările astea se adunau în mine şi nu-mi dădeau pace.

După un timp iar am căutat-o pe Zorina. Am găsit-o cu o furcă în mână, răscolind nişte gunoaie aduse de ploi. Dizloca mâlul şi-l arunca peste gard.

— Nu ştiu de unde găseşti atâta putere? Păi asta-i muncă de bărbat, ce faci tu aici! Nu ţi-e teamă că dai de vreun şarpe, prin bălăriile astea?

— Da' tu crezi că mă cheamă Savu? Le e frică de mine numai când mă văd - glumi femeia, oprindu-se din lucru cu furca înfiptă-n mâl.

— Mai lasă treaba, Zorino, c-am o vorbă cu tine.

Trebuie să ştii că nu mi-a fost greu să răbufnesc:

— M-am săturat, parcă nu-s în toate minţile de nesomn,noaptea a devenit un chin pentru mine şi nu-ţi mai spun prin câte trec. Mă schingiuiesc ca pe Isus Hristos...

Zorina se uită la mine pieziş şi mă opri imediat:

— Păi, măi Savule, nu stau lângă tine la doi paşi? Pe mine de ce nu mă vizitează noaptea nimeni? Şi vorba aia, sunt femeie şi nu sunt de lepădat

Îmi venea s-o iau în braţe. Obrajii îi erau uşor îmbujoraţi de muncă, ochii galben-verzui, umbriţi de nişte sprâncene frumos arcuite. Avea o strălucire în ochi atât de vie, încât orice bărbat ar fi tresărit, privind-o. Am rămas cu privirea fixă asupra ei: "frumoasă ai mai fost tu, Zorino,"! apoi, cu voce tare către ea:

— Nu vorbi aşa şi tu. Ţie-ţi convine, eşti aici mai ferită, o fi locul acesta mai sfinţit, mai neumblat, dar eu cred că mi se trage de la casa asta blestemată. Tu mi-ai spus că zace suflet de om în temelie. Da' uite că toate astea se pun pe inima mea şi nu mai sunt om Zorino, sunt o umbră!

— Ei, eşti tu fricos, de-aia şi vin stafiile astea, că nu ştiu cum să le mai spun, ar trebui să te lauzi cu o aşa onoare. Mai cred că arătările astea vin unde găsesc terenul slab. Ai tu ceva ce depăşeşte puterea omenească, că parcă vezi, mâine poimâine, ţi se spune „Sfântul de la Valea Rece".

— Zorino, nu mă lua peste picior, că nu-i lucru de glumit. Mai bine dă-mi şi tu o idee ce să fac.

— Păi ce să faci ? Să nu bagi în seamă visele. Ia nu mai ieşi tu din casă când te strigă ele! Asta se cheamă somnambulism, Savule! Ia stai tu nemişcat sub plapumă, ţine-ţi respiraţia ca şi cum n-ai mişca, dar să nu tragi cu ochiul spre geam, te adânceşti în gândul tău.

— Tu ştii Zorino, că-n ceair e mare fierbere? A-nnebunit Carolina lui Costas, mândreţea aia de femeie!

— Ştiu, c-am fost acolo. Nu m-ai văzut, că era prea multă lume, adunată acolo ca la urs, c-aşa se-ntâmplă. Cum ceva, cum se bulucesc toţi ,dornici de circ fără bani…! Apoi vorba se duce şi din ţânţar fac armăsar şi te trezeşti cu nu ştiu ce minune, de se crucesc toţi din satele vecine. Se mai opresc şi maşinile în trecere şi cască gura toţi.

— Ia să facem noi socoteală… n-o fi şi ăştia de-ai lui Panaitache ceva rude cu neamul lui Tyron? . Se-ngroaşă gluma! Ne ia pe rând, pe rând, prin învăluire, război în bună regulă.

— Întâi îi ia pe-ăştia ca tine, pirpirii şi slabi de înger. Ce zic ele în sinea lor? „Hai la Savu să-l băgăm în sperieţi !" şi tu, gata te şi blegeşti!

— Văd că mă încurajezi, Zorino, până-n gard şi mai departe.

— Uită-te la mine, Savule, ia exemplu. Eu, dacă aud ceva în toiul nopţii, iau toporul, ies afară şi strig: "hei care-i acolo, că te fac ţăndări!" Şi-odată se face linişte. Nici ţipenie. Intru-n casă şi-adorm buştean.

— Îţi convine, că tu n-ai gândurile mele, ai băiatul angajat, fericit pe-acolo-n ţara aia, Noua Zeelandă. E drept, e la capătul lumii, dar măcar e bine.

— Vai de binele meu, Savule, că n-am spus la nimeni oful

meu. N-am vrut să intru-n gura satului, dar tu crezi că Iosif al meu trăieşte pe roze? Mă duc la el, că mi-e dor de el, e băiatul meu, numai pe el îl am pe lumea asta. El mă cheamă: ”vino, mamă, că vrem să te vedem”. Mă duc, ce să mai stau pe gânduri? Nu mai ţin cont că dau ochii cu fufa aia de noru-mea.

— Te cred, Zorino, dar măcar băiatul tău e-n viaţă. Dar ai mei unde sunt? Parcă-au intrat în pământ, nu dau nici un semn de viaţă.

— Hai, Savule, linişteşte-te, măi omule ! Uite, o să-ţi spun eu acum tot amarul meu de mamă şi de femeie singură, să vezi că nu eşti numai tu pe lumea asta cu dureri pe suflet. Mai sunt şi alţii. Mă duc în fiecare an la Iosif. M-aşteaptă, nu zic, la aeroport. Vine c-o maşină luxoasă, lungă de vreo cinci metri, cu vreo şapte locuri, îţi dai capul pe spate şi-ţi vine să dormi. Ce să spun? Îmi creştea inima când îl vedeam la volan. Mă duce la vila lui, că are o căsoaie de te pierzi în ea. În fundul grădinii curge o apă aşa lată, cam de vreo zece metri. Iosif a pus pe margine nişte copaci, dar nu-s ca la noi, au frunze late, umbroase. Nu ştiu de ce, dar nu face nici un fruct. Măi omule, are o grădină ca-n rai. Nu are verdeţuri, legume sau fructe, ca să zici că mănânci şi tu o fructă din copac, nici vorbă. Sunt aşa, nişte copăcei încărcaţi cu flori de toate culorile: roz, roşii, albe, frez. Între ei, este o iarbă verde, mătăsoasă pe care o tunde mereu, iar din loc în loc, nişte moviliţe cu flori, în buchete de toate culorile, că numai în vis vezi aşa ceva. M-am uitat aşa, ca să studiez terenul şi i-am zis:

— Iosife, mamă, n-ai pus şi tu în grădina asta de-ale gurii, c-aşa face omul pe lângă casa lui, să mai facă economie.

Ai pus numai buruieni de-astea, nu zic, sunt frumoase, dar păcat de-aşa loc !...

— Ei, mamă, te-am adus în casa noastră de vacanţă, nu stăm aici permanent, venim, din când în când, cu musafirii.

— Adică eu, Iosife, se cheamă că sunt musafirul tău, nu-i aşa? Se uita la mine, aşa, zâmbind... Seamănă leit cu taică-său, mi se topea inima!

— Da, eşti musafirul nostru, că nu te-am văzut de anul trecut. Crezi că mi-e uşor aici, singur în ţară străină? Mi-e dor, câteodată, de ţară, de Valea Rece...! Numai când ajungi să trăieşti departe, îţi dai seama şi te căieşti amarnic, dar nu mai ai puterea s-o iei de la capăt. Începi să depinzi de multe lucruri şi tot amâni până când e prea târziu. Am tăcut, că-mi dădeam seama că trăieşte şi el stingher, că nu-i în largul lui, dar n-are ce face, că noru-mea... ah, ea l-a strămutat din locul lui. Acum, treaba lor, nu mă bag în viaţa lor.

— Ei, Zorino, bine faci. Să înţeleg c-o duce bine, de ce zici tu că te doare sufletul?

— Stai să vezi că a treia zi, ştii tu vorba aia: "orice minune ţine trei zile"! Vine Iosif la mine să mă ia din casa aia luxoasă să mă ducă la o casă neterminată, în construcţie. Casa nepoatei, Zenaida, o casă ce nu-ţi poţi închipui! Era o căldură...! Acolo aerul nu-i ca la noi, să mai adie o boare, să fie răcoare...E un aer de zici că stai într-o seră. Ţi se punea pe inimă, un aer stătut, fără nici o adiere...Ei, acolo a făcut Iosif al meu o căsoaie pentru nepoată-mea. Avea o baie cu faianţă sidefie, cu umbre bleo, o frumuseţe...! Şi ce crezi? Nepoatei mele nu-i plăcea. Şi-mi spune: "uite, mamă, de ce te-am chemat la noi? Vrem să dăm toată faianţa asta jos, că nu-i place Zenaidei, să punem alta, lila, după gustul ei." Am rămas cu gura căscată. Bani aruncaţi în vânt. Ei, Savule, apare nepoată-mea, care-mi dă aşa un pupic din vârful buzei, mai la distanţă, că de! sunt bătrână nu se prea înghesuia să mă îmbrăţişeze. Şi aşa voiam s-o stâng în braţe !!. E aşa de moftoroasă de parcă-i crescută pe puf. Întoarcea un nas şi-şi flutura degetele cu nişte unghii ascuţite, mamă, mamă...! E domnişoară ...! A şi venit acasă c-un lungan de băiat cu plete, cică tot de pe la noi, numai că-i neamţ. Blond, blond, cu sprâncene tot deschise la culoare, cu o faţă albă, mai degrabă ziceai că-i lipovean de-al nostru.

O ascultam, dar îi mai spuneam din când în când câte o vorbă.

— Altă lume, Zorino, tineri fără experienţă, nu ştiu ce-i greul. Acolo, poate e traiul mai uşor, nu se înhamă ei ca noi la truda pământului. Primesc totul de-a gata.

— În sfârşit, aşa o fi, dar nu mi-a căzut bine, mă simţeam acolo ca cioara-n par. Şi-mi spune fecioru-meu: "cât stai la noi, ai timp berechet... dă faianţa asta jos". Şi-mi înşiră, Savule, toate sculele: ciocan, daltă, cleşte, baros, toate la rând. Şi încep treaba...Dă-i şi dă-i, până nu mai pot ! Ca să nu mai spun că mi se făcea şi mie foame, ştii că mă lupt cu diabetul. Trebuia să mănânc mai des, dar nu-mi aduceau măcar o cană cu apă sau să mă întrebe: "mamă, ai nevoie de ceva? " Nu, nici pomeneală! Coboram eu singură şi umblam ca bezmetica după apă, pe la vecini. Venea Iosif într-un târziu: "bravo, mamă, faci o treabă bună". Îmi ştergeam sudoarea de pe frunte, întorceam capul să-mi ascund lacrimile. Pleca fără să zică nimic. Rămâneam ca proasta şi dădeam înainte cu bocăneala. Mă uit pe geam. Nepoată-mea şi tânărul ei cu obraz subţire stăteau atârnaţi de gard şi admirau peisajul. Mă uitam la ei şi mă gândeam: "Na, Zorino, să te saturi de plimbare"! Păi unde-au mai găsit ei o proastă ca mine, să vină din România să le dea faianţa jos. Nici noru-mea nu se prea sinchisea de mine, doar primele zile, că apoi, parcă nici nu eram. Iar când întindeau mese peste mese, că toată ziua aveau musafiri, cine crezi că făcea totul? Iosif al meu! Umbla ca un titirez şi tot nemulţumită era noru-mea. Numai cu gura pe el. Mi se rupea inima: "adu-mi piperul, mai pune şerveţele, strânge, spală, aspiră, aeriseşte"... şi tot aşa, c-a slăbit, săracul!...E puţin mai răsărit ca tine...!

— Nu mai spune, Zorino, păi atunci, vai de capul lui!

— Nepoată-mea face la fel. Mănâncă repede, lasă farfuria pe masă şi iese pe terasă la cafea şi la ţigară. Ce-ţi spun eu acum a fost anul trecut, c-am zis că nu mai calc acolo. Dar, iar m-a apucat dorul şi anul acesta şi m-am dus. Însă anul ăsta a pus capac. Poate vrei să ştii la ce corvoadă m-a mai pus şi-acum?

— Zorino, mai rău de ce mi-ai povestit până acum nu cred că se poate! La ce te-a mai pus?

— Să vezi, acum când am fost, m-a pus s-astup o groapă unde-a fost W.C.-ul. Am cărat, Savule, pământ cu roaba de mă durea la lingurică, până m-a prins fecioru-meu plângând, cocoţată pe grămada de pământ şi s-a răstit la mine: "Gata, mamă, ajunge! Gata, nu mai face nimic!

Du-te acasă că mi se rupe inima, dar n-am ce face, sunt şi eu în curtea asta a mea slugă la doi stăpâni: nevastă-mea şi fiică-mea". Ei, acum vezi cât poate omul să ducă ? Aşa că întăreşte-te omule, şi mergi mai departe.

— Nu te mai duce, Zorino, eu în locul tău n-aş mai călca pe acolo...! Proşti şi copiii ăştia ai noştri!!! S-au dus tocmai la marginea lumii!!!

Am rămas îngândurat:"Doamne, mai sunt şi alţii nefericiţi pe lumea asta. Cine ar fi crezut că şi Zorina are o aşadurere pe suflet? ".

***

Într-o zi, Săftoiule, mă împinge păcatul să mă spovedesc lui Stelea. Că mai bine stăteam liniştit în banca mea.Şi să vezi ce-i povestesc eu şi ce se întâmplă, că m-am crucit. Tot o întruchipare a răului, altceva nu era!

Oţetarii îşi răriseră frunzele, dar tot frumoşi erau aşa, cu frunza de un maroniu-roşcat, iar unele de-un roşu putred. Dealul se dezgolise, căci vântul răvăşise tot. Mai spre vârf, tronau doi stejari răzleţi de unde culegeau oamenii ghindă pentru porci.

De acolo începea pădurea, după o altă vale. Făcui ochii roată peste toată valea aia multicoloră şi îmi simţii sufletul înviorat: "orice poţi să fii în lumea asta: pom, floare, fir de iarbă plăpând, dar numai om să nu fii!". M-aş contopi cu toate minunile astea de culori. Simt că-s daruri ale lui Dumnezeu pentru om, ca să se bucure de ele.

Uneori mă întreb dacă nu cumva singurătatea mea este cauza stărilor mele.

De aici văd până departe îmbătrânitele culmi hercinice împovărate de ani, măcinate de vânturile aspre ale Dobrogei.

Se disting din depărtare braţele macaralelor, ale excavatoarelor care scormonesc în adâncul muntelui, dizlocând blocuri mari de piatră. Probabil că şi acolo s-a făcut vreo concesionare pe zeci de ani. Acolo e o carieră. Se văd mormane de balast, rămas în urmă, piatră brută, încărcată în basculante străine, care luau drumul portului dunărean Galaţi: "nu mai e nimic al nostru Am ajuns la mâna şi în mâna investitorilor străini. Nu s-a găsit unul capabil dintre români să facă asta! Suntem săraci, vai de noi! Noroc cu tinerii plecaţi, că ei mai trimit bani şi pachete, altfel ar fi vai de mama noastră".

Să vezi! Îl strig pe Stelea. El nu ştia nimic din ce se-ntâmpla pe timpul nopţii în curtea mea. Doarmea într-o cămăruţă lângă bucătărie, frânt de oboseală după alergătura de peste zi.

— Steleo, băiatule, vino să stăm de vorbă!

— Ce este, domnule Savu?

— Vino, să-ţi spun şi ţie, că-i belea mare-n Valea Rece? Nu mai e satul nostru de altădată! Au năvălit, Steleo, orăşenii peste noi, suntem nici în car, nici în căruţă, nici în teleguţă! Toate sunt anapoda pe-aici...Nu mai avem nici un dumnezeu!!

— Te referi la Carolina? Mi-a spus mie ceva ăla al lui Begu, cică ar fi înnebunit, aşa-i?

— Da, aşa e! Dar eu mai am şi altă belea. A intrat strechea în casa asta a mea...

— N-am observat nimic, domnule! Cum vine asta? Văd că toate-s în regulă!

— Uite, măi băiatule, nu mai am linişte noaptea. Vin nişte arătări, aud aşa un fel de fâlfâială, încep să-şi schimbe pe rând culoarea, se strâmbă, dar nu ştiu cum să-ţi spun, parcă au o gură rânjită, dar fără dinţi, aşa o gură care se lungeşte într-o parte. Scot, măi băiatule, câte o limbă ca o frunză de oţetar, de un roşu vânăt, ba apar, ba dispar, şi după ce mă chinui să le prind, alergând prin curte ca nebunul, ele îşi iau zborul în nucul din fundul grădinii. Iar eu, Steleo, rămân ca o mămăligă, moale şi fără vlagă-n mine. Asta se-ntâmplă-ntr-o noapte. În altă noapte fac altceva. Umblă prin pod cineva: zdup, zdup...! Parcă-ar fi huhurezi sau altceva, nu ştiu, dar îmi ajung la ureche nişte bolboroseli, ca şi cum ar face popa-n biserică o citanie, dar aşa repede, repede, că nu-nţeleg nimic. Dau să mă-nchin, dar văd că nu mi se mişcă nici un deget. Nu-mi dau voie să faco cruce măcar cu limba. Rămân ca prostu' cu limba-ncleştată. Dau să mă ridic din pat şi văd cum se zgâlţâie zidul, gata să cadă peste mine. Mă trântesc înapoi în pat, închid ochii, stau cât mai stau şi încep să visez urât. De-aia-ţi spun, Stelea, că, dacă s-ar întâmpla ceva cu mine, ştii ce ai de făcut. Să-mi faci toate rânduielile, cum ne-a fost înţelegerea. La ce să mă mai aştept de-acum încolo?

— Bine că mi-ai spus, domnule Savu, să vedem ce-i de făcut!Să stăm la pândă la noapte. Poate nu-i adevărat! S-o fi ţinând cineva de glume proaste. Eu am mai auzit bazaconii de-astea la noi în sat şi când colo, erau nişte golani, care-şi băteau joc de bătrâni de-ăştia singuri. Las'că văd eu care-i treaba diseară. Dar hai să schimbăm locul, domnule Savu. Să dorm eu în casă şi dumneata în cămăruţă.

— Savule, mă uimeşti! Crede-mă că de-aş fi psihanalist, aş face din tine un studiu de caz. Eşti un medium bun pentru psihanaliză.

— Lasă-mă, prietene, nu face cu mine experimente!. Iawa spune că trebuie să lucreze la învelişul meu astral, tu vorbeşti de psihalaliză. Măi, dar numai savanţi am pe lângă mine! Şi eu sunt vai de capul meu! Am ajuns o umbră de om.

A doua zi se scoală Stelea din somn cu noaptea în cap. Iese din casă cu părul vâlvoi şi cu ochii holbaţi, gata să-i iasă din orbite. Mă uitam la el şi parcă mi se pusese o ceaţă pe ochi: "măi, măi, el să fie? O fi altul! Te pomeneşti că acum dau de alt bucluc". Îmi şterg mai bine ochii şi mă uit la bietul băiat care-şi legăna o mână pe lângă corp, iar pe cealaltă o ţinea îndoită şi înţepenită. Încercă să îngaime ceva.

— Nu...îîî...pot..să mă mişc...şi Stelea începu să bâiguie vorbe fără înţeles. Văd că-şi bâţâie capul, că gura-i fugea

într-o parte, iar o mână se bălăngănea pe lîngă corp fără să aibă control asupra ei... Clipea des din ochi, legănându-şi în acelaşi timp capul în dreapta şi-n stânga.

— Măi, Steleo, ce-i cu tine, băiatule?

— Nă...luci...! Le...am... gonit... „Doamne ce rău l-au pocit!"

— Te pomeneşti că te-ai luptat cu ele! Am uitat să-ţi spun să nu-ţi pui mintea cu ele, dar m-am gândit că de! eşti mai tânăr, măi băiete, dar văd că te-au pus şi pe tine pe chituci!

Stelea încercă să meargă spre grajd, bâţâind capul.

— Bi...ne...că ..merg! – mai spuse el şi se îndreptă spre staulul cu oi să le scoată la păscut împreună cu vaca Vinerica. Pe iapa Ludmila o legă lângă căruţă cu chiu cu vai şi-i aruncă un braţ de fân cosit de el cu o zi înainte. Văd cum se depărtează cu turma de oi spre dealul lui Găman. Îl urmăresc cu privirea până când nu se mai zări decât căciula şi băţul cu care strunea oile: "ni la deal, ni la deal, bârr! bârr! gogonatelor!" - aşa le dezmierda Stelea. O atinse uşor şi pe Ludmila cu nuiaua.

— Am intrat în casă. De frică m-am băgat în plapumă.

Ce crezi că visez? Se făcea că zburam pe deasupra satului. Pluteam, mă mai opream pe coama unei case...Ce mai! Dominam tot văzduhul. Îmi zic în sinea mea că aşa cum pluteam deasupra ceairului nu se poate să nu-şi arunce cineva ochii în sus să mă vadă. Atunci poate m-ar crede. O să le strig necazul meu de acolo de sus. Pluteam şi mi se părea că sunt stăpânitorul lumii. Îi vedeam ca îbn palmă pe toţi.Poate oi da de cap la toată nebunia asta. Aterizez în şosea. Mă uitam după Jalbă. El era nelipsit. Răspândea zvonurile, fie de la televizor, fie de pe aiurea, mai degrabă le comenta. Asta era preocuparea lui. Nu se putea să nu-mi iasă cineva în cale, deşi, de la o vreme străzile erau tot mai pustii, pentru că localnicii zăboveau mai mult prin curţile lor, încolţiţi de tot felul de îndoieli. Vedeam oameni aducându-şi animalele de pe păşunea din văgăuna lui Begu şi apoi de pe dealul lui Găman sau de pe grindurile ce se întindeau de-a lungul Dunării

Peste Valea Rece se lăsă o linişte de mormânt. Am deschis ochii şi-mi veni în minte tot visul. Îl repetam în gând să i-l spun Zorinei.

O zi neobişnuit de caldă!Dartocmai această anomalie te ducea cu gândul la o mână nevăzută, pusă pe rău. Cineva îşi pregătea necruţător armele. Poate undeva stătea la pândă înarmat până-n dinţi, după un plan diavolesc.

Dar adormii din nou. Se făcea în visul meu o şosea plină de oameni. Se tot uitau în văzduh, parcă trebuia neapărat să vadă ceva, cineva îi îndemna, căutau cu tot dinadinsul să se vadă ceva care să le dezlege enigma. Izvorau de peste tot făpturi minuscule, fosforescente, care roiau deasupra capului meu. Apoi se făceau oameni peste tot. Bântuiam pur şi simplu pe străzi şi-mi ieşeau în cale oameni pe care nu i-am văzut niciodată în viaţa mea. În orice caz nu erau localnici, erau figuri necunoscute, cine ştie poate din altă viaţă. Eu îi opream şi le spuneam că Valea Rece s-ar afla într-un spaţiu încărcat de mistere, că există ceva mai presus de ei şi că acel ceva care vine de departe, este trimis de cineva care s-a supărat pe ei. Ei se uitau în sus şi vedeau văzduhul invadat de miliarde de musculiţe. „De unde vin ele, roiuri-roiuri? " – mă întrebau de parcă eu aş fi fost Mafalda. Mă dădeam plin de importanţă şi mă pomenesc că le spun:

— De sus, oameni buni, de sus. De-acolo vin!

— De parcă ne spui o noutate, Savule! Păi noi nu le vedem că vin din cer? Dar cine le trimite?

Dar ele năvăleau înadins asupra lor, de parcă le-ar fi cerut socoteală. Şi dacă fiecare om avea deasupra capului acest fremătător zumzet de făpturi minuscule, care-l agasau, nu e de mirare de ce oamenii se ascundeau în curţile lor ca iepurii! Eu strigam cât puteam de tare:

— Nu le afurisţi! Nu le afurisiţi! Vă atacă unde nici cu gândul nu gândiţi! M-am trezit urlând. Transpirasem. Apoi mi se făcu frig şi frică...Mi-am amintit vorbele Zorinei:"bea apă, bea cât mai multă apă!"

***

Spre seară, norii începură a se dizloca din masele lor pâcloase, să-şi schimbe culoarea, de parcă şi pe acolo şi-ar fi vârât coada vreun duh rău, învălmăşind cerul, stârnind gâlceavă în văzduhul înnegurat. Bătea un vânt rece dinspre baltă, apoi se porni o ploaie măruntă, mocănească.

Vreme de noiembrie, la ce să te aştepţi? !!..

Toată noaptea vântul nu mai conteni, scuturând cu îndârjire toate frunzele, iar această goliciune a copacilor lăsă să se vadă casele de pe cele două dealuri în toată splendoarea lor, dezvăluind simetria construcţiilor de-o parte şi de alta a satului. Între case, se ridicau, ca nişte braţe, copacii răsfiraţi cu ramurile dezgolite de frunze.

Numai dealul lui Găman îşi dezvelea privirilor pântecul rotunjit, răsturnat parcă pe un fotoliu imperial, dominând totul prin întindere şi înălţime. Un deal ca o arenă în trepte, cu iarbă galben-verzuie, ciuntită de turmele de oi, capre şi vite. Acolo, singurătatea era atotstăpânitoare şi pustiul mai adânc. Cine-şi simţea sufletul apăsat de griji sau de frământări, se urca pe dealul lui Găman, cât mai sus şi făcea cunoştinţă cu infinitul. Cerul şi stelele erau mai aproape, gândurile căpătau limpezime, iar sufletul se golea încet, încet de mustrări. Te întorceai în sat parcă renăscut şi-o luai de la capăt.

Viaţa devenea un fel de du-te-vino.

În valea cu plopi, plutea un murmur înăbuşit. Un vaier care se apropia şi se unduia, de parcă un leagăn invizibil l-ar fi împins în sus şi-n jos. Bătrânii îl percepeau ca pe o jale sinistră şi se ascundeau în case, închinându-se la icoane, murmurând "apără-ne, Doamne !"

Zăboveam pe şosea fără nici un scop, privind aiurea peste baltă şi aruncându-mi ochii în curţile oamenilor: "unde s-or fi dus oamenii ăstia? " Aş vrea să vorbesc cu cineva, dar n-am cu cine. Simt cum mă topesc pe picioare, cum se topesc frunzele, zdenţuite de vânturi. Sunt la fel de pustiit ca pădurea golaşă de dincolo de Găman. Vedeam arborii legănându-şi crengile ca nişte suliţe ameninţătoare. Până şi copacii răzleţi pe izlaz se mişcau într-un fel, de parcă s-ar fi tânguit. Ai fi spus că sunt şi ei victime ale unui complot. Cineva pusese stăpânire peste sat, ca o caracatiţă cu tentacule ucigaşe.

În ziua aceea eram buimac de nesomn. Stăteam în şosea cu privirile aţintite spre dealul lui Găman. Vorbeam cu Felchiu. Când mă uit mai bine îl văd pe Remy, băiatul pădurarului, că vine în fugă. Ce s-o fi întâmplat? Toată lumea ştie că el colindă pe toate coclaurile, scotocind prin hrubele răzleţe după tot felul de lighioane sperioase, îndeosebi vulpi. Astea erau cele mai atacate de Remy pentru că dădeau iama-n coteţele localnicilor. Îmi amintesc că astă-vară dispăreau găinile din coteţ, încât localnicii căzură pe gânduri.

Felchiu credea că e vulpe cu două picioare. În momentul acela, când eu vorbeam cu Felchiu, în şosea îmi apare drept în faţă Leonte. Era beat turtă şi întră în vorbă nepoftit:

— Măi, frăţică, ştii cum vine treaba? Să fie al dracului care minte! Mă, mie nu-mi miroase a bine! Le-nşfacă cineva, bara-bara-chestii socoteli...!

Aşa a şi fost. N-a trecut mult şi Felchiu a rămas fără găini. Cineva scormoni cu hârleţul în spatele coteţului, făcu o gaură cam cât putea să intre un om pe brânci şi-i cărăbăni aproape toate păsările. S-a descoperit mai târziu că hoţii le-au băgat în saci şi le-au vândutîn Galaţi, la piaţă.

Descoperirea a făcut-o Costas, care mai umbla prin piaţa din Galaţi. Avea sursele lui de informaţie. Băiatul lui Halep fusese văzut îmbiindu-i pe oameni la marfa lui dosită într-o geantă jerpelită, atrăgând mai tare atenţia.

Costas fu anunţat de faliţii lui imediat şi hoţul fu prins în fapt, iar poliţia îl sălta pe loc.

Dar gospodarii au rămas păgubiţi, căci Halep bătrânul n-avea de unde să le plătească găinile furate de fecioru-său. Era atât de ruşinat, că nici n-a umblat să-l scape de puşcărie.

Remy coboara în fugă şi striga cât îl ţine gura:

— Săriţi, oameni buni, s-o oprim pe nebună! S-a pus pe dat foc la cocenii de pe câmp şi focul s-a întins spre pădure. Arde pădurea!..

Când ,ce să vezi? Cât vedeai cu ochii totul era învăluit în fum.

Un fum negru, amestecat cu flăcări înalte, înalte, începu să umple cerul.

— Ce-i, măi Remy, ce strigi aşa?

— A-nnebunit Rita lui Palady. Ia, ascultaţi!

Valea lui Begu răsuna de lălăiala ei:

Uha-la-baaaa/La viaţa meaaa

Uha-la-baaaa/Am o damblaaaa...

— Vedeţi? Până acum a latrat pe deal, de s-au speriat toate oile, au luat-o la vale de nu le mai poate aduna nimeni. Ia, ascultaţi! Rita latra şi se uita spre cer într-un punct fix şi urla întruna, de parcă ar fi aşteptat să se deschidă porţile cerului. Îşi smulgea hainele de pe ea. Ne uitam cu toţii spre dealul lui Găman şi distingeam profilul Ritei pe vârful dealului, legânându-se ca o creangă. Remy începu să râdă în hohote.

— Măi, băiete, aici nu-i de râs, îi de plâns. Te sfătuiesc să pleci cât mai repede în Galaţi, unde te-a trimis taică-tău să-ţi faci şcoala, că aici e molimă. Se strânge funia la par. Remy, nu vezi că nu trece o lună şi mai înnebuneşte câte unul? Ştii ce-a pățit Carolina? Acum Rita. Mâine, cine mai știe cine... Și tot așa ne lovește Dumnezeu pe câte unul.Și de-ar fi numai asta, dar mai sunt și altele, că nu pot să ți le zic, să nu stârnim răul. Apărură primii oameni pe șosea care se apropiau șovăielnic. Vedeau fumul dinspre pădure și nu știau ce se întâmplă. După ce s-au dumirit despre ce e vorba, au alergat după găleți, iar când focul era în toi, de se înroșise cerul, toți ieșiră cu mic cu mare.

— Ce-i acolo? Cine-a dat foc? - întrebă Leonte bâlbâindu-se și abia ținându-se pe picioare. Începură să zbârnâie telefoanele către Unitatea de pompieri din Galați. Muscalu alergă să tragă clopotele la biserică. Între timp, i-am explicat ca să se dumirească.

— N-auzi? A înnebunit Rita lui Palady!

— O fi mâncat boz - spuse Leonte, punându-și mâinile la ochi, s-o vadă mai bine pe Rita de departe, care bălăngănea mâinile către cer. Ce să spun, măi Savule? Adevărul este că le cam trage la măsea. Aseară era beată turtă! Mi-a dat și mie o jumătate, dar n-am apucat să gust. O țin de sărbători!

— Dar acum unde te-ai aghezmuit, măi Leonte?

— Iote, ți-e ciudă? Mi-a făcut cinste Tonica lui Mardare, ce știi tu?

— O fi făcut rachiu din boz - spuse Ion Jalbă- o bețivă...! ...umblă toată ziua hai-hui, pe câmp, după tot felul de gorgoaze pe care le pune în butoi la dospit. Nu se mai satură de țuică, asta nu-i normală la cap...Și Jalbă își făcu o cruce mare. "Doamne, păzește-ne de omul nebun!"

Pe șosea își făcu apariția Iawa, vrăjitoarea, gătită, nevoie mare... Își pusese pe cap o salbă grena cu franjuri lungi, galben-aurii, de care atârnau niște bănuți sclipitori.Nu-i scăpa nimic. Puse mâinile-n şolduri şi interveni cu voce ridicată.

— Ia mai tăceţi din gură, că nu ştiţi nimic! Rita e verişoară cu Gaya şi Gaya asta este după tată din neamul lui Tyron. S-a transmis, ce mai!... boala nu te iartă...! ...sânge stricat până la al şaptelea neam... Vorba e, ce facem?

Ca la un semn, şoseaua se umplu de oameni care veneau de peste tot, dinspre uliţe, de pe deal, dinspre valea cu plopi.

Se auzi clopotul la biserică.Îşi făcu apariţia cu toate luminile aprinse, cu alarma pusă şi maşina pompierilor. În urmă, şi-un tractor. Era al lui Boghici. Singurul în sat. Agăţase omul o cisternă, plină cu apă şi se pregătea să deao mână de ajutor.

Mulţimeao apucă spre dealul lui Găman ţinând o găleată în mână.Grăbeau pasul ca să ajungă la timp până ce flăcările nu cuprindeautotul. În apropiere era şura de paie a lui Panaitache bătrânul. Avea o sută de vaci şi paguba ar fi fost mare. Fumul înainta spre gospodării în vălătuci groşi amestecaţi cu flăcări. Se porni un vânticel care înteţea flăcările, iar pădurea se zvârcolea, trosninddin ce în ce mai tare. Localnicii se adunară ciorchine în vârful dealului.

— Oameni buni, o să-nnebunim cu toţii!... - strigă cu o voce ascuţită şi plângăcioasă, Carmina, o cucoană fină şi delicată, fostă actriţă la Teatrul Leonard din Galaţi. Se retraseîn Valea Rece ca să ducă o viaţă liniştită. Cei ajunşi în pragul pensionării sau cei disponibilizaţi în urma falimentării firmelor pe unde erau angajaţi, veneau tot mai mulţi aici,în Valea Rece. De lucrat nu mai puteau, că nu-i mai angaja nimeni, erau trecuţi de patruzeci de ani, or patronii căutau forţă de muncă tânără.

Ca să întărească ideea Carminei, se trezi şi Iancu Piţigoi,

un om zdravăn şi cu voce gravă, uşor gâjâită:

— Ăsta nu-i lucru curat! Trebuie să chemăm de urgenţă o echipă de medici, să ridice cu Salvarea tot neamul lui Tyron. Să le facă la toţi investigaţii, dom'le, să-i bage pe tratament!...

Carmina se trezi şi ea jelind.

— Mai bine s-anunţăm Crucea Roşie Internaţională!...

— S-anunţăm pe crucea mă-tii!...Ete-te! se găsi şi-asta cu miorlăielile ei!" - spuse în şoaptă Leonte, căci n-o prea putea suporta pe Carmina. Se îmbrăca în zorzoane şi se credea mereu pe scenă, alintându-se ca un copil, or Leonte, care era un om dintr-o bucată, nu suporta mironosiţele. Apoi, se adresă nebunei care continua să urle către cer, dar din ce în ce mai stins:

— Hei, Rito, taci în durerea mea, ce urli aşa? A intrat strechea în tine? - şi, prinzând-o de mâini, o trânti lângă un smoc de fân uscat, rămas de astă vară, căzând peste ea. Rita, simţind greutatea bărbatului, se lăsă moale în iarbă. Îl înlănţui cu braţele goale, sărutându-l cu patimă, legănându-se spasmodic.

— Ho, nebuno, ce te-a apucat? ... Stai, zănatico, că mă bagi în răcori, vrei să fac păcate aici sub cerul liber? ... .Rito, n-auzi? ... Eşti focoasă rău! - mai spuse Leonte, înfierbântat, luptându-se cu sine să nu cadă în mrejele Ritei.

— Trageţi-o, măi, de sub Leonte, că-i aproape goală...! Aţi găsit la cine să apelaţi!

Stăteam deoparte şi mă uitam la Rita cu nelinişte. "Uite ce uşor cazi în păcat!" Rita era aproape goală, cu formele ei plinuţe, căci nu avea mai mult de treizeci de ani. Leonte se ridică ameţit, închizându-şi cămaşa şi ascunzându-şi faţa de ochii oamenilor:

— Era cât pe ce s-o fac în văzul lumii! Săraca Rita! n-are bărbat! O fi şi-asta o cauză" - se înduioşă Leonte, regretând că n-a observat asta mai de mult: Rezolvam eu repede problema! O privea pofticios pe Rita, care rămase răstignită pe iarba vestejită, cu picioarele întinse, de parcă i-ar fi fost bătute în cuie.

Toţi se uitau curioşi la ea. Părea o arătare din altă lume.

Mă uitam la Piţigoi şi îndrăznii şi eu să-mi dau cu părerea:

— A-nnebunit şi asta pe dealul lui Găman. Ce-i trebuia ei să se urce pe dealul ăsta? Numai că Piţigoi nu se uita la mine, el o sorbea din ochi pe Carmina care se agita ca o coţofană printre bărbaţi. Mă auzi Ion Jalbă, care, imediat, îşi dădu cu părerea.

— Ei, cine ştie, poate că nebuniatrebuie să fie şi ea la o numită înălţime, că n-o fi având rău de înălţime, şi atunci s-o fi aprins în biata Rita toate stihiile naturii. Ce fire ascunsă este şi omul ăsta, măi Savule! Oricât de fragil ar părea, înlăuntrul lui se ascund furtuni şi, când nici nu te aştepţi, ţâşnesc, făcând din el o fiară!"

— Aşa este, măi Jalbă, suntem un fel de univers, ascunzând în noi şi apă şi pământ şi foc şi pară, tot ce vrei. Stârneşte-l numai şi să vezi atunci nebunia dracului...!

— Ehei, - începu şi Iancu Piţigoi, filozofic - parcă vezi că-l apucă pe unul din neamul lui Tyron turbarea asta şi se urcă tocmai pe Dealul Mitropoliei. Vai de cozonacul nostru!

— Ce crezi că-i mare lucru? - confirmă şi Leonte, acum, mai liniştit. La câte se întâmplă nici nu ştii ce să mai crezi! Dacă mai trec şi alţii prin ţară prin ce trecem noi? Se-ntinde răul ca o plagă!...

Iawa intră şi ea în acţiune. Până atunci, rămase rezemată de un copac. Se urcă pe un morman de pământ, ca să pară mai înaltă, ţinându-se cu o mână de-un trunchi scorburos, ca şi cum ar fi avut un toiag de apostol, dominându-i pe toţi.

— Să fie clar pentru toată lumea, oameni buni, şi să vă vină mintea la cap! Numai eu vă scap! Toţi o să ajungeţi la mâna mea! Mi s-a arătat în vise totul. Nu vreţi să înţelegeţi că-n Valea Rece sunt şi alte bube?

Iawa continuă impetuos, ridicând o mână ca un proroc:

— Vă duceţi toţi acasă. Luaţi-o pe Rita, că n-are nici pe dracu'. Las' că-i scot eu nebuneala din ea. E năbădăioasă, asta se repară, nu-i mare lucru...! Acum, fiţi atenţi la ce vă spun eu acum. Când răsare luna, să ieşiţi în curte, să vă împreunaţi mâinile, să le ridicaţi în sus şi să strigaţi cât puteţi de tare: "Cine face ca mine ca mine să păţească!..."

— Aşa o să facem, Iawo - şoptiră ei dintr-o dată ca la comandă- lăsând capetele în jos, începând să se desprindă din grămadă şi s-o ia la vale, către sat, mai liniştiţi.

Rita, care până atunci se uita ca o rătăcită, începu să clatine capul a pagubă şi să-şi adune hainele de pe jos, de prin iarbă, uitându-se la Leonte ruşinată. Se îmbrăcă încet, cu mişcări greoaie de parcă ar fi aşteptat să fie ajutată. Leonte o luă de mână, i-o strânse cu subînţeles şi-o ajută să coboare dealul.

— Hai, Rito, n-o mai face tu pe nebuna, vino la mine când ai vreun necaz, că nu te las eu singură pe lumea asta!

— Degeaba ieşisem în ceair, prietene, să-mi spun necazul. Am văzut că se întâmplă altele şi mai şi. Parcă ne adunase cineva aici să ne luptăm cu nălucile şi cu nebunia.

Atunci am jurat să nu mai ies din casă în puterea nopţii,

cu nici un chip. Stăteam ascuns sub plapumă chiar dacă îmi simţeam inima cât un purice.

— Ziceai că stau la clocit, Săftoiule, mâncam şi dormeam.

Era spre ziuă. Zăboveam cu privirea asupra perdelelor, atârnând la geam într-o uşoară legănare. "Oi fi lăsat uşa de la verandă deschisă şi probabil că trage curentul" Văd perdelele cum se unduiesc continuu de parcă le-ar fi mişcat cineva cu insistenţă. Simt furnicături până în creştetul capului şi mă cuprinde o toropeală de frică." Doamne, n-or fi intrat în casă lighioanele alea de astă noapte? Te pomeneşti că vor să mă lichideze... că n-am vrut să mai ies cu nici un chip în curte să mă hăituiască ele pe mine. N-am vrut şi pace! Să văd cât o mai ţine ţâcneala asta? Ori eu pe ele, ori ele pe mine!... oi vedea eu care pe care, că mi-a ajuns până în gât de-mi vine să-mi iau zilele"

Gura îmi era uscată şi aveam o sete cumplită "Doamne, iartă-mă de gând rău! Musai să mă spovedesc Iawei până când nu-mi încolţeşte ideea ca un spin veninos şi face din mine neom!"

Am sărit repede din pat şi m-am aşezat în mijlocul camerei cu faţa spre icoană. Cu palmele încrucişate m-am aşezat turceşte, am închis ochii şi m-am adâncint în mine. Nu ştiu căt să fi durat asta, dar după o vreme am ieşitafară în răcoarea dimineţiirespirând uşurat : "bine c-a trecut şi noaptea asta, bine c-am avut puterea să nu mă mai las dus de nas aşa uşor de arătările alea, care hohotesc noaptea ca huhurezii prin odaia mea."

Îmi arunc ochii spre grădină şi văd o umbră arămie ondulându-se sub părul din mijlocul grădinii, tocmai în locul unde nevasta mea ar fi îngropat, cât a fost în viaţă, sovonul de la nuntă. Doamne! Ce văd ? O nălucă! Leontina! Parcă-i ea! Îmi făcea cu degetul, dojenindu-mă! Unde am greşit? Trebuie să umblu la rădăcina părului să văd ce-i acolo, lucru curat nu e şi iar umbra arămie se plimba, fâlfâind, căpătând reflexe roşietice. Iată o dâră de rază străpungând ramurile părului. Puzderie de frunze arămii! Când au apărut? Par ca nişte cercuri fosforescente, ca nişte bănuţi de aur. "Doamne fereşte, aşa ceva nu mi-a fost dat să văd! Suntem în noiembrie şi copacul ăsta parcă-i din altă lume. Ce caută în grădina mea? Parcă nu-i pomul meu. Hotărît lucru! Trebuie să iau hârleţul şi să fac cum mi-a poruncit Leontina în vis, să-i fac de petrecanie părului cu pricina. Doar aşa aş scăpa de lighioanele astea care mă chinuie din când în când de am ajuns din om neom"

M-am trezit. Striga Zorina la poartă. Tocmai mă pregăteam s-o iau cu asalt, dar n-am apucat că m-a luat ea.

— Ce-i cu tine, măi Savule, de-ai slăbit aşa? Ţi se vede cimitirul prin urechi.

— Ia mai lasă-mă, Zorino, că le am pe ale mele. De ţi le-aş spune ţie, tot degeaba. Pe-o ureche-ţi intră şi pe alta-ţi iese. Tu nu crezi neam în necazul care s-a abătut asupra casei mele.

— Păi, mă bagi şi pe mine în sperieţi! Aici o fi ceva putere diavolească, dacă spui tu! Ce să mai zic, măi omule, măi?

— Ce să zici? Păi, dacă tu ştiai despre Tyron, mai bine decât mine, de ce nu m-ai sfătuit, Zorino, să nu mă fi încurcat să cumpăr casa asta! Poate-mi luam una mai de Doamne-ajută, pe lângă unchiu-meu, Zamfir, peste deal, în partea ailaltă de sat.

— Păi ce ştiam eu, Savule? Povestea am auzit-o de la

bunica mea, ăhă, de mult tare…, că şi uitasem… S-a dus vorba din tată-n fiu despre nevasta lui Tyron zidită, chipurile, în temelia casei, dar pe atunci nu era ca acum să se afle chiar toate alea. Îşi ducea omul nevasta în pădure şi venea fără ea, se făcea că o aşteaptă, timpul trecea,ba că una, ba că alta, c-o fi, c-o păţi, îi făcea colea o înmormântareşi plângea de mama focului. Dădea zvonul că s-a înecat în Dunăre, cine ce ştia? … Se făcea că se vaită, stând pe malul învolburatei ape, să iasă umflată şi neagră de-atâta stătut. Şi dacă nu ieşea nu era nici o nenorocire, bănuiau c-au luat-o valurile şi-au dus-o tocmai în marea cea mare pentru totdeauna şi gata, fiecare-şi vedea de treburile lui. Aşa-mi spunea mama că era pe-atunci. Tu habar n-ai de treburi de-astea. Ce ştiai tu? Erai orăşean de!Nu-ţi ajungea nimeni cu prăjina pe la nas, crezi c-am uitat? …

— Şi-acum ce vrei să spui, Zorino, că m-am boierit? Nu veneam eu în fiecare vacanţă-n Valea Rece? Veneam cu drag, de-aia m-am şi retras aici. Nu era mai bine să fi stat în Galaţi? De ce-oi fi venit, nu ştiu!

— Credeai că te-aşteaptă câinii cu colacii-n coadă! Na pământ!Să te saturi de pământ! Că Leontina, nevastă-ta, umbla cu legea 18 în poşetă şi-o flutura de parcă toată lumea era a ei…! Aşa-i că te-ai săturat?

— Nu pot să spun asta, Zorino. Nu-mi este greu. Dac-am câştigat ceva după Revoluţie a fost proprietatea. Pământul, atât cât este, mult- puţin, e-al nostru! Dar am stricat rostul copiilor mei.I-am pierdut, vai de mine, nenorocitul!... Băiatul, cine ştie… o fi mort printre străini, iar fata la mama dracului, la capătul lumii, în America, oho…! Mi-a spus băiatul lui Butică.

— Păi, du-te şi tu după ea! Sângele apă nu se face. Eu în locul tău, m-aş duce... Doamne, Savule, să stai tu aici, zvârcolindu-te!... Mai ales că-mi spui ce-ţi păţeşte sufletul noaptea cu nălucile care-ţi cotrobăie toată curtea!.. Eu nu ştiu ce fel de om eşti!.. Păi eu aş pleca unde văd cu ochii, să nu mai văd, să nu mai aud!.. Poate, aşa ai scăpa de chinuri. Cine ştie! O fi şi-ăsta un semn, cum că trebuie să te duci să-ţi cauţi fata. Săracuţa! Cum i-o fi ei acolo printre străini?

O ascultam pe Zorina, înghiţeam în sec. Mi se pusese un nod în gât:

— Dac-o fi cum zice ăla al lui Butică, vai de steaua ei ce-i fac!... Da' numai să dau eu cu ochii de ea? !...Dă, Doamne, să nu fie adevărat!

— Du-te, Savule, numai aşa s-ar lămuri treburile! Ce mai aştepţi?

— Îmi e greu să mă hotărăsc. Să vorbesc mai întâi cu Stelea, să văd ce zice, că dragă Doamne, tot ce este în curtea asta îi va rămâne lui, aşa cum ne-a fost învoiala.

— Păi l-au pocit nălucile! Vai de el!...

— Ei, acum mă crezi? Vrei să ţi le descriu? Se încolăcesc în aer ca nişte umbre lunguieţe, şerpuind, tremurând, zvâcnind, sclipind, ba se fac jar, ba tăciune, ba sunt fosforescente, ba galben-verzui, iar când termină hohoteala, îşi desfac nişte aripi transparente, străvezii, tremură ca aerul într-o zi dogorâtoare de vară, apoi zvâcnesc spre nucul din grădină.

— Nu mai spune, Savule? M-a ferit sfântul, pe mine încă nu m-a atins vreun blestem, ce să mai zic?

— Întind noaptea braţele ca milogul să le prind, dar ţi-ai găsit? Rămân ca prostu' în mijlocul curţii...

— Uneori sunt aşa de îndârjit să le apuc, încât mă arunc în gol şi mă trezesc întins pe jos cât sunt de mare în mijloculbătăturii, plesnindu-mi toate încheieturile.

Închipuieşte-ţi, Săftoiule, îi spun asta şi ea tace. Mă ascultă şi văd cum i se umezesc ochii de emoţie. Aproape că-i dădeau lacrimile. Simţeam că vrea să mă ajute. Veni spre mine şi se lipi de pieptul meu. Am tras-o spre mine cu bucurie, simţeam o căldură binefăcătoare prin tot trupul meu firav. Închisei ochii .O ţineam în braţe!! Pluteam... Aş fi rămas aşa, nu ştiu cât. Am stat aşa cu ea lipită de mine şi mi se părea că timpul s-a oprit! Am culcat-o uşor pe pat. Se topea în braţele mele ca un vulcan şi eu ardeam tot. Ardeam de dor pe dinăuntru, dar când am vrut să-i şoptesc ceva la ureche, a zbughit-o spre uşă. Nu mai era. Am rămas cu braţele întinse. A fost doar o părere?

În acel moment intră pe uşă Stelea. Trecea prin cameră şi nici nu se uita la mine. Îl strig, dar se face că nu m-aude. Trecea din cameră în cameră şi cânta. Ce l-o fi apucat? Strig şi mai tare:

— Steleo, măi, Steleo, ia vino, c-am o vorbă să-ţi spun. Lăsă toată treaba baltă şi veni aici pe pat lângă mine. Sărmanul băiat! Cum îşi mai bălăngănea mâna şi cum îşi mai clătina capul cu mişcări mărunte la dreapta şi la stânga, de parcă ar fi avut în ceafă un ceas electronic, măsurând totul milimetric!

— Ce-i, dom'le...facem pândă? Eu....m-am ...le...lecuit!

— Uite ce e, măi Steleo! Mă bate gândul să plec după Mălina mea, în America, într-un oraş,Toronto. Cum oi ajunge acolo, nu ştiu, dar oi vedea eu cum fac! Dac-a ajuns Butică cât este el de mototol, eu de ce nu m-aş descurca? Vorba aia, am trăit la oraş, sunt mai umblat ca el prin lume...

— Apoi, dom'le nu ...zic ..să nu ...te du...du...ci şi Stelea începu în bâlbâiala lui să mi se plângă ce greu i-ar fi cu animalele singur, că vine iarna şi nu face faţă singur, că l-au lăsat puterile...

În ziua aceea a venit la mine şi băiatul lui Begu.

— Care-i treaba, pe-aici pe la dumneata, că abia mă-nţeleg cu Stelea? Ce belea a dat peste el?

— Uite, avem noi un necaz. De vrei să-l spui, nu te crede nimeni. S-a speriat într-o noapte de nişte strigoi, uite ce-a făcut din el, merita asta? Spune şi tu!

— Cu-astea să nu te pui ! Eu ştiu de la bunica. Nici nu vreau să le pronunţ numele, că se spune că le superi ..., dar săracul Stelea mi se plângea sus pe deal, de mi se rupe inima, că până să-nţeleg ce spune el, soarele urcă sus pe cer. Ieri, mi s-a plâns că-i vine să plece iar în lumea largă şi să te lase baltă, că nu-l mai trage inima la dumneata, mi-a spus că-i casă cu belea. Ba chiar crede că nici dumneata n-o mai duci mult, dacă nu faci ceva să te salvezi, că vede el pe zi ce trece că treburile se înrăutăţesc. Mi-a spus cu lacrimi în ochi că el nu mai stă în Valea Rece, că aici nu mai e de trăit. Îs prea mulţi apucaţi de dambla.

— Aşa-i, măi băiete, dar toate-s cu un rost, ce vrei să mai facem noi acum?

— Ce facem, ce nu facem, vorba e că din zi în zi intrăm în bucluc. Uite, ieri, ăla al lui Chilianu fugea ca apucat pe tarlaua lui Boncan, strigând cât îl ţinea gura că sub o căpiţă de fân a găsit o maimuţică, strâmbându-se la el.

— Fugi, măi, de-aici! Ce eşti nebun? Unde vezi tu maimuţe în Valea Rece ? Doar să aibă el vedenii!

— Zău, domnule Savu, nu mint! Şi să-ţi spun, ca să nu-mi uit vorba. Când mă uit mai bine la el, îl văd cu gura strâmbă, dar strâmbă rău! Şi-l întreb, minunându-mă: "Mă, da' ce-ai păţit? " Da' el, de colo, cu gura jâmbată: "M-a plesnit maimuţa peste gură şi s-a făcut nevăzută". „Şi de ce fugeai ca nebunul pe câmp? - îl întreb eu din ce în ce mai nedumerit. Se uita la mine ca de pe altă lume. "De ce fugeam? Uite aşa mi-a venit mie. Parc-a intrat ceva în mine. Aveam o putere de-mi venea s-o iau de-a dreptul peste deal. "Mă, Chiliene, da' tu te-ai uitat în oglindă? " - îl întreb eu, că abia mă abţineam să nu mă umfle râsul, dar mă gândeam şi eu că bietul om n-are nici o vină… "Ce să mă uit, măi Begule, eu de-asta amtimp? M-oi uita eu când ajung acasă, dacă mai ajung…" Şi uite aşa l-am lăsat pe săracu' Chilianu urlând pe tarlaua aia, cu o voce neomenească, parcă nu mai era el, că nu mă înduram să plec. M-am dus să-l ajut ca omul, dar el, nu şi nu. Am înţeles atunci ce s-a întâmplat pe câmp. Stelea nu se putea face înţeles. Eu îi desluşeam vorbele, aşa cum erau ele, dar pentru cine nu-l cunoştea, era mai greu. Ei, vezi, domnule Savu? Chiar i-am spus: "uită-te, măi Chiliene la gura lui Stelea, aşa-i şi gura ta.

— Mă, tu vorbeşti serios? – zise Chilianu, jâmbând şi mai tare gura.

— Zi mersi, c-ai scăpat cu-atât! Uită-te la Stelea ! Are şi mâna damblagită… Acum, mi-e frică să nu urmez la rând - se îngrijoră băiatul lui Begu, înnegurându-se la faţă, aşezându-se pe prispă lângă mine... După o vreme, adăugă, privindu-mă cu nelinişte:

— O să ajungem un neam de pociţi. O să ne trezim într-o zi c-o să ne luăm adio de la rasa omenească.

— Puşchea pe limba ta, Begule!... să nu ajungi ca ei...

Însă, dându-mi seama c-a vorbit gura fără mine, mă grăbii să adaug:

— Măi băiete, nu ştiu ce-mi veni, că n-am vrut să zic asta, pe sfânta cruce, mi-a vârât cineva în cap ideea astaca să te sperii, zău aşa!...

Băiatul lui Begu n-a mai stat. M-a lăsat singur pe prispă.

Mă cuprinse mila când mă gândeam la Stelea. Avea damblageala numai din cauza mea. Numai eu l-am adus în situaţia asta, eu cu nălucile mele.

* * *

— Ei acum, Săftoiule, să vezi nebunia dracului! Boala asta moştenită de la Tyron a intrat şi-n animale. Vine Stelea la mine speriat, chinuindu-se să-mi explice c-au înnebunit oile. S-au pus toate pe lătrat, închipuieşte-ţi, prietene! Lătrau numai la miezul nopţii.

Am hotărât să le vând. Poate că,dacă îşi mută locul în altă curte, le trece nebunia.

— Bine, măi Steleo, hai, că săptămâna asta terminăm cu oile. O să i le dau lui Kiossa. Iapa o să i-o dau unuia din Rachiţeni, Damian, că toată vara m-a rugat să i-o vând. E iute iapa mea şi bună de muncă. N-are nici patru ani, abia a fătat un mânz, o mândreţe..

Tot în ziua aia a trecut Begu pe la mine. Aduc vorba de Stelea şi el mi-o ia înainte:

— Stai liniştit, domnule Savu, că i-am spus lui Stelea. Până atunci mai e un car de vreme. Nu l-oi lăsa eu fără ajutor. Suntem tovarăşi la bine şi la rău. Doar să nu ne mai pomenim cu altă nenorocire până la primăvară, Dumnezeu ştie...!

— Bine! Acum vă las că am o treabă. Mă duc până la Butică. Stă tocmai în capătul celălalt şi-mi ia destul timp.

Trebuia să plec de acasă că mă sufocam. Umblam prin curte şi nu mai ştiam dacă e curtea mea. M-am gătit frumos şi-am plecat să mă plimb pe strázi unde vedeam cu ochii.

Ies din curte şi o iau spre vale, apoi apuc pe străduţa îngustă care duce spre dealul lui Butică Acolo, veştile ajungeau mai greu. Coborai dealul, doar dacă aveai treabă, nu puteai ieşi din casă pentru te miri ce, căci dealul era abrupt şi-ţi trebuia un băţ în care să te sprijini. Doar duminica, când urma slujba pentru toţi sătenii, slujba mult aşteptată la care oamenii se duceau nu numai dintr-o mare evlavie, ci, mai ales, pentru a se pune la punct cu noutăţile şi pentru partea finală a slujbei, când preotul, un om blajin şi cu harul vorbirii, le dădea tot felul de poveţe. Ei ascultau cu sufletul la gură şi plecau plini de smerenie. În sinea lor, jurau c-o să respecte cu sfinţenie cuvintele pline de înţelepciune ale preotului. Numai că puţini se ţineau de cuvînt. Urgenţele se rezolvau cu telefoanele mobile. Preotul atrăgea atenţie duminică de duminică să nu mai vină enoriaşii cu telefoanele la ei, dar toţi erau dependenţi de această formă de comunicare. Oriunde plecau nu uitau să ia cu ei şi telefonul.

Am intrat în curtea lui Butică cu o oarecare neplăcere, dar nu aveam ce face. Nu-l prea înghiţeam. Bătrânul era cam morocănos sau mi se părea mie. În orice caz, de când îi plecase băiatul şi mai ales, de câte ori venea din Toronto, în concediu, moş Butică era din ce în ce mai morocănos. Nimeni nu ştia ce nu-i convenea. Unii spuneau că se umflă în pene, că-i mândru, dar eu nu prea vedeam asta. Era mai mult mâhnit şi se ascundea de oameni. Nici la biserică nu se prea ducea decât foarte rar, că nu-l ajutau picioarele.

L-am găsit oblojindu-şi genunchii cu un amestec îmbâcsit de gaz şi sunătoare.

— Deschide, măi Ilie, uşile, că ferească Dumnezeu, gazul ăsta-i periculos, scaperi un chibrit şi arzi ca şoarecii aici în vârful dealului, că nici fântâna nu-ţi este la îndemână.

— Ce să fac, măi Savule, a dat boala peste mine, sunt bătrân, Nu mai sunt eu omul ăla care-am fost! Veneam de la pădure cu stejarul în spate, făceam două-trei drumuri şi n-aveam nici pe dracu'. Mai du-te acum, dacă mai poţi! Gata! Fost-ai lele, cât ai fost!...

— Te cred, măi Ilie, că văd că şi pe mine mă lasă puterile şi doar sunt mai tânăr decât tine.

— Măi, Savule, să nu fie cu supărare că te întreb, dar ce-i cu tine de te-ai schimbat aşa?

— Am mari belele pe cap, măi omule! Că de-aia am venit la tine. E mare daravelă, măi Ilie, las totul şi plec după Mălina mea, la Toronto. Poate ştii tu mai bine cum să fac!..."

— Bani să ai, Savule! De ajuns, ajungi şi la capătul lumii.

— Păi o să vând toate oile lui Kiossa, le vrea, am vorbit cu el, iar iapa i-o dau unuia din Rachiţeni, că de astă vară pusese ochii pe ea.

— O să-ţi faci ceva bani de dus, dar de-ntors ce faci?

— Păi, eu de ce mă duc? N-am fata acolo? Să văd cum i-o fi şi ei...

— Cum i-o fi ? Păi cum îi este fiecărui român care pleacă din ţara lui. Este şi ea a nimănui, că acolo nu-i ca aici, te vede omul la necaz şi-ţi sare repede în ajutor. Nici vorbă! Acolo vezi pe câte unul împuşcat, plin de sânge, trântit şi tăvălit ca vai de el, zăcând pe lângă un tomberon..., acolo-i cântă cucu'!...Vin gunoierii, iau gunoiul, trec mai departe, nu zic nimic, îşi fac treaba ca nişte roboţi, mai ales dacă află că-i un străin aciuat pentru căpătuială. Dar mai au şi altă temere să nu cumva să fie vreun mafiot şi-atunci nu se-ating de el, Doamne fereşte, să n-o-ncurce şi ei. Acolo, străinii vin, săracii, de prin toate colţurile lumii, împinşi de nevoi, de „visul american" şi acolo le rămân oasele. Unii au noroc, dar câţi sunt de-ăştia? Unul la o mie!Printre ăştia o fi şi Mălina ta, măi Savule!...Derbedeul meu umblă lela, se dă mare şmecher, dar după mine, i-o face şi lui cineva într-o zi de petrecanie. Cluburile alea de noapte sunt locuri de pierzanie. Acolo se-ntâmplă cele mai mari nenorociri. Unii se duc şi ei ca muştele, de curiozitate, prind gust şi nu-i mai scoţi de-acolo decât morţi de beţi sau drogaţi, ajung direct în centrele de dezintoxicare. După o vreme, o iau de la capăt şi-o ţin lanţ până-şi pierd minţile...ăsta-i sfârşitul.

Îl ascultam pe Butică şi mă uitam la el cum dă din cap a pagubă...

— Ce-mi spui tu, Ilie-îi spusei eu- îmi cam dă de gândit, eu sunt cam fricos din fire, mi-e cam teamă de-mbulzeală. În Galaţi, în tinereţele mele, veneau toţi neisprăviţii de prin toate satele Moldovei să muncească la oraş. Erau nevoiaşi.

Moldova a fost totdeauna o zonă săracă în toate... Veneau să muncească la Combinatul Sidelurgic. Se aduna acolo lume pestriţă. Băietani de prin toate satele din Moldova, sate amărâte şi ca vai de ele. Unii băietani de-ăştia nu ştiau nici să scrie,vedeau oraşul pentru prima oară şi se trezea în ei un instinct puternic de apărare, de aceea erau mereu puşi pe hartă. Li se spuneau"vikingii". Umblau în cete, unii purtau cosoare, alţii cuţite băgate-n teacă. Dormeau claie peste grămadă în blocuri de nefamilişti. Ei, la multe încăierări de-astea am asistat eu. Se lăsa cu-njunghieri, cu lac de sânge. Într-o zi, am chemat Salvarea pentru un băiat, n-avea nici şaptesprezece ani ...un copil care o încasase pe nevinovate în locul luifrate-său, o pramatie care spărsese toate geamurile de la parterul unui bloc de nefamilişti. Au ieşit ăia afară din bloc şi s-au năpustit asupra bietului băiat. Abia l-am scos din ghearele lor. Mi-a mulţumit mai târziu, dar, de atunci, n-am mai vrut să mă bag în astfel de scandaluri.

— Mă uit la tine şi mă întreb cum pleci tu aşa la drum?

— Uite aşa, măi Ilie, aşa am ajuns ! Să bat drumul până la capătul lumii! Acum s-au adunat toate, mi-e frică mereu, tresar la orice mişcare, mă sperii şi când văd o broască.

— Hai, măi, fii şi tu mai tare, că până-n America să nu crezi c-o să-ţi fie uşor! Trebuie să răzbaţi singur. Să-ţi cumperi negreşit o hartă. Nu pleca aşa la drum în necunoscut, că şi o undiţă când o arunci în baltă, te uiţi bine s-o arunci unde-i apa limpede, că altfel se încâlceşte printre buruieni şi-ţi iei adio.

— Bine, măi Ilie, apoi eu mă duc la unchiu-meu, Zamfir, să văd ce zice şi el. Poate ajung şi la nepotu-meu, Clim, în Galaţi. O să stau acolo câteva zile să văd ce fac cu harta aia turistică de care spui tu, că după cum văd eu, nu-i uşor să pleci la drum cu mâna goală şi-n necunoştinţă de cauză.

— Nu-i bai, măi Savule, te duce avionul, vorba e ce faci după aia? Trebuie să rupi câteva vorbe englezeşti, că, încetul cu încetul, ai să vezi că nu-i mare sfârâială.

Sunt şi ei oameni ca şi noi.

Am ieşit din curtea lui Butică mai împăcat în sufletul meu.. Parcă ieşesem de la spovedanie. Ştiam ce-aveam de făcut. Mai trecui o dată pe la Kiossa cu care mă învoii în privinţa animalelor.

Stabilisem să-şi ia câteva ajutoare şi să vină la mine chiar în după-amiaza aceea.

Am ajuns repede acasă, l-am anunţat pe Stelea, dar n-a trecut mult şi numai ce-l văd pe Kiosa că apare pregătit să încarce oile... Mai greu a fost cu un berbec care nu voia să se urnească. Se proptise în mijlocul curţii, parcă era stană de piatră. Oamenii i-au legat picioarele cu funii şi l-au luat pe sus.

A doua zi veni şi Damian după iapă. I-am trimis vorbă printr-un pescar care lucra la cherhanaua din Valea Rece. Mi se muia inima. Mi-am lipit obrazul de pântecul Ludmilei, parcă mi se smulgea o bucată din mine. Îmi zvâcnea sufletul şi-mi înghiţeam lacrimile. Cu greu m-am despărţit de ea...

Când primi vestea, Damian nu mai stătu pe gânduri. Se înfiinţă imediat, bucuros că Ludmila va fi de-acum încolo iapa lui. Nici nu s-a mai tocmit. Cât i-am cerut, atât mi-a dat şi ceva pe deasupra, aflând că-mi adun bani să plec la fata mea în America.

Curtea era pustie Totul părea trist. Nici câinele nu mai lătra. Dormita cu botul pe labe, pândind găinile care tot dădeau ocol grajdului, neînţelegând de ce este gol. Năvăliră cu toate, cotcodăcind care mai de care, parcă simţeaucă ele sunt moştenitoarele de drept în toată ograda.

Am zăbovit puţin pe prispă şi văzui hârleţul "doamne, ce-am vrut să fac cu el? " Mi-am amintit deodată că-l pusesem acolo de ieri cu gând să sap la rădăcina părului, dar nu mi-a mai ars de asta, după ce terminasem cu animalele.

Era de-acum ziua amiaza mare. Soarele se ridicase drept deasupra capului, dar nu mai avea putere... Oricum o zi neobişnuit de caldă pentru un sfârşit de noiembrie...! Parcă nici vremea nu mai e vreme, nici nu ştii cât ţine toamna, dacă asta se poate numi toamnă, dar parcă nici iarna n-are de gând să-şi trimită vreun semn. Numai aici în locul ăsta încep să se amestece anotimpurile. Când ţi-e lumea mai dragă şi te bucuri de-o zi caldă, a doua zi dă buzna frigul şi te ia pe nepregătite. Mă rezemai de stâlpul prispei şi mă cuprinse o toropeală în plină zi. Îmi făcui ochii roată în toată curtea...

Tăcere neobişnuită. Numai orătăniile umblau prin curte. Le tot huşuiam, dar nici nu mă băgau în seamă...

Stelea se vedea pe culmea dealului cu vaca de funie. Mergea încet după cum îl conducea Vinerica. Nu se grăbea. O ţinea de funie. Rămăsese doar cu ea. Sunt mulţumit că i-am uşurat viaţa bietului băiat. Destul că mă simt vinovat că l-am împins în toată nebunia asta cu nălucile. Nu m-am gândit nici o clipă că nenorocitele astea s-au pus pe pocit oamenii din Valea Rece şi mai ales pe cei mai tineri şi mai în putere. Le căşunaseră pe suflete nevinovate, când erau atâţia care meritau pedepse mai mari, de parcă trebuia neapărat să se răzbune pe urmaşi. Auzisem eu de păcatul strămoşesc, dar n-aveam nici o ştiinţă care să mă edifice. Doar că se ducea vorba din om în om...Parcă mai ştii ce e şi ce nu e adevărat? „Le-o fi trimiţând cineva de pe lumea ailaltă care ţine evidenţa, ce crezi? Diniad, că de rai nici nu poate fi vorba. Scormoneamîn mintea mea tot ce ştiamdespre neamul lui Chilianu şi dacă nu cumva are vreo legătură cu

Tyron. Aproape că nu mai contează sângele sau gradul de rudenie.

M-am sprijinitde părul din grădină şi mă apucă somnul... Am aşternut un preş la rădăcină şi mă lăsai răsfăţat de razele soarelui. Mă topeam în somn...şi-n vis...!

"Ce uşor e să zbori! Se vede dealul lui Găman sub mine Sunt uşor ca o pană! Poate aşa o să mă răfuiesc şi eu cu nălucile!"

Stelea se vedea întins şi el pe iarbă lângă o tufă de măceş. Strig la el:

— Steleo, măi Steleo, uită-te, măi băiatule, deasupra, eu te văd!...Nu se auzea nimic...nimic... nici un sunet. S-o iau înapoi în sens invers! Puteam să fac ce vreau, să mă întorc unde vreau, înainte şi-napoi, calc aerul cum vreau, mai ceva ca apa, fără nici o grabă. Ia, să mă duc lângă părul din grădină să văd eu ce-i cu umbra asta arămie ce fâlfâie aici de dimineaţă. Îmi veni în cap să scot tot pământul. Era moale şi afânat şi apoi mi se părea o muncă uşoară..Părea uscat ca nisipul, fugea sub mine şi mă ducea la fund de parcă aş fi alunecat cu liftul. Sapamcu-o mare uşurinţă, nu simţeam nici un felde oboseală. Parcă prindeammai multă putere... „Câte căruţe de pământ s-or fi făcut aici? Las'că n-oi muri, să văd până unde pot s-ajung? " Aud o voce din adânc: " Dă-i, dă-i înainte, să tot sapi că asta-i truda omului să sape cu orice chip tot ce întâlneşti în cale, altfel n-o să afli niciodată nimic. Datoria noastră este să scormonim cu orice chip tot".

Mă apucă frica..Aruncai hârleţul şi începui să sap cu mâinile. Dar nimic. "Te pomeneşti că, tot săpând aşa, ies pe partea ailaltă a pământului... auleu, taman în America "! Să mă opresc. Mă cuprinseameţeala. Văd că se întunecă.

”Na! m-a apucat seara! Şi eu sap ca nebunul. Cum ies eu de aici? Doar să mă caţăr pe mormanul de pământ, să înot cu braţele.” Pământul se înmoaia treptat şi se micşora grămada. „Oare visez? ” Cineva mă aruncă în sus, tot mai sus. Mă vedeam ridicându-mă cu uşurinţă deasupra, eram dincolo de păr, mă îndreptam plutind spre nucul din fundul grădinii. „Să mă vadă Zorina acum! Ah cât aş vrea să mă vadă, ce-o să mai zică?

În timp ce pluteam, cineva aranja pământul la loc şi-l grebla, aşa cum făceam eu primăvara când semănam în grădină. ”Nu-i lucru curat! Ce se întâmplă în grădina mea? ”.Îmi venea să râd, un râs nefiresc asemenea huhurezilor din timpul nopţii. Chiar am început să râd într-una, până când simţii că mi se înmoaie corpul şi căzui la rădăcina părului, adâncindu-mă în pământ ca-ntr-un culcuş.

Stelea veni lângă mine şi mă prinse de umăr:

— Hei, dom’…Savu, ce-i cu du…mneata aici ?

— Măi, Steleo, sunt îngheţat bocnă, nu-mi aduc aminte. Oi fi visat? Nu ştiu. Oi fi săpat? Iar nu ştiu. Nici ce caut aici, nu mai ştiu. Ia du-te tu în casă şi fă-mi patul că mi-e frig rău!

— Dom…nule Sa….vu, efrig…rău…

— Sunt fără vlagă, de parcă n-am dormit zile în şir.

— Hai, dom…Sa…vu… să te ajut … să urci…în pat

— Steleo, cineva se joacă cu mine! Nu mai ţin minte, măi omule, ce-am făcut de ieri până azi. Du-te în treaba ta şi lasă-mă să mă odihnesc, că parcă n-am dormit de trei zile.

Simt o greutate în tot trupul meu firav.Mă las în voie în culcuşul cald al plapumei… Începui din nou să visez acelaşi imagini… Călătoresc, plutesc, mă duc la fund de parcă aş fi avut un pietroi de gât. Întinsei braţele toropit şi mă văzui în mijlocul gropii adânci pe care o săpasem eu cu hârleţul la rădăcina părului. Îmi adusei aminte cu câtă uşurinţă am săpat-o, dar nu mai ştiam când şi nici nu mai ştiam de ce. Eram înconjurat de mormanul de pământ afânat, care fugea la cea mai mică atingere ca un nisip mişcător. Îmi înfipsei palmele în el şi văzui cum mă duceam în jos cu o viteză fulgerătoare, până când mă izbii de o placă metalică cu tot trupul, iar placa reverberă în adânc, într-un ecou prelung. Bătui cu picioarele pe loc, scormonii pământul, pipăind fiecare bucăţică Găsii un zăvor. Mă aşezai în genunchi şi metalul de sub mine începu să se topească încet, micşorându-mă şi împuţinându-mă. Nu mai eram om. Eram un cocon. Încerc să mă pipăi, dar n-am cu ce: "sunt înfăşat. la te uită, ce-am ajuns, parcă-s un bebeluş în burta mamei. Oare cînd mi-o veni sorocul să mă nasc? " Mă simţii zvârlit în sus, cu aripile desfăcute, luând direcţia nucului din colţul grădinii. Crengile nucului gemeau de greutatea unor făpturi străvezii cu ochii cât cepele. "A!! Aici eraţi? Ce mai vreţi acum de la mine? Na! Acum am intrat şi eu în rândul vostru, asta aţi vrut, asta sunt!

Nucul trepidă şi toate ţâşniră în jos: "păcătoaselor, ce v-am zis eu vouă? Să nu spuneţi secretul nimănui...! Pieriţi din faţa ochilor mei" Văd o femeie cu hainele sfâşiate şi pline de sânge intrând în zidul casei. Încerc să mă smulg din somn. Mă trezesc gemând. Era de-acum seară. Ies pe prispă şi-mi aduc aminte că pusesem acolo hârleţul şi nu mai era."Ce-am vrut eu să fac cu el? " Îmi amintesc c-am vândut iapa de dimineaţă. Acum e seară, trebuie s-apară Stelea şi eu nu mai ştiu de mine. Mă lasă minţile? Să-l aştept pe Stelea. "Oare cât am dormit? M-o fi prins somnul aşa din senin?" am pierdut noţiunea timpului. Nu mai ştiu în ce zi şi în ce lună suntem!

Mi s-au întâmplat o mulţime de lucruri, dar nu le pot situa în timp şi spaţiu. Hotărâi să rămâncâteva zile în pat să mă refac .

— Stelea, să-mi aduci de mâncare în fiecare zi. Mă simt toropit.

— Dom Savu, a venit doamna Zorina.

— Ce-ai păţit, măi omule? Nu te-am mai văzut de vreo câteva zile. Ce-i cu tine, măi omule drag? Eşti bolnav şi nu spui nimic?

— Nu ştiu, Zorino, să-ţi spun, să nu-ţi spun !? ... că nu ştiu dacă a fost sau n-a fost ceva, că eu tot aici sunt de vreo trei zile, dar parcă am făcut o grămadă de lucruri, dar nu mai ştiu când le-am făcut! Ia uită-te tu la mine, sunt în toate minţile?

— Eu te văd bine, dar ştiu eu ce-i în capul tău ? S-o fi întâmplând ceva acolo şi nu mai poţi tu ţine gândurile sub control, ba ştii, ba nu ştii...!

— Zorino, eu o să plec pentru o vreme, aşa-mi spune mie cugetul, măcar să fiu împăcat c-am făcut ce trebuie. Trebuie să plec din locul ăsta blestemat, mă duc să-mi limpezesc mintea. Omul are nevoie din când în când de-o călătorie ca să ştie ce-i cu el. Din depărtare, lucrurile se văd altfel.

— Faci cum vrei, Savule, dar oriunde ai pleca să ştii că te aştept!

— Să m-aştepţi, draga mea, să m-aştepţi! O să vin eu înapoi, n-avea grijă. „Of, Zorină, Zorină...!"

Am rămas în pat cu gândul la ea. Ah, de-ar şti ce-i în sufletul meu!?

— Ei, ce zici, Săftoiule? Boala mea e fără de leac?

— Savule, te ascult şi încerc să te înţeleg. Toate frământările tale cotidiene se reflectă în subconştient. Noaptea ţâşnesc în aceste vise aiuritoare. Savule, pe tine numai iubirea te va scoate la liman.

— Dacă asta ar fi soluţia Săftoiule, mă voi strădui. Mă voi strădui din răsputeri să-mi audă Zorina bătăile inimii.

— Eliberează-te, prietene de aceste nelinişti.

***

Începu un vânt rece aducător de ploaie. Cerul se umplu, dintr-odată, de nori negri şi zdrenţuroşi, iar răcoarea serii parcă te biciuia. Îmi pun o haină pe mine, că n-aveam chef să fac focul în casă. Toată curtea mea era învăluită într-o lumină oranj, de parcă tot apusul învăpăiat s-ar fi mutat în curte.

Stelea deschise poarta din fundul grădinii şi-o aduse pe Vinerica de la păscut. Era învăluit în abur şi parcă plutea, dar venea spre mine aşa într-o legănare lină.

— Da', unde-ai fost, Steleo, că parcă erai cu mine acasă toată dimineaţa...

— Un'...să fiu? Păi ...pe-aici..., pe pris...pă ..., apoi pe deal... Stelea se tot căznea să se facă înţeles, reconstituind momentul în care m-a găsit în grădină înfrigurat, cum mi-a făcut patul să mă culc. Mi-am adus dintr-o dată aminte de momentul acela, dar nu ştiu ce-i cu săpatul gropii şi cu toate celelalte.

— E o-ncâlceală în capul meu, Steleo, se-ncurcă rău iţele ...! Am tăcut să nu mă fac de râs în faţa lui.

* **

— Dar să vezi, prietene, ce fierbere era în Valea Rece! Nu era de-ajuns că Iawa dădea vieţile oamenilor peste cap, se mai întâmpla şi câte o ciudăţenie care tensiona şi mai mult starea lor.

De când Carolina lui Costas înnebunise, de când Rita lui Palady o luase şi ea din loc, dând foc la pădure, nimic nu mai era la fel.

Vrăjitoarea Iawa ieşise şi ea în ceair în seara aceea. Le ţinea drumul bătrânilor, dar şi femeilor să le îmbie să vină în ceair, cum făceau altădată, dar oamenii o tot ocoleau. Nu mai voiau s-audă nimic. Se săturaseră de veşti rele. Se închideau în curţile lor, de parcă le-ar fi fost teamă să nu se contamineze. Nici în valea cu plopi nu se mai încumetau să meargă singuri. Treceau în fugă. Mai mult ziua. Cum se amurgea, intrau repede în curţi, căci simţeau ceva ciudat în aer, un fel de murmur adus de răcoarea înserării. Uneori, se auzea dinspre baltă, în răstimpuri, un fel de vaet, care se amplifica în liniştea nopţii.

***

Şi treceau zilele. Apăreau din ce în ce mai vizibile semne de iarnă. Pe deal şi prin pădure se mai duceau încă localnicii să mai adune fân sau lemne pentru foc. Treceau pe lângă poarta mea şi vedeam că nu-i în regulă cu unii dintre ei. I-am auzit vorbind. Jalbă se arăta îngrijorat de ceea ce păţise Stelea.

— Bietul băiat, a venit de unde-o fi venit, din satul ăla măturat de ape, s-a aciuat în curtea lui Savu şi cine ştie ce s-o fi întâmplat între ei? Că şi Savu se împuţinează la trup pe zi ce trece.

Marin Chibrit îl asculta şi rămase îngândurat.

— Măi omule, nu putem sta chiar cu mâna-n sân! Măi, Jalbă, treaba stă aşa: Trebuie să ne adunăm cu preot cu tot, de-o fi nevoie mai aducem de pe la mănăstire şi să sfinţim valea cu plopi. Acolo o fi vreun cuib de duhuri căzute, ştii ce vreau să spun, adică alungate din cer, că nu sunt chiar toate uşă de biserică - încheie discuţia Marin Chibrit, gesticulând tacticos.

— Măi Marine, -se sperie Jalbă - ia uită-te la mine! Ce-ai păţit, măi, la ochi?

— Nimic, ce să păţesc ? - spuse Marin Chibrit, pipăindu-şi ochii cu palmele lui butucănoase şi bătătorite. Muncea şi el de se spetea.

— Măi, Marine, eu nu glumesc deloc, tu ai un ochi verde şi unul roşu cum e jarul din sobă. Ce dracu ai păţit? Nu vezi că-ţi arde un ochi?

— Ce eşti nebun? Cum să-mi ardă ochiul? Eu nu simt nimic.Ţi se năzare ţie!

— Măi, eu aşa te văd, Doamne fereşte! - încheie Jalbă. Îi întoarse spatele şi-o luă din loc cu paşi repezi.

Marin Chibrit rămasebuimăcit în mijlocul drumului şi-l cam lua cu răcori. Grăbi paşii s-ajungă acasă la Măndiţa lui s-o întrebe dacă-i aşa ce spune deşteptul asta de Jalbă. Pe drum, îi ieşi în cale băiatul lui Chilianu.

— Bă, Chiliene -îl strigă Marin Chibrit - vino, măi, mai aproape, ce te tot fereşti de oameni, văd că de la o vreme calci în străchini. Chilianu schimbă direcţia de mers şi îi apăru în faţă lui Chibrit, privindu-l drept în ochi, cu gura jâmbată, într-o parte, lungită aproape de urechea dreaptă. Marin făcu un pas înapoi:

— Măi băiete, ce te strâmbi la mine aşa? Îţi arde de glumă?

— Ce să mă strâmb, bre, nea Marin! Nu ştii ce-am păţit ieri pe dealul lui Găman?

— Ce-ai mai păţit?

— Păi întorceam şi eu fânul şi, pe la jumătatea păşunii, am vrut să întorc o căpiţă uitată poate de mine de-astă vară. Nu ştiu precis, că parcă n-o văzusem până ieri. Mi-a apărut aşa, deodată, drept în faţă. Şi mă uitam la ea şi nu mă dumiream de când stă căpiţa aia acolo. Şi ce-mi vine mie-n cap? Ia, s-o pun direct în căruţă, că-i uscată gata. Şi cum luam eu fânul cu furca, numai ce văd că de sub căpiţă ţâşneşte un drac de maimuţă cu ditamai coada şi mă plesneşte peste gură. Am simţit cum îmi ies flăcări. Mă frigea de zici ce-i! M-am şters repede cu mâneca, crezând că-mi trece. A dat Stelea peste mine. Eu urlam ca din gură de şarpe, că nu se mai opreau flăcările, începuseră să iasă şi pe nas. Îmi sări repede în ajutor, săracul, aşa cum era. Am strigat spre el: "Mă, nu te-apropia, că iei foc! Stai că bag acum mâneca-n gură". Abia am reuşit să potolesc focul, nu puteam să-nghit de loc, mă ardea pe gâtlej de-mi venea să fac pe mine. Stelea se uita, îşi făcu cruce şi-mi zise aşa, bâlbâit, că mă concentram să înţeleg ce zice: "Mă, Chiliene, te-a pocit şi pe tine?". Da' eu, de colo: "Păi nu vezi ? Dă-te mai aşa, să nu te molipseşti." Rămase neclintit. Nu-şi mai lua ochii de la mine: "Chiliene, Chiliene, vai de mama noastră, tu nu vezi că suntem amândoi pociţi? Ia uită-te la mine, hal de om sunt eu? Cine se mai uită la mine de-acum înainte? N-avem scăpare, au intrat în noi, aleluia!..." Marin făcea feţe-feţe, ascultându-l şi începu să i se plângă dintr-o dată.

— Mă, băiete, tu ştii că şi eu am păţit la fel? M-am dus la pădure cu căruţa să încarc nişte crengar uscat. Era o grămăjoară făcută de mine, cu o zi înainte. Cât m-am învârtit eu pe-acolo, văd că-n faţa mea apare o grămadă de crengar mare cât crucea nebunului. Eu, ca omul lacom: "ia, s-o iau pe-asta, că-i mai mare, dar, fără să-mi dau seama c-a apărut aşa din senin. După aia, am văzut eu că-i o capcană, dar era prea târziu. Era aşa, cam pe la prânz. Dau tot crengarul la o parte cât ai zice peşte, c-aveam o putere, de-mi venea să plec cu el în spate. Că de prost ce sunt, nu m-am întrebat: "stai, mă, că nu-i lucru curat! Cum să am eu puterea, să ridic aşa o grămadă dintr-o dată?

— Dar, uite, aşa e omul nostru, bleg, cade repede în ispită.

Sunt uşor, măi, de păcălit, ce mai...!

Marin Chibrit îi povesti lui Chilianu ce năpastă a dat peste el.

— Dau crengarul într-o parte şi ţâşneşte, măi omule, o arătare de sub crengar,...să fi fost un şobolan? Nici n-am avut timp să-l văd ca lumea..., dar, tot aşa, avea o coadă mare, subţire ca un bici, şi-mi arde una peste ochiul drept, de m-au tăiat toate alea. Şi, deodată, tot aşa ca la tine, ţâşniră flăcări din ochi, ca şi cum ai scăpăra un chibrit. M-a plesnit şi-a ţâşnit-o în copac. N-am luat în seamă, că eu nu simţeam nimic, dar Jalbă a văzut că-mi arde ochiul. Ia, uită-te tu mai bine la ochiul meu, aşa-i?

Chilianu întinse mâna şi-i ridică în sus pleoapa şi dintr-o dată din ochiul lui Marin Chibrit ieşi un fulger cât un fir de aţă şi-l trăsni pe bietul băiat în moalele capului, apoi începu să se bâţâie încolo şi-n coace, dând ochii peste cap.

— Măi băiete, stai, măi Chiliene, ce-ai văzut tu în ochii mei, ce ţi-am făcut? Of, nenorocitul de mine! - se văita omul, luându-l pe băiat în braţe. Totul trecu în mai puţin de-un minut, iar Chilianu rămas mut, se holba la ochiul lui Chibrit, care scăpăra într-una, de parcă acolo ar fi fost o vatră aprinsă.

— Nea Marine, ce văd eu în ochiul matale e jale. Flăcările iadului, nu altceva! Vezi ce faci şi pe unde te duci ca să te dezlege, dar eu cred că e mult mai grav. Nu te mai duce acasă, bre, ai copii mici, să nu-i molipseşti. Suntem, deja, destui în sat bătuţi de soartă.

Marin Chibrit simţi o moleşeală în tot corpul, lăsă capul în jos şi duse instinctiv mâna la ochi să şi-l astupe, căci începuse să-i fie ruşine de el însuşi. Tremura ca de o mare vină, se gândea la neamul lui Tyron. Îşi aduse aminte imediat că are o cumnată care-i din neamul ăsta. „Bine, bine - se gândi Chibrit, dar e, pur şi simplu cumnată, e prin alianţă, nu de sânge. Duhurile rele bântuiau nu numai prin valea cu plopi, ci împânzise acum tot satul, pluteau prin aer, intrau în curţile oamenilor. Puţini mai rămăseseră neatinşi, dar şi ăia trăiau cu frica-n sân.

— Toate dedesubturile din viaţa oamenilor le ştiu, Săftoiule. Ce face Iawa, care este relaţia ei cu oamenii din sat. Ea îşi vede de vrăjitoriile ei din care a făcut o afacere. Bătrânii însă nu credeau.Mai ales Iohannes se îndoia de harul Iawei. Însă recunoştea în sinea lui că n-o întrece nimeni în sat în chestii de-astea ce depăşesc puterea de înţelegere a omului. În rest mintea de îngheaţă apele:

— Fugi, mă, de-aici! De unde şi până unde să aibă Iawa atâta putere? Doar nu-i făcută din os domnesc, adus de la Ierusalim. E o şmecheră de prima clasă şi are un tupeu, că mă mir că nu-i este ruşine să se uite în ochii oamenilor!

Marin Chibrit stătea paralizat de durere în mijlocul şoselei, acolo unde-l lăsase băiatul lui Chilianu. Şi deodată o ia la fugă şi aterizează la vrăjitoare ca vai de el. Bătu în poartă, deşi poarta era mereu în lături, dar Marin încercă s-o măgulească şi să facă haz de necaz:

— Hei, Măria Ta, Iawo, Luminăţia voastră! - încercă să facă o glumă, apoi, i se păru de prost gust, gândindu-se la starea lui şi strigă tare : Iawo, ieşi odată că nu mai pot!...

Iawa apăreaînzorzonată, plină de mătăsuri grele. Se rezema de balustradă ca să-şi dea importanţă. Întârzia intenţionat. Aşa făcea cu toţi. Se lăsa aşteptată... Păşeaîncet şi apăsat pe scări, legănându-şi şoldurile maiestos şi cu o ţinută imperială:

— Ce-i Marine, ce-ai păţit? Se uita la el, apoi îşi făcu o cruce mare. Doamne, Marine, da'ce-ţi mai arde ochiul drept! Parcă-i un foc încins pe vatră, te doare?

— Ce să mă doară, Iawo, nici nu ştiam, dacă nu-mi spunea ăla al lui Chilianu. Ce mă fac eu acum? Jalbă, când m-a văzut, a rupt-o la fugă, băiatul lui Chilianu a vrut să mă ajute şi-a primit o săgeată în moalele capului de era să dea ortul popii!...

— Păi,când vă spun să veniţi în ceair! Vouă pe-o ureche vă intră şi pe alta vă iese, c-aşa-i omul nostru, fudul!... V-a intrat în cap democraţia, că adică aveţi voie să umblaţi lela prinEuropa şi prin America, pe toate coclaurile. Aţi adus în sat toate relele pământului...! Credeţi că mint?

Când strigam după voi în ceair că mi se arată semne rele, îmi întorceaţi spatele…! Na acum, aţi văzut? Tot la mine aţi ajuns! - se descărcă Iawa de obida pe care o tot aduna la inimă, când vedea că n-o mai bagă nimeni în seamă. Apoi, se mai uită o dată la Marin.

— Hai intră, amărâtule, c-am de muncit cu tine. Acolo-i păcat de moarte în ochiul tău!…Şi să m-asculţi pe mine, nu sunt numai ale tale, omule, ci ale neamului tău până la a şaptea generaţie în veacul vecilor amin!

— Ce faci, Iawo, mă blestemi acum? Tu nu te pune cu mine!…Vrei să fiu la cheremul tău? Cum adică-n veacul vecilor, ce faci tu cu mine aici?

— Hai, treci colea, pe verandă şi nu te mai prosti!… Vin acum c-un lighean, facem un foc din surcele şi începem prima şedinţă de dezlegare, dar să ştii că durează, nu scăpăm aşa uşor. Măcar de-aş reuşi, să nu mai molipseşti şi pe alţii… Ce ai tu,se ia şi din privit. Aşa că, vreo trei zile, o să te leg la ochi c-o pânză neagră, poate reuşim să stingem focul. Dar să nu te sperii când vei vedea că-ţi rămâne ochiul tăciune. Încetul cu încetul o să-ţi revii, dar numai dacă o să-ţi faci canonul pe care o să ţi-l dau eu, să fii cu mare grijă ce faci după aceea, că vederea nu vine dintr-o dată. Trebuie să alungăm treptat răul, că, altfel, se mută-n cerul gurii şi ferească sfântul să fii tu om de-ăsta, Marine? Ştii tu ce-nseamnă asta?

— Nu ştiu, Iawo, dar mă ia cu friguri…

— O să fii primul om vândut diavolului cu totul, mai precis, negru-n ceru'gurii şi vei avea gura spurcată şi-o să-ţi iasă numai blesteme din gură şi toate o să se lege. Vai de cel care o să aibă de-a face cu tine!… O să fii mai rău ca ăştia ai lui Tyron. Adică vei fi un fel de mutant. În cazul ăsta, s-ar putea să scăpăm răul de sub control şi se-alege praful de rasa omenească din Valea Rece...

— Da' de unde vine asta, Iawo?

— Eu n-am primit nici un semn, dar cred că toată tărăşenia asta vine de la voi, păcătoşilor, că Dumnezeu crezi că nu vede, drăguţu', ce faceţi voi, chiar de v-aţi ascunde şi-n gaură de şarpe? !... Şi vai de capul nostru, că suntem mulţi, câtă frunză şi iarbă, s-a îngreunat şi pământul, nu degeaba spunem noi la necaz: "mare ţi-i grădina ta, Doamne!" Nu ştiu cum să-ţi spun, Marine, ca să mă înţelegi...

— Iawo, spune cum ai spune, numai apucă-te de mine şi nu mai leorbăi aici, că nu mă impresionezi cu lălăielile tale!... N-o mai face pe deşteapta!...Scapă-mă odată....!

Dar Iawa o ţinea pe-a ei şi-i tot vorbea, ca să-l impresioneze.

— Suntem mici, Marine, mici şi păcătoşi, dar, acum, suntem în pericol să devenim „mici şi-ai dracului". După toată bodogăneala asta a Iawei, pe Marin Chibrit îl cam luă cu ameţeală. I se pusese un ghem în ceafă şi parcă se uita cruciş de durere.

— Iawo, fă ceva! Ah! Nenorocitul de mine!! simt că-mi scap ochii-n fundul capului, parcă sunt nişte băşici gata să plesnească, vrei s-o iau pe urmele Carolinei? Îmi rămâne nevasta vai de capul ei cu copii mici. Măcar Costas are avere, c-a-nvârtit afaceri groase, cu şmecherii cu ce le-o fi făcut, nu ca mine un pârlit, sau te gândeşti că n-o să am cu ce te-oi plăti...Ţi-oi plăti şi eu în natură, nu rămâi tu în pierdere...!

— Marine, ai dreptate, dar să ştii că în privinţa lui Costas n-ai! Ce-i a lui e-a lui. A învăţat carte, a făcut facultatea aia specială, cum îi zici, "managementul", Doamne iartă-mă, că mi se împleticeşte limba, de câte vorbe au mai ieşit acum...

— Ia, stai Iawo, că mi-a sărit ţandăra !... tu chiar mă crezi prost? Dacă tot conduci o afacere, tu de ce nu te-ai documentat ? Ăla măcar a învăţat, dar tu ce-ai făcut? Îmi umbli aici cu şmecherii? Ce mă tot ameţeşti? Ia, spune, vrăjile tale au vreun temei ? Că te iau acum şi pe partea aialaltă. Ce pregătire ai tu, de te dai atotştiutoare? Adică eşti tu mai deşteaptă ca mine? Nu? Să-mi fie mie frică de nişte lighioane? Nu-i râsul lumii? De nişte prăpădite de maimuţe, de şobolani, adică sunt ele mai forţoase ca mine?

Pe Marin Chibrit îl apucă furia, parcă mai tare începu ochiul să-i ardă, făcea întruna flamă, îi scăpăra încât Iawa se de-te un pas înapoi:

— Hai, Marine, hai cu mine !..

— Ce să mai merg cu tine? Ia, nu-mi mai face nici un descântec! N-o fi dracu' chiar aşa de negru! Dacă-i pe-aşa, mă duc să m-arunc în Dunăre, mă dau de câteva ori la fund, apa-i rece ca gheaţa. Ce mai avem? Două zile şi intrăm în decembrie, mă bag la fund şi se stinge focul de dracii-l ia şi gata!...

— Să-ţi fie de bine, Marine, să nu zici că nu ţi-am zis! Dar cred c-o să-ţi iasă şi pe nas şi pe gură flăcările iadului, ai grijă nu te pune cu Ucigă-l Toaca!...

Marin nu mai spuse nimic. Ieşi valvârtej din ograda vrăjitoarei, lăsând-o în mijlocul bătăturii, clătinând din cap a lehamite, dar şi a pagubă, prevestind, în sinea ei, ce va urma să se întâmple cu încăpăţânatul ăsta de om: "vai de tine, prăpăditule, c-ai să treci prin nişte chinuri de n-ai să uiţi nici ţâţa pe care-ai supt-o de la mă-ta, de durere!...

Iawa intră în casă, aprinse o lumânare, o aşeză lângă geam ca să alunge duhurile rele, făcu semnul crucii cu mâna de vreo câteva ori pe la uşi şi pe la geam, bătu nişte mătănii largi cum ştia ea mai bine că îi vor fi ascultate rugile.

Trase toate zăvoarele de la uşă şi se culcă împăcată cu sine, că numai ea ştie cum să se ferească de toate relele, că numai pe ea a ales-o Maica Precista s-o pună în gardă cu nenorocirile care se vor abate peste sat.

— Ei, ce zici, prietene?

— Eşti bun pentru un caz de psihanaliză. Să ştii că o să te propun unor specialişti în domeniu.

Ai aduce o contribuţie esenţială la elucidarea unor necunoscute în materie. Dar localnicii, Savule, cum reacţionau la toate astea, că spui că ştii care este pulsul vieţii lor.

Localnicii se cam îndoiau, mai degrabă de felul cum punea ea problema. Pe bătrâni nu-i duceai aşa uşor. Aveau experienţa lor, simţeau când omul e de bună credinţă sau nu.

Pe de altă parte, în sufletul lor, nu se îndoiau de simţirile Iawei, doar credeau că avea obiceiul să mai adauge de la ea, să exagereze. Ilie Butică era cel mai înverşunat. Avea părerile lui.

— Iote-te, o apucă şi pe Iawa smerenia, a uitat ce poamă era în tinereţe maică-sa, că surcica nu sare departe de tăietor!... Că doar pe maică-sa am apucat-o şi ştiu bine cine era!... Butică-şi amintea de manevrele militare care se făceau în apropierea satului.

— Ehei, cine le ieşea soldaţilor în faţă cu flori? Maică-sa! Era dată dracului de frumoasă!...Mai erau vreo câteva de-astea. Nu-i bai, că scăpau satul de fărădelegile soldaţilor, că ele umblau după ei prin sat şi soldaţii nu mai dădeau iama în curţile oamenilor, le duceau ele de toate şi-i potoleau pe toţi.

În felul acesta, era linişte în sat, căci în caz contrar, bărbaţii stăteau la pândă să-şi apere femeile. Mama Iawei era o frumuseţe de femeie. Ofiţerii o ridicau de subsuori şi-o cocoţau sus lângă ei şi ieşea o petrecere de vuia tot satul.

— Câte n-a mai făcut! -adăugă Butică. Ion Jalbă asculta şi încercă să-i ia apărarea:

— Ce spui tu, Ilie, dar nu trebuia să trăiască şi ele? Făceau, săracele, cum le era mai bine, că erau singure, abia aşteptau s-apară cineva străin în sat ca să se dea în spectacol.

— Eu cred, măi Jalbă, da' de ce-o face ea acum pe deşteapta, când are în cârcă o aşa reputaţie de „poamă bună", c-o ştiu toţi de prin toate satele? Cică i s-au arătat pe cer nu ştiu câte bazaconii! Vax! Cine ştie dacă n-o fi ea prima în sat vândută diavolului, că numai de vrăji se ţine de când o ştiu. Cică leagă şi dezleagă cununii! Dar oare nu-i păcat să te amesteci în viaţa omului, să-i schimbi soarta, cea pe care i-a dat-oDumnezeu. Jalbă se uită de-a lungul văioagei dinspre baltă

— Se pregăteşte, fraţilor să vină coana Iarnă.

— Dar spune-mi ce-a mai făcut Marin Chibrit?

— Păi a lăsat-o pe vrăjitoare cu buza umflată.

Dar nu termină vorba şi de departe se vedea Marin Chibrit..

— Ia te uită, măi Ilie, Marin vine de la Iawa. Hei, Marine!.. Dar omul se făcunevăzut, o coti pe uliţa lui şi se îndrepta cu paşi repezi către casa lui. Era furios, nevoie mare! Mergea uşor aplecat şi ţinea mâna la ochi, o tot schimba cu cealaltă, pesemne că făcuse scurtă în subsoară. Voia să se ferească de oameni, dar ţinea cont şi de ce-i spusese Iawa, că se ia şi din privit. Se gândea la copii că sunt nevinovaţi. Strigă la Măndica lui de cum intră pe poartă, cu o voce puternică şi ascuţită de ieşiră toţi în bătătură. Ba chiar se adunară, ca la comandă, toate orătăniile. Pisicile începură să miaune, iar câinii să schelălăie de te lua cu răcori:

— Ce-i, Marine, Doamne apără-mă! - îl întâmpină Măndica, nevastă-sa, ce strigi aşa ca un apucat?

— Măndico, scoate din pământ din iarbă verde o fâşie de pânză neagră.

— Vai de mine! Iar a murit cineva prin sat? Parcă n-am auzit clopotul.

— Ce clopot, Măndico? Cu mine-i mare belea! Îmi arde ochiul în fundul capului, dar ştii cum? Cum arde focul în vatră! Vreau să mă feresc de copii, că-i mare pericol...!

Măndica intră repede în casă, rupse o bucată de pânză neagră din baticul ei de doliu şi-i legă strâns ochiul, împăturind fâşia-n trei.Marin striga ca din gură de şarpe că-l arde pe dinăuntru şi-o rupse la fugă spre Dunăre. Alerga c-o viteză neomenească, parcă nici n-atingea pământul, mai mult, zbura, călca aerul, înota cu braţele până când nu se mai văzu prin păpuriş. Cei de-acasă rămaseră cu gura căscată. Cei trei copii mici ai lui Marin Chibrit se puseră pe plâns.

— Tată, tăticule, unde te duci tu, vino acasă!..."

— Măi omule, - începu şi Măndica să plângă, deşi degeaba o făcea, că Marin al ei era departe:

— Un'te duci, vai de capul nostru! Unde pleci tu pe-o asemenea vreme?

Marin Chibrit se topise cu totul în noapte. Alerga spre

baltă. Era un vânt rece, care anunţa apropierea iernii. Cerul era acoperit de nori grei negri. Din moment în moment putea începe ploaia, poate lapoviţa. Dar Marin era departe. Trecea printre lanurile întinse de stuf. Multe parcele erau arse. El fugea ca o mogâldeaţă neagră spre Dunăre. Era în el o putere neomenească, nu-ţi venea a crede că un om poate alerga ca un fulger, căci fulger îi era tot trupul. Se mistuia pe dinăuntru...

***

În Valea Rece era o linişte de mormânt. Se înserase de-a binelea. Din loc în loc, luminile de pe şosea ardeau palid, căci în Valea Rece se întâmpla uneori să scadă curentul în intensitate şi chiar se întâmpla să nu mai meargă nici aparatura casnică.

Zi de duminică. Oamenii mergeau spre biserică liniştiţi. Femeile erau nelipsite de la slujbă. Şuşoteau între ele că nu se văzuseră toată săptămâna şi acum, aveau ce vorbi, rar mai trăgeau cu urechea la slujbă. „Halal credinţă" - se necăjea dascălul, care le observa mai bine decât preotul. Se mai uita când citea Sfânta Evanghelie. Unele stăteauîn genunchi de formă, mai trăgeau cu ochii la preot să vadă dacă se uită la ele, dar mai mult se gândeau la ale lor. Dacă le vine cineva la masa de duminică, dacă au cumpărat tot ce trebuie să nu se facă de râs, cum să trântească o plăcintă cu brânză mai bună şi câte altele...Dar, la urmă, pupau mâna preotului cu mare evlavie, iar preotul le miruia mulţumit de credinţa enoriaşelor sale. Toată lumea era mulţumită. Nimeni nu bănuia că răul săpa în rădăcini, că în subconştientul fiecăruia se întindeau ca o plagă umbrele din valea cu plopi, că fiecare purta cu sine un sâmbure gata să încolţească în minte şi să declanşeze nebunia. Dar dacă veneau din afară? De ce veneau? Subiectul lor de discuţie eram eu. Se vorbea despre mine în biserică. Vorba se ducea şi-mi ajungea şi mie la ureche cum că aşvisanăluci. Femeile se întrebau cu mare nedumerire :de ce se întruchipau în tot felul de lighioane? De ce se puneau pe făcut rău, ori poceau oamenii? Cum s-a întâmplat cu Stelea sau cu băiatul lui Chilianu şi-acum cu Marin Chibrit ... Mai era un lucru care-i îngrijorau, mai ales pe bătrâni: ce-aveau ele cu mine ? Eram cel mai chinuit dintre toţi, că mă topeam pe picioare nu alta... La toate astea se gândeau bieţii oameni în sfânta biserică.

Unii, mai puţin habotnici, priveau toate astea drept glume proaste, măscării, bazaconii, vedenii de-ale unora din sat duşi cu pluta sau slabi de înger. Ăştia umblau prin lume şi veneau acasă cu maşini de lux. Plecau în week-end-uri, îşi făceau vacanţele prin străinătate pe la rude, plecau aşa de fală, dar erau totuşi puţini: de-alde Ştefanache, de-alde Machedon, de-alde Angelo..., ăştia erau mai cu moţ. Pe Costas Panaitache l-au scos din gaşca lor. Dăduse necazul peste el şi nu mai voiau să aibă de-a face cu el. Ei se credeau intangibili. Numai că unii mai îndârjiţi începură să-i privească chiorâş şi să cobească:

— N-o da Dumnezeu să cadă şi ei în necaz? N-aduce anul cât aduce ceasul! În loc să ne strângem toţi, să ne unim şi la bine şi la rău, o fac pe deştepţii, de parcă lor n-o să le vină rândul niciodată... - spuse, cu amărăciune, Johannes.

Jalbă, care avea un respect deosebit pentru neamţ, îşi spuse în sinea lui că nu degeaba se spune că-i bine să ai cap de neamţ". Apoi, cu voce tare către Iohannes:

— Aşa-i, Iohannes, când ai bani, uiţi de tot şi toate... nu te mai uiţi la cel năpăstuit. Jalbă se uită pe şosea şi adăugă:

— Ţine minte că mâine ninge, se simte mirosul de iarnă...E pe aici pe-aproape... Ion Jalbă stătea mai mult pe şosea. Parcă aştepta să se mai întâmple ceva. Lui nu-i scăpa nimic niciodată. Unde se mai întâlneau ei grămadă, decât aici, în ceair? Îşi amenajaseră deja o scenă.

Acolo venea lawa şi-i aştepta. Unii stăteau pitiţi după porţile lor, aşteptând cu inima cât un purice să mai bată clopotul de mort, de foc, să mai audă pe vreunul cântând:Uha-la-ba la viaţa mea am o dambla"sau să mai vadă vreunul pocit. De curioşi erau curioşi, dar nu făceau nimic să îndrepte lucrurile.

În ziua următoarea şi apărut vestea ca un trăsnet cum că a murit Marin Chibrit, veste adusă de-un pescar din Rachiţeni, care lucra la cherhana şi mai vindea ceva peşte prin sat. Nici peştele nu se mai găsea ca altădată. Trebuia să te rogi, să umbli ba la un pescar, ba la altul, care avea scule şi care putea pescui clandestin, ca să-ţi faci şi tu pofta de peşte.

Pescarul Petrache Ţuţuianu, un om puţintel la trup, dar iute ca un titirez, îl văzu pe Jalbă, care nu se îndura să plece acasă, tot zăbovea pe şosea aiurea.

— Ziua bună, nea Jalbă, ce-aştepţi aici în şosea?

— Ce să fac şi eu, măi Petrache, uite, mă uit şi eu pe aici, că n-am stare acasă.

— Bre, nea Jalbă, astă noapte a fost belea mare pe malul Dunării cu Marin Chibrit. Scoteam sculele din apă, cum fac mereu şi îl văd pe Marin Chibrit, aruncându-se îmbrăcat în apă. Mă uit mai bine şi văd cum apa îl azvârle pe mal ca o minge în câteva secunde. El se tăvălea de durere şi iar se aruncă, urlând de răsuna balta. Dunărea se încorda ca un balaur şi iar îl azvârli afară. Măi, ce să fie? Mă dau cu barca mai aproape şi ce să crezi? Marin începu să ardă de la cap în jos. Iar făcu un efort şi se aruncă mai mult târâş. Dar, din nou, aceeaşi treabă. Nu-l primeau valurile. Strig la el. Nimic. Nu mă auzea. Şi uite aşa s-a chinuit, săracul, până a rămas pe mal, drept ca o lumânare şi mă uitam la el cum ardea încet-încet, mai fumega, iar ardea, el nu se mai opunea deloc. Se lăsa ars mai mult mocnind şi numai gemea, de ţi se rupea inima, că apa nu l-a primit cu nici un chip. Ardea cum arde o funie de sus până s-a făcut un morman de tăciune.

— Ce-i de om ? Nimic! Eu rămăsesem mut în barcă, mi se uscase gura, nu puteam s-articulez nici uncuvânt, başca să-l mai ajut cu ceva, că toată nenorocirea s-a petrecut repede, să fi fost un sfert de ceas, cât s-a luptat el cu apa.

— Da'chiar n-ai putut şi dumneata să dai o mână de ajutor? Aveai barcă, nu?

— Ce era să mai fac, nene? Că mi-am dat seama de la început că nu e lucru curat. Mă uitam la el şi mă apucase un fel de sfârşeală în tot corpul, mă furnica pielea şi părul mi se făcuse măciucă. Tot făceam cruce cu limba, am spus o rugăciune în gând şi, cu chiu cu vai, am ajuns pe malul celălalt. Am luat-o pe ocolite, până am ajuns pe canalul ăsta din spatele lui Volintiru. Nu ştiu, dar aşa ceva n-am văzut în viaţa mea.

— Măi Petrache, te sfătuiesc să te duci cu Dumnezeu, omule. În satul nostru să nu mai calci până nu se limpezesc treburile. Aici nu-i lucru curat. Aici e un blestem Se respectă ceva din ce ne-au transmis părinţii din moşi strămoşi? Spune tu? Am intrat în Europa! Haida de! Suntem occidentali? La Sfântu' Aşteaptă! Nu mai avem nici un Dumnezeu! Măi, noi nu mai suntem ţărani get-beget! Dar ce suntem? Suntem noi orăşeni? Avem noi faţă de europeni? Ştii vorba aia: nici în car nici în căruţă, nici în teleguţă! Aia e!!! Cineva ne-a pus gând rău! Ne execută încet şi bine! N-avem şi noi printre noi o minte luminată, care să ne sfătuiască. Toţi trag pe turta lor. Şi de! avem regim de oraş! O avem pe Iawa, dar şi asta-i o şnapană!... Am ajuns să ne conducă o femeie, de fapt două, că mai e şi Zorina, dar măcar asta-i realistă, are capul pe umeri, la ea vorba e vorbă!...Vai de steaua noastră!

Bătu clopotul de mort. Marin Chibrit era prima victimă. Vrăjitoarea Iawa ieşi în ceair şi striga:

— Oameni buni, o să ardem cu toţii!... Ieşiţi din curţile voastre, nu vedeţi că ne ducem câte unul câte unul? Dau flăcările iadului peste noi.

— Ei, acum să vezi ce s-a întâmplat? Aflu de la Zorina c-a murit Marin Chibrit. Nu se ştie de ce. L-au găsit înecat pe malul apei. Aproape că nu-mi mai ieşeau vorbele din gură. Amuţisem.N-am scos un cuvânt toată ziua de frică, dar nici c-am mai ieşit din curte. Până la urmă m-am dus în ceair.

— Ce-i, măi Jalbă? Aud că bate clopotul.

— Ce să fie? A murit Marin Chibrit. Nu se ştie dacă-i de moarte bună. Astă noapte l-au găsit scrum pe malul apei.

— Păi n-a murit înecat?

— Unii spun că de cu seară s-a înecat, alţii spun că au văzut un foc mare pe mal.

— I-o fi dat cineva foc, dar mi-a spus mie unul din Răchiţeni că-l azvârleau valurile afară, doamne fereşte, că nu-i lucru curat. Ar trebui să se facă cercetări, să nu mușamalizeze cineva crima, dacă o fi fost ceva de mâna omului...

— Măi Jalbă, cine crezi tu că se încumetă într-un asemenea caz? Suntem la cheremul NEVĂZUTULUI! Tu nu știi ce ne așteaptă! Păi dacă e vorba că au început să ne și curățe așa pe câte unul, vai de mama noastră.

— Iawa știe mai bine ce s-a întâmplat cu Marin Chibrit. Ea e în temă cu toate. Eu nu mă mai amestec. Le am pe ale mele.

Am plecat destul de mâhnit în sufletul meu. Nu-mi mai ardea să mă mai duc la Butică. Am luat-o încet spre casă. Mai bine mă duc la Zorina, dar nici n-ajung bine în poarta ei c-o văd că iese.

— Savule, hai cu mine în ceair.

— Păi de-acolo vin!

— Păi, hai înapoi, că se strâng toți acolo. Văd că se pune de ninsoare. Vine iarna!

Într-adevăr, începuse să ningă cu fulgi rari la început, apoi, din ce în ce mai deși, dar care se topeau imediat ce intrau în atingere cu pământul. Dintrenori ieși timid soarele, un soare firav, care revărsa o lumină alburie, difuză și care după o vreme se ascundea în nori.

Zi de decembrie. După zarva firească de la începutul unei zile, oamenii n-au mai intrat în curți. Auziră clopotul și coborâră toți în ceair, unde-i aștepta Iawa, cocoțată pe un pietroi de lângă gard. La început, toți stăteau în șosea, nu se-nghesuia nimeni s-ajungă-n ceair, apoi, când se iviră câte unul, câte unul de pe toate ulițele lăturalnice, se îndreptară cu mic cu mare spre Iawa.

Când ceairul se umplu de oameni, Iawa începu cu o voce gravă, dar răguşită de tutun.

— Măi, oameni buni, până când o să staţi cu mâinile-n sân? Nu vedeţi c-a dat răutatea-n voi şi răbufneşte sub tot felul de întruchipări? Spuneţi dacă n-am dreptate? Hai să vă aud pe fiecare! Aveţi curajul? Hai, hai că ştiu ce faceţi! Vă ascundeţi ca şobolanii prin curţile voastre, intraţi ca struţul în nisip şi „n-aude n-a vede..." Ce vă spuneţi voi? Las' că trece, n-o fi dracu' chiar aşa de negru!Uite că-i negru! Aţi văzut ce-a păţit Marin Chibrit? Uite aşa o să vă duceţi dincolo şi-o să staţi la rând la poarta iadului, să nu-mi ziceţi mie cuţu'!

— Ia mai taci, Iawo, mai bine spune-ne ce-avem de făcut, dacă tot ne-am adunat aici! Că nici tu nu eşti mai brează ca noi.

— Aşa-i, aşa-i, zi-i, măi Răuţă, că-i zici bine! Ce tot o face pe sfânta! Ia să te văd, Iawo, ce purici faci cu vrăjile tale! Da' tare mi-e teamă să nu fii tu prima doamnă a lui Scaraoţchi! Hai, arată-ne ce poţi!

— Păi, eu zic aşa: tot vine iarna, să faceţi ce vă spun eu, că ăsta-i un anotimp de omoară toţi microbii, poate vine un ger de-ăla mare şi dă iama-n duhurile astea de s-au aciuat pe la casele noastre, numai cătrebuie să le dăm foc. Şi ce-o să facem? Scoatem tot ce-avem în curte, ne dezbrăcăm de toate zdrenţele şi le dăm foc. Iar pentru bărbaţii din sat, de la mic la mare, am altceva: c-o fi bărbat însurat, c-o fi neînsurat, să se urce pe dealul lui Găman şi să se dea de-a dura prin omătul alb până la vale ca să-i intre-n oase toată puterea gerului, să omoare tot. Jalbă şi Johannes stăteau mai deoparte.

— Auzi, fă Iawo, te-ai gândit mult pâna ţi-a ieşit asta din căpuşorul ăla al tău? Cum mă vezi pe mine, om bătrân să mă duc de-a berbeleacul pe deal?

— Aşa-i, aşa-i!-arbitrau unii de pe margine.

— Atunci să se ducă cine se simte cu musca pe căciulă. Ce, n-am dreptate?

Leonte se ascunsese mai în spate, n-avea chef să dea ochii cu Iawa. Dar nu scăpă.

— Hei, Leonte, unde eşti?

Bărbatul tăcea, pitit în spate.

— Ia mai lasă-l pe Leonte-n pace, treci mai departe - se auzi o voce din mulţime.

Iawa tăcu de teamă să nu-i stârnească pe oameni împotriva ei. Abia-i strânsese la un loc şi nu voia să-i piardă.

— Ei, să vedem ce facem cu sufletele? Cu sufletul e altă dandana.

Dar Zorina îşi făcu loc mai în faţă.

— Ia staţi, oameni buni, că nu s-a sfârşit lumea. Ne mai ducem şi noi pe la părintele, că mai este şi el în sat. Ştie ce are de făcut.

— Ştie, ştie...! A anunţat în biserică grozăvia şi are de gând s-o ia din casă în casă pentru sfinţire că nu se mai poate.

Iawa o chemă pe Zorina lângă ea. Nu voia să se pună rău. Zorina era cea mai sfătoasă din sat. Era înţeleaptă şi se bucura de autoritate printre localnici.

— Hai, Zorino, că noi amândouă o să ducem toate la bun sfârşit, tu cu vorba, eu cu fapta. Eu îi trec prin flacără, mai ales pe ăia care au avut de-a face direct cu arătările astea. Ia, băiatul lui Chilianu, e aici?

— Da, Iawa, sunt aici! - se grăbise răspundă, făcându-şi loc prin mulţime.

— Steleo, unde eşti, Steleo? Amărâtule, că a picat necazul pe tine pe nevinovate, ia ieşi colea-n faţă să te vadă lumea. Stelea, care era ruşinos de felul lui şi nu-i prea plăcea să fie în văzul lumii, nu se urni din loc.

— Steleo, tu n-auzi să vii-ncoace?

— Hai, măi, du-te! - îl îndemnă ăla al lui Papuc, un tânăr înalt şi bine făcut, venise de curând şi el de sărbători. Muncise în construcţii prin Italia. Stelea se văzu luat pe sus, împins din spate. Ajunse lângă vrăjitoare, care-i făcu loc, lângă gard, suindu-l cu chiu cu vai pe un pietroi proptit acolo, tot pentru odihna sătenilor duminica.

— Uite-l, vedeţi? - făcu Iawa. Vedeţi şi voi ce-a făcut necuratul din el? Cu ce-a greşit băiatul ăsta? Spune, măi Steleo, harnic eşti, eşti la locul tău, nu te-a văzut nimeni încăierându-te cu cineva în sat, n-aiumblat şi tu cu-o femeie şi, vorba aia, aveai voie, eşti singur. Ce-ai văzut tu în curtea lui Savu? Sunt sau nu sunt năluci?

Mă uitam la Stelea şi-mi era milă de el. Era acum în văzul tuturor. Măcar de nu s-ar lua şi de mine să mă aducă în faţă deşteapta asta de Iawa

— Dar, hai să privim lucrurile şi altfel, Iawo, - începu baba Catinca, care tăcuse până atunci.

Ea n-avea obiceiul să intre-n vorbă aşa, tam-nisam, ci doar când era întrebată.

— Nu te gândeşti —spuse bătrâna, sfidând-o pe vrăjitoare-că poate băiatul ăsta trage ponoasele de pe urma neamului de prin Moldova, de unde a venit? Că răul te urmăreşte până-n pânzele albe!... Cine ştie? Blestemul o fi căzut pe el. Vorba ceea: "capra face, oaia trage"

În mulţimea aia înfrigurată, căci începuse să ningă de-a binelea, se auzi dintr-o dată vocea Zorinei. Nu se lăsa aşa uşor dusă de nas, se uita aşa într-o parte şi cântărea lucrurile. Era înaltă şi robustă, îmbrăcată cu-o haină groasă de-a bărbatului ei, ceea ce-o făcea să pară mai înaltă decât era. Când în Valea Rece se petreceau atâtea lucruri ciudate, când cei mai mulţi erau cuprinşi de isterie şi se agăţau de orice le spunea Iawa, ca să creadă şi ei în ceva, Zorina judeca limpede. Pe ea nu puteai s-o duci cu vorbe, oricât de meşteşugite ar fi fost, ea avea nevoie să vadă, să cunoască, să desluşească singură adevărul. Nu mergea cu presupusul. Ea nu credea nici ce mi se întâmplă mie. De câte ori nu m-am plâns ei!! Tot nu m-a crezut!...

Mă uitam la mulţimea aia adunată în ceair, gata să izbucnească şi mă gândeam că nici unul nu prea avea un cuvânt de spus. Nimeni nu era capabil să ducă la capăt o idee. Când te bat gândurile, când vezi că-n jurul tău se-ntâmplă atâtea lucruri fără noimă, te-apucă frica şi nu mai ştii ce spui. Doar Zorina cu vocea ei autoritară se adresă mulţimii:

— Aveţi în faţa voastră dovezi că Satana s-a infiltrat serios în sufletul vostru? Ştiţi voi ce se întâmplă cu adevărat în valea cu plopi? Aţi văzut voi ceva?

— Zorino, nu mai pune atâtea întrebări, că te încurci în ele —strigă Iawa. Ce exemple vrei? Uite, Marin Chibrit a murit ca prostul că n-a crezut.

Johannes îi luă apărarea Zorinei.

— Taci, Iawo, să vedem ce are de zis. Nu numai cuvântul tău contează aici!

— Fiecare să se gândească cum să se stăpânească în astfel de situaţii, reluă Zorina ideea. Se apropie sărbătorile de iarnă. Acum este momentul să vă scoateţi de tot răul din voi şi să nu vă mai gândiţi la ceea ce v-ar putea atrage în tot felul de capcane.

— Ce capcane, Zorino? Asta fac eu, ai? Eu ştiu toate dedesubturile din viaţa fiecăruia. Ia, dă-te jos, să mă urc eu, uite aşa! - interveni Iawa, ofensată. Îşi făcu loc, după ce Zorina coborî de pe pietroi şi renunţă s-o mai înfrunte, ştiind că nu va avea câştig de cauză. De altfel, după moartea lui Chibrit, lucrurile scăpară de sub control şi orice argument era inutil în faţa unor semne inexplicabile. Şi Iawa începu maiestos de parcă făcea campanie electorală.

— Cetăţeni ai satului Valea Rece, fiţi atenţi aici la mine la ce-o să vă spun eu! Fiecare dintre voi, când s-o duce acasă şi-o pune capul pe pernă, să cugete îndelung la faptele lui. Ţineţi minte, oameni buni, nu vine nimeni să ne facă nouă treaba, nici Zorina, cât este ea de deşteaptă sau o face pe deşteapta, treaba ei, aici nu mă bag... Şi Iawa îi aruncă rivalei o privire diavolească pe care aceasta o simţi până-n măruntaie.

— Îi belea mare cu muierea asta, Savule, să nu mă pun cu ea, cine ştie în ce mă mai bagă!" Chiar începe să-mi vâjâie capul.

Iawa continua nestingherită:

— Nici preotul satului, care-i om cu scaun la cap şi-a venit aici să vă lumineze mintea, nici el, săracu', n-o să poată să facă ce ştiu eu, că eu ştiu pe unde s-au cuibărit, nenorocitele!...

— Taci, Iawo, c-ai întrecut măsura!-strigă unul din

mulţime, ascunzându-se să nu fie descoperit de vrăjitoare, de teamă să nu-l afurisească.

— Ai sărit calul, Iawo, ţi-ai depăşit atribuţiile-se răsti la ea şi Iancu Piţigoi

— De ce nu vin la mine? - izbucni Zorina, dintr-o dată. De ce? ... Şi nici nu ştiţi câte bălării am eu în curte! Ar avea loc berechet să-şi facă de cap, că nu le vede nimeni! Dar uite că nu vin! Mă ocolesc şi să ştiţi că nu sunt de loc invidioasă pe voi, numai că m-apucă-aşa o milă! Ştiţi de ce? ... Că v-aţi învăţat de rău copiii. Ce caută ei pe toate coclaurile? Vă trimit tot felul de pachete, dar voi nu ştiţi cum strâng ei acolo bani! Fac ei un ban cinstit? Aici e problema! Că Dumnezeu nu bate cu parul.

Iawa puse ochii pe mine. Eu înlemnisem.

— Ia spune, Savule, unde e fata ta şi de ce suferi tu?

M-am făcut că n-o aud. Mă uitam la Zorina, poate mi-o lua ea apărarea. Dar Jalbă se răsti la mine:

— Hei, Savule, ai amuţit? Răspunde la ce te întreabă Iawa.

Mă apucă o furie pe tot circul acesta că mă trezii strigând:

— În Patagonia, unde să se ducă? În fundul pământului, în Toronto, la dracu'-n praznic, că dau eu cu crucea peste ea! Săptămâna viitoare plec şi-o aduc de ciuf acasă. Ce caută ea la mama dracului!? Din cauza ei pătimesc eu, că toată ograda mea e bântuită. Cine ştie câte păcate n-o fi având la activ !... Şi răsuflai uşurat c-am reuşit să-mi spun tot oful. Obosii şi începui să gâfâi. Abia mă mai ţineam pe picioare de slab ce eram.

Jalbă se uita la minecu milă.

— Şi zici că pleci, Savule? -îmi şopti el, ţuguindu-şi buzele a pagubă, dar oare mai ajungi? Ai ajuns o pojghiţă de om, mai subţire ca gheaţa asta din băltoacă.

Am tăcut, mai mult să nu se mai uite lumea la mine

— Stai liniştit, Savule, nu vezi că pierde teren în faţa Zorinei. Uită-te la ea! Se ridică pe vârfuri să pară mai înaltă, ca să conducă „lucrările Marei Adunări, dar degeaba, totn-are câştig de cauză.

Se auzi o voce din mulţime:

— Ete-al dracului! Iawa şi-a făcut platformă electorală!

Atunci o văd apucându-se de gard să pară mai înaltă, ba chiar o împinse uşor pe Zorina care se dădu jos de pe pietroi şi trecu mai în spate. Vrăjitoarea începu din nou cu o voce guturală:

— Ascultaţi la mine, la vorbele mele, că eu cu Zorina vreau să colaborez de-acum încolo, vorba ceea: „unde-s doi puterea creşte". Aşa o să conducem şi cu asta basta!"

Jalbă se întoarse către Răuţă.

— Afurisite muieri, n-am văzut în viaţa mea două mai bătăioase, nici una nu se lasă, că nu ştii care-i la putere şi care-i în opoziţie. Ai zice că-i Zorina, dar, când o asculţi pe Iawa, zici că-i ea. Uite aşa o să ne aburească pe toţi, măi Răuţă!

— Ne aburesc, aşa este! Vorba e cum o scoatem la liman? Mâine îi înmormântează rămăşiţele lui Chibrit. Nu se mai vede nimic din el. E numai un morman, nu ştii unde-i capul şi unde-s picioarele. Părintele nu ştie nici acum dacă e sinucidere sau nu ! Nevasta lui plânge de se omoară, ca să-l convingă pe preot că bărbatul ei merită o slujbă creştinească, că nici ea nu crede că e sinucidere, bărbatul ei n-ar fi făcut asta nici în ruptul capului.

Preotul stabili ora înmormântării împreună cu familia. Cei doi bărbaţi, Răuţă şi Jalbă, începură să-şi dea cu presupusul:

— După cum vorbeşte, Zorina are dreptate, dar şi Iawa ce zicenu e rău.

— O fi având, nu zic nu-zise Răuţă.

Jalbă însă o ţinea pe-a lui, că are el o soluţie să îndrepte starea de boală din sat.

— Răuţă, una şi cu una fac două, hai să chemăm odraslele acasă, c-am rămas în sat toţi boşorogii şi toate ciurucurile. Suntem aici ca o apă stătută şi vorba ceea: "Unde apa e stătută, începe totul să se-mpută". Uită-te şi tu să vezi cine a mai rămas în Valea Rece! Noroc cu şoseaua asta naţională de ne mai împrospătăm privirea, că altfel vai de capul nostru! Nici şcoală nu mai avem. Asta s-a desfiinţat de mult. Acolo şi-a făcut Angelo depozitul de băuturi, tui'mama lui! Asta ne trebuia nouă, bere, vin şi ţuică? Păi cum să nu năpustească dracu' la un aşa dezmăţ!? Aghiuţă îşi găseşte sălaş unde terenul e mai slab.

De la tribuna ad-hoc, cele două femei care acum au bătut palma, îşi dădeau cuvântul pe rând, ca să nu fie cu supărare. De pe scena improvizată, se auzi din nou vocea Iawei.

— Măi, oameni buni, luaţi legătura cu fetele şi băieţii voştri, care pe unde s-au dus! Vedeţi, vin acum sărbătorile, chemaţi-i pe toţi acasă, găsiţi voi un motiv sau altul, iar pe tine, Savule, te sfătuiesc să iei legătura cu băiatul lui Butică, că-i iarnă, unde pleci tu pe vâjgălăul ăsta la drum? Nu te gândeşti? Tu ştii ce-nseamnă să străpungi norii cu avionul? Dar, ferească sfântul, se-ncurcă avionul printre norii ăia năclăiţi de ceaţă, negură, zăpadă... Cine ştie ce-i mai păţi!!...

Îţi rămân oasele printre străini. N-am dreptate, Savule?

Eram prea obosit ca să mă mai opun. În sinea mea, mă gândeam că amândouă femeile au dreptate în felul lor. "Tot la băiatul lui Butică o să apelez. Îi fac eu o compunere Mălinei mele de-o să mă ţină minte toată viaţa!"

Iawa văzu mişcare în mulţime şi se gândi că acum e momentul să intre în vorbă. După ce şuşotise ceva cu Zorina, văd că mă arată pe mine:

— Savule, ia fă-ţi loc şi vino aici în faţă să se lămurească oamenii că eu nu-mi bat gura de pomană. Hai, apropie-te! Faceţi loc!Ce era să fac? M-am dus mai în faţă. În urma mea auzeam un murmur prelung. Poate unde mă vedeau slab ca o umbră. Îmi îndesai mai tare căciula pe urechi să nu se mai uite toţi la mine ca după popă tuns.

— Bietul de el! Numai nasul a rămas de el! M-am întors să văd cine era. Catrina lui Onu se aplecă spre mine:

— Ce te-ai subţiat aşa, suflete, se vede că suferi de ceva, du-te şi te caută, că boala dacă intră-n om, trebuie să lupţi zdravăn cu ea, altfel te doboară. Aşa fac eu cu diabetul meu.

Iawa îi luă vorba din gură.

— Taci, Catrino, că nu l-am adus eu pe Savu în faţă pentru vreo boală trupească. Altceva e pe capul lui. Apoi, către mine cu o voce oficială:

— Domnule Savu, aveţi cuvântul!

— Oameni buni! Consătenii mei! Cine face ca mine, ca mine să păţească!

— Măi, tu-ţi începi discursul cu-n blestem? Păi, tu vrei s-ajungem şi noi ca tine?

Ăsta-i Leonte! S-a şi găsit cine să mă critice! Se simte cu musca pe căciulă! Nici nu l-am băgat în seamă. Eu aveam de spus oamenilor ceea ce de mult voiam. Acum era momentul!

— Uite aşa, să ştiţi! Să nu faceţi ca mine...! Nu era mai bine să-mi fi văzut de viaţa mea în Galaţi? Să nu fi venit în Valea Rece, neam de neamul meu. De astă vară-ncoace mă lupt cu nălucile. S-au pus cu distrugere mare pe sufletul meu. De-aia am venit aici, ca să afle toată lumea ce-i pe capul meu. Mă vizitează la trei zile, la trei zile, iar când e lună plină, mă muncesc ca pe Isus Hristos, de nu-mi mai găsesc liniştea o săptămână. Mă lasă o vreme şi iar mă ia de odihnit şi iar fac cu mine instrucţie. Fug după ele să le prind prin ogradă. Îmi vine aşa o putere şi-o furie că le-aş rupe. Dar nu se lasă apucate, măcar să le pipăi şi să-mi dau seama din ce stofă sunt făcute! Uite aşa mă duc de nas! Când zic gata! le-am prins, îmi dau seama că mi-a trecut mâna prin ele ca-n brânză şi rămân cu ea întinsă ca un cerşetor. Apoi îşi iau zborul, nenorocitele, şi mă lasă ca o balegă în mijlocul curţii.

Mi-am aruncat o privire peste toată adunarea aia şi vedeam cum făceau feţe-feţe care mai de care. Te uitai la ei şi-i vedeai cum se-ngălbeneau, ba se-nverzeau, de ziceai că trec prin faţa lor culorile curcubeului.

Iawa era atentă la toate mişcările şi pricepu că e momentul să intervină. Ştia de ce.

— Aşa-i c-am avut dreptate? Mi-am dat eu seama că nu e Savu singurul muncit de duhuri rele. Ia, ridicaţi mâna, ca să facem un bilanţ.

Deodată din mulţime ţâşniră sute de mâini, aproape toţi Erau numai bărbaţi cu mâinile ridicate. Zorina îi observă şi ea şi continuă ideea Iawei.

— Păi, eu când vă spun vouă că bărbaţii sunt mai slabi de înger decât femeile? Aşa că vă duce de nas uşor diavolul?

Iawa îi luă din gură vorba:

— Aţi văzut ce-a păţit Marin Chibrit? Dumnezeu să-l ierte! Are şi de ce, că multe a mai făcut! El şi-a aruncat ţărâna pe spinare în ultimul timp, parcă nu făcea a bine... El a fost ţinta.

— Ei, ce vă spuneam? - reluă Zorina -, unde nu-i cap, vai de picioare!

— Asta e! Nu m-a ascultat! Dacă mi se supunea, îl scăpam eu încet-încet!...

Dintr-o dată, toţi bărbaţii care ridicaseră mâinile şi le ţineau aşa ridicate ca să fie văzuţi mai bine de vrăjitoare, izbucniră într-un glas.

— Scapă-ne, Iawo, scapă-ne, să nu ne ajungă şi pe noi soarta lui Chibrit, vai de sufletul nostru! Facem tot ce ne spui, de-o fi să mâncăm şi-un c....t , numai să scăpăm. Zorina adăugă, cu o voce domoală, văzându-i speriaţi.

— Până una alta să vă faceţi un pomelnic, aveţi voi şi altele la activ, să nu vă scape nimic!

— Avem, Zorino, avem, doar nu te-ai apuca acum să ne faci de râs aici în faţa oamenilor, am greşit şi noi ca bărbaţii, dar şi fetele au greşit, că ne-au dus în ispită, c-aşa-i dat bărbatului de la Adam şi Eva, să cadă în păcat.

— Ia, nu vă mai izmeniţi! - interveni la rândul ei Iawa. Vedeţi că de mâine se pune pe ninsoare. De-o fi să se pună troienele, să faceţi cum vă spun. Noaptea, când e lună plină, cam zilele astea, vă anunţ, să vă văd pe toţi înşiraţi, aşa cum v-a făcut măicuţele voastre, cum aţi ieşit din ou, drăgălaşilor. Urcaţi dealul lui Găman, în şir indian. Când ajungeţi în vârful dealului, vă împrăştiaţi cât îi dealul de lungul şi vă daţi drumul la vale, fără nici o frică. O să vă duceţi la vale de-a berbeleacul, că aşa trebuie, să vă tăvăliţi până-n vale. Ştiu că n-o să vă cadă bine la stomac tăvăleala asta. Să nu uitaţi că totul se plăteşte pe lumea asta. După această sentinţă aprigă, Iawa şopti ceva din nou cu neînduplecata Zorină, apoi se adresă mulţimii.

— Să nu vă împingă păcatul să mâncaţi de dulce, că vă ia Mama Ana! Post negru miercurea şi vinerea, iar de Crăciun să nu vă împingă păcatul să mâncaţi carne de porc. Nu mai tăiaţi porcul...vedeţi voi ce faceţi...îl vindeţi...

Se auzeau murmure de nemulţumire prin mulţime. Dar Iawa continuă şi mai înverşunată:

— Daţi foc la toate vechiturile, nu le aruncaţi, că nici nu ştiţi cum se cuibăresc în ele ouă de lighioane. Clocesc acolo şi primăvara, când e timpul clocitului, se înmulţesc pe ruptelea şi-şi iau zborul în valea cu plopi. Tămâiaţi toată casa, grajduri, coteţul...

Bărbaţii se urniră din ceair, care mai de care pe la casele lor, păşeau îngânduraţi...

Jalbă, după cum îi era obiceiul, nu se urni din loc. Nu-i venea să plece. În urma lui venea Răuţă, destul de abătut, căci Iawa impusese nişte condiţii dure pe care el nu le putea înghiţi. Era un mâncău în felul lui. Primul termina porcul de Crăciun. Cum treceau sărbătorile de iarnă, Răuţă nu mai avea nici urmă din porc. Pe tot îl înfuleca până la ultima bucată şi-o ţinea tot în petreceri, din prima zi de Crăciun până la Sfântul Ion pe vechi, căci Răuţă profita de orice sărbătoare.

— Da ce-s nebun,măi Jalbă? -îşi vărsă el necazul. Iawa a cam sărit calul. Păi cum să ţin eu post negru, păi mă ia ameţeala... Să nu mai mănânc eu porcul meu pe care l-am crescut, că vrea ea...? !

— Aşa-i, măi Răuţă, dar ţie-mi mai pică-n guşă şi câte ceva de la fină-tău care-i lipovean şi te muţi pe rit vechi până dai gata şi porcul lui...-spuse în zeflemea Jalbă.

— Să dau cu piciorul la o asemenea pleaşcă? – se răsti mâncăul de Răuţă, apoi o luă şi el încet spre casă.

Băiatul lui Stipan se apropie de Ion Jalbă.

— Ce facem, bre, nea Jalbă? Chiar e serioasă treaba?

— Păi, n-ai auzit? ...

Răuţă care nu se depărtase prea mult de ei, se întoarse şi le zise cu obidă, sperând că va găsi înţelegere.

— S-o creadă ele, Iawa şi Zorina, c-o să mă ţin eu de neroziile lor. Asta-i sinucidere curată. O să ajung o aschimodie de om mai rău ca tine, Savule!. Eu, bărbat în putere, auzi! să beau ceai de busuioc? Da' ce-sunt prost la cap?

— Mă Răuţă, ascultă aici la mine, asta-i treabă serioasă! Tu n-auzi că-i nenorocire mare? Hai, dacă nu murea Marin Chibrit, mai ziceam, dar n-ai auzit c-a vrut, săracul, să stingă focul şi-l aruncau valurile afară? Nu te juca cu chestii de-astea! Rabdă şi tu că n-o fi foc!

— Fugi, măi, cum să cred aşa ceva? Cred c-a minţit pescarul care zice că l-a văzut. Bazaconii! A înflorit, c-aşa fac unii când văd terenul salb. Pun paie pe foc. Eu nu cred nici în ruptul capului.

— Foc şi pară de-o fi – interveni băiatul lui Stipan, eu fac ce spune Iawa, chiar dacă sunt nevinovat. Eu n-am intrat în cârdăşie cu ăştia mai bătrâni. Eu am fata mea, pe Marioara lui Begu, vorbim ca fată şi băiat, dar mă supun.

Nea Jalbă, eu fac tot, că vreau, bre, să mă însor, să am copii sănătoşi şi casă de piatră ca omul.

Răuţă tăcu şi se gândi că, dacă aşa stau treburile, n-are ce face!... Dar mai avea o speranţă: să vadă ce spune şi nevastă-sa.

Jalbă se uită la vecinul lui şi-i veni să râdă.

— Răuţă, de-o afla Nastasia ta, abia aşteaptă să te pună la post negru, să-ţi mai scadă burta aia! Părea mai mărunţel de statură din cauza grăsimii. Era aproape pătrat. Îi atârnau suluri de grăsime în jurul gâtului şi bazinului, îngreunându-i mersul legănat, de parcă s-ar fi balansat.

Cei trei bărbaţi se despărţiră şi o luară care încotro.

În şosea stătea Butică. Mă aştepta. Mă gândeam să-i cer părerea:

— Ei, ce părere ai tu, măi Ilie, după discursul celor două "împărătese ale înţelepciunii", sfătoase şi atotcunoscătoare în toate cele?

— Mare sfârâială! Am ajuns să ne conducă două femei? Nu s-a găsit în tot satul ăsta cât e de mare, înşirat pe vreo patru km, câţiva bărbaţi serioşi, care să conducă treburile comunităţii. Lasă că aşa ne trebuie! Suntem moi ca nişte cârpe. N-am ştiut niciodată să punem piciorul în prag. Ne-am ţinut de prostii, chefuri peste chefuri. Ajunseserăm să ne bucurăm până şi de parastase, că tot ne mai cădea ceva în guşă. Păi zi şi tu, cum să ţii răul la distanţă? A intrat cu acte-n regulă pe uşa din faţă şi ne joacă cum vrea el.

Zăpada se aşternuse de-o palmă. Cu adevărat zi de iarnă. Trecuse de mult de amiază. Dinspre baltă, începu să bată crivăţul. Nici maşinile nu mai treceau.

— Eu mă gândeam la altceva, măi Savule, dacă tu spui că

o nălucă da-asta s-a întruchipat într-o mogâldeaţă de maimuţă sau de şabolan şi se cuibăresc sub crengar, sub căpiţe de fân, n-ar fi mai bine să începem în primăvară cu focul de pe câmp? ... Hai că acum s-a pus zăpadă, dar tot mai sunt coceni strânşi grămadă, neridicaţi de pe câmp, mai sunt şi paiele pe margine. Ar fi bine să urmărim zile de-astea fără zăpadă, să le dăm naibii foc la toate, că şi acolo s-ar putea să se împuieze şi să dea năvală peste noi... Undeva şi-au făcut ele cuib, n-avea grijă. Vorba e că nu ştii ce e, pasăre să fie, şoarece, maimuţă, pisică? ... Poate fi orice. Eu, unul, am început să-mi suspectez animalele din ogradă. Mă tot uit la ele să nu descopăr vreun semn, ceva, vreo mişcare să-mi dea de gândit, mai ales dacă aş vedea ceva ciudat."

— Acum, măi Ilie, eu nu spun că le-am văzut în realitate, îmi apăreau în vis. Nu înţelege şi tu greşit.

— Nu înţeleg, dar tu nu vezi că şi alţii sunt în situaţia ta?

Am răsuflat uşurat. Acum vedeam eu că şi alţii erau în situaţia mea. N-aveam de ce să mai ţin secret.

— Tu ai dreptate într-un fel, să curăţim întâi pădurea, apoi câmpul, numai că n-o poţi face acum în puterea iernii. O să facem asta la primăvară. S-ar putea ca gerul să le vină de hac.

— Să nu ne vină nouă de hac iarna asta, că după cum a început aşa, în forţă, se pare că ne-a pus şi-asta gând rău. Nu ştim încă ce ne-aşteaptă. Suntem aici, pe malul Dunării, s-adună an de an apele.

— Am scăpat noi cum am scăpat până acum, dar să vedem de-acum încolo...

Butică credea că sfatul Iawei e bun şi chiar întări ideea:

— Dar până una alta să facem ce-a zis deşteapta asta de

Iawa cu tăvălitul în zăpadă de pe dealul lui Găman.

— Măi Ilie, tu nu ştii ce vorbeşti! Păi cum să te dezbraci tu, om bătrân şi cu picioarele betege, să te dai de-a dura prin omătul ăla ca sticla? !... Nu-ţi dai seama că până-n vale nu mai rămâne nimic din tine? Sunt tot felul de cioate, ba chiar gropi, cazi dracului cu capul într-o buturugă de-aia de stejar şi-ţi împrăştii creierii. Oare Iawa asta îi întreagă la minte sau vrea să se răzbune pe noi, bărbaţii?

— Bine zici, uite, Zorina n-ar fi propus o astfel de pedeapsă. E miloasă.S-ar fi gândit în primul rând la tine

— Da, Zorina nu-i femeia aia răzbunătoare. ”Ehei, cât aş vrea să stau lângă tine, draga mea!”

Am rămas cu privirile pierdute spre sălciile golaşe de pe malul digului.

Din când în când bătea clopotul de mort. Zăpada creştea văzând cu ochii. Frigul se aspri şi din pricina unui vânt rece de te tăia la oase.

— Mâine o să fie un gheţuş!... N-o să aibă parte bietul Chibrit de o înmormântare ca lumea. Trebuie să-l ducem cu sania la cimitir. Să nu ne rupem oasele până la groapă, că-i tare abruptă valea. S-au gândit şi moşii noştri să pună cimitirul pe valea asta. De-o da ploile de primăvară, avem ocazia să rămânem fără cimitir, o iau mormintele din loc. Când e secetă, de ne lasă muritori de foame, când plouă de zici că-i sfârşitul lumii!!... Nimic nu mai e normal! S-au amestecat anotimpurile astea şi Iawa vine să ne îndruge verzi şi uscate. Omul la nenorocire crede tot ce i se spune, vrea să se agaţe de ceva şi înghite şi el, săracul, orice balivernă. Şi Butică făcu un calcul pe cine să conteze mâine la înmormântare:

— Măi Savule, să stabilim diseară la priveghi, să vedem cine-l duce pe Chibrit la groapă. Eu zic să luăm de-ăştia mai tineri, cum e băiatul lui Chilianu şi al lui Stipan, îl mai luăm şi pe mototolul ăla de Barză, pe Gogonel, pe Halep, pe Felchiu... Noi ne ocupăm de cruce, prapuri, da' câte nu sunt! Dă, Doamne să se oprească ninsoarea...

Mi-am luat rămas bun, dar eu unul n-aveam de gând să mă duc. Sunt prea obosit şi prea firav, nu cred că voi face faţă.

Am ajuns acasă. Stelea se afla deja în bucătărioara lui, după ce închisese păsările, pe Vinerica în grajdul ei împreună cu viţelul. Am intrat şi eu în bucătărie să gust ceva şi să-mi beau ceaiul de busuioc, după cum se hotărâseră în ceair. Să nu uit să tămâiez peste tot. Îmi vine cam peste mână să fac eu toate astea. Ce-o fi făcând Zorina? Oare să mă duc pe la ea? Poate m-o lua iar la trei păzeşte, cine ştie ce nu i-o fi convenit azi la adunare din ce-am spus.

Să se ducă cei tineri la priveghi. Eu n-am ce căuta. Mi-e frică de întuneric. Cine ştie ce mai aflu pe-acolo şi nu mai sunt om câteva zile. A murit, să-l ierte Dumnezeu, înapoi nu mai învie! C-o fi murit de blestem sau de altceva, noi, oricum, nu putem da de cap.

Toată noaptea a nins. Uliţele satului erau invadate de albul zăpezii. Sătenii nu puteau ieşi din curte. Abia se vedeau scormonind cu lopeţile în troiene pentru a-şi face drum. Munca era anevoioasă şi istovitoare, numai cei în putere se încumetau, ceilalţi rămâneau închişi în curţile lor.

Înmormântarea lui Chibrit s-a făcut cu doar câţiva oameni, trei vecini, nevasta lui şi vreo două babe care-l boceau înăbuşit la căpătâi, căci era un ger şi-un vânt de te tăia la oase. Cortegiul treceaîn tăcere, preotul se oprea din când în când, după cum cerea ritualul, pentru a-i citi podurile. Leonte trăgea sania împreună cu băiatul lui Halep. Din cauza frigului cei câţiva oameni îşi ridicaseră gulerele ca să-şi acopere capul, căci tot fulguia mărunt şi viscolit. Au aruncat repede pământ peste el. Fiecare se grăbea s-ajungă acasă. Leonte rămase cu sania în şosea. Lângă el, băiatul lui Halep.

— Parcă nici n-a fost. Ai văzut, bre nea Leonte? Toţi s-au Risipit după înmormântare, s-ajungă mai repede acasă. Cui îi pasă de Chibrit?

— Aşa o să fie şi cu mine şi cu tine, măi băiete, cine ştie când!..

— Când ne-o veni sorocul-se consolă băiatul lui Halep, făcând-o la rândul lui pe filozoful.

Fiecare îşi văzu de drum.

***

Se-nsera. Valea Rece era cufundată în troiene. Părea un oraş fantomă. A doua zi, ninsoarea se mai potoli. Ieşi soarele. Zăpada se transformă într-o mocirlă grea şi zemoasă în care piciorul se scufunda cu uşurinţă. Apa şuroia pe la ştreşini, iar uliţele mai înguste se transformară în mici pârâiaşe. Bătrânii ieşiră în ceair. Butică şi Johannes sosiră primii. Câţiva localnici îşi scoaseră animalele din curte.

— Unde le duci, măi Machedoane, nu vezi ce mocirlă-i pe văioaga lui Chişcan?

— Ei, le mai plimb şi eu pe la valea cu plopi, pe-acolo-i uscat. Acolo nu prea a nins, că-i dos!

— Nu ştiu de ce n-o fi nins anul ăsta pe-acolo?

— S-a încălzit zona aia, nu ştiu de ce! - îşi dădu cu părerea Johannes. Când am trecut acum două săptămâni, venea de sus o boare caldă de parcă ardea aerul sus. Am impresia că acolo se formează un vârtej de curenţi de aer cald, dar de unde vin? Că până anul ăsta n-a fost!...

— Uite acum mi-a venit ideea, nu cumva de la duhurile rele, că te pomeneşti că de-aia nici nu ninge. De-o fi ele stăpâne pe bucata aia de sat, acolo n-o să se purifice niciodată aerul. Ninsoare n-o să mai cadă până nu sfinţim noi locul. Precis asta e ! Butică ascultă şi spuse cu părere de rău.

— Acolo şi numai acolo este cuibul lor, afurisitele! Ar fi bine să le încercuim.

— Dar nu se văd, orice-ai face. Asta-i lumea nevăzută, n-aveam noi faţă de clarvăzători!...

După o vreme îşi făcură apariţia în ceair Leonte şi Jalbă. Erau ceva mai tineri. Aveau în jur de cincizeci de ani, bărbaţi în toată puterea. Rumeni la faţă, cei doi păreau bine hrăniţi. Aveau nasul înroşit, de parcă atunci ar fi tras câte o duşcă de ţuică de cazan. Răuţă veni şi el din urmă, binedispus. Avea chef de vorbă. Johannes se luă de el.

— Hei, Răuţă, cum ţi-a mers azi? Ai băgat ceva la pipotă?

— Ăhă, şi încă ce ! Ba chiar am mai trecut pe la Măndica lui Marin Chibrit, m-a mai cinstit cu ce-a mai rămas de ieri de la pomană. Ce, era să refuz? I-am tăiat ceva lemne. Săraca! n-avea cine. Uite aşa o să mă mai duc din când în când, că acum e femeie singură cu trei copii, are nevoie ba de una, ba de altă. M-o plăti şi ea cu ce-o putea.

— Te-o plăti, măi Răuţă, că are cu ce-îi zise Leonte, surâzând pe sub mustăţi. Apoi, adăugă repede, ca să nu zică ceilalţi că se gândeşte numai la prostii.

— A lăsat-o Marin în de toate, să nu ziceţi că nu era om harnic...

Jalbă care venise şi el de-o vreo câteva minute şi prinse o parte din conversaţie, nu se putu abţine să nu-l certe pe Leonte.

— Las-o mai moale, Leonte, că de când te ştiu, pui ochii repede pe femei. Te-o fi făcut ma-ta în noaptea de Dragobete.

— Hai să trecem la lucruri serioase. Ce facem, măi fraţilor? Că uite, s-a pus pe iarnă. Dacă mâine ninge, ne urcăm pe deal? - schimbă Leonte vorba.

Jalbă nu prea era în toate apele. Avea chef să se certe cu Leonte:

— Păi, du-te, Leonte, că ai şi de ce! Ţi-o fi ajuns, cât ai umblat, ba cu fata lui Frigelinte, ba cu fătucile de la Rachiţeni care nu se mai îndurau să plece acasă. Am auzit c-ai şi încasat-o frumuşel de la unul din sat, ca să te saturi, dar văd că tot la de-astea ţi-e gândul.

Adevărul este că bătrânii erau cei mai înverşunaţicăci simţeau că nu vor face faţă, mai ales că ei se credeau nevinovaţi. "De ce să fac asta? " făcea moş Butică. Şi după el începea şi moş Buric, până şi Iohannes aruncă o privire cruntă de nemţ şi plecă spre casă fără să spună nimic.

Eu n-am putut să mă abţin şi am răbufnit la propunerea asta criminală:

— Cum să mă dezbrac eu, măi, în costumul lui Adam, că numai oasele sunt de mine... Eu nu rezist până pe deal, îmi cântaţi prohodul până la ziuă. Să fie clar, eu nu mă urc pe deal!

— Să facă fiecare cum l-o duce capul! - încheie Leonte discuţia, eu nu mai zic nimic!

Era cam târziu. Zăpada se topise, dar acum cădea chiciură. Pe copaci se prinsese o pojghiţă de gheaţă şi-aveau un luciu care dădeau crengilor o lumină nefirească, cu reflexe argintiu-închis. Prin unele case se aprinsese câte o luminiţă palidă, stând parcă de veghe, să le amintească celor care treceau pe stradă c-acolo este o aşezare omenească. În rest, totul se învăluia în umbre, doar casele mai înalte îşi profilau siluetele maiestuoase spre cer.

Butică îşi luă rămas bun de la ceilalţi şi-apucă pe uliţa care-l ducea în dealul lui,

Eu am apucat-o spre dealul meu în sensul opus în capătul celălalt al satului. Aveam de trecut prin valea cu plopi şi de acum se amurgea, aşa că am grăbit pasul.

Casele văruite-n alb, învelite cu tablă roşie de ultima oră, se înălţau mândre de-o parte şi de alta a şoselei. Părea un adevărat orăşel întins pe malul drept al Dunării când veneai dinspre Galaţi.

În celelalte case se punea ţara la cale, se făceau tot felul de socoteli cum să-şi cheme copiii în ţară.

— Bine, bine, îi chemăm noi, începu Machedon să se sfătuiască cu nevasta lui, dar dacă se întorc, măi femeie, ce fac ei în satul ăsta uitat de lume? Unde să mai facă ei un ban? Angajări la carieră s-au tot făcut. Unde să găsească un loc de muncă? Nu le rămâne decât munca câmpului. Cum s-accepte ei asta, după ce au văzut lumea?

— Dar poate or aduce şi ei ceva bani şi-or începe o afacere pe cont propriu, că doar au avut ce învăţa pe acolo!...

— Dac-or strânge bani cum a strâns Toader-boy al lui

Butică, vai de ei, mor de foame...!

— Dar la o adică, de ce să-i chemăm acasă? Că vrea Iawa? - se revoltă nevasta lui Machedon.

— Să-i chemăm ca să refacem satul, că se surpă totul. Se destramă credinţele!

— Uite ce-a păţit Chibrit!-completă scurt femeia.

Domnea în sat o stare de neîncredere şi de suspiciune. Bieţii părinţi despicau firul în patru şi ajungeau la concluzia că n-aveau altă soluţie decât ceea ce-au stabilit la întrunirea din ceair. Vorba e vorbă, aşa au convenit, aşa trebuia să facă.

Zbârnâiau telefoanele în tot satul. Părinţii-şi implorau odraslele să vină acasă că-i mare necaz în sat. Unii aveau răbdare să le îndruge verzi şi uscate la telefon, ba mai şi înfloreau. Se jeleau, începeau să plângă ca să-i impresioneze, căci se temeau de viaţa lor mai întâi, nu se gândeau că întoacerea în sat ar fi egală cu sărăcia sau poate cu alte nenorociri.

Erau din ce în ce mai neliniştiţi. Dar cei mai mulţi îşi făceau singuri griji, fără temei, numai aşa pentru că-i auzeau pe alţii văitându-se. Aşa din dorinţa de a intra în vârtejul poveştilor de pomină, ca să se vorbească şi despre ei.

Dimineaţa se sculau buimaci şi începeau să-şi povestească visele. De aici o serie de interpretări, care mai de care mai sinistre şi toată ziua numai la asta se gândeau. Din ce în ce mai abătuţi, traşi la faţă, umblau pe străzi ca nişte somnambuli. Nici mâncarea nu le mai pria. Slăbeau văzând cu ochii. Uniizăceaula pat doborâţi de răceală. Mai murea câte unul, numai că acum era de moarte bună. "Bătrân, ce vrei? L-a doborât boala " - comentau resemnaţi.

Erau zile când dormeam destul de bine. Somnfără vise.

Dar când era lună nouăiar aveam somn neliniştit, iar mă chinuiau visele. Asta tot deşteapta aia de lawa mi-a spus. Se zice că atunci se făcea schimbul de energii pozitive şi negative iar eu aş fi prins la mijloc. Şi când lawa mă ameţea cu povestea asta, noaptea şi visam...

Stelea robotea prin bucătărie. Se auzeau vasele zornăind. Câte unul se spărgea.

— Ce faci, Stelea, a intrat nora în blide?

— Ce...dom...le, cu...cu mâna ...asta ... nu... nu pot!

— Măi băiete, ai făcut ceaiul ăla de busuioc? N-avem voie să oprim cura de purificare...

— L-am ...fă...cut, dom'le... Se chinui el să se facă înţeles, convins că dacă va bea ceai de busuioc, va scăpa de poceală şi-i va reveni puterea.

— Să dea Dumnezeu, măi Steleo, că eu nu mă bucur de necazul tău, mă mustră tare conştiinţa, că te-am tras şi pe tine în toată povestea asta. Acum, eu nu ştiu ce-oi păţi în noaptea asta... Dacă le-o împinge păcatul pe zăludele astea de năluci să mă foiască şi-n noaptea asta, o iau razna... Mâine trebuie să ne uităm bine prin toată curtea, poate găsim vreun semn, ca să tămâiem ca lumea peste tot.

— Să tă...tă... mâiem tot, dom' Savu...

— Las'c-aprindem şi-o lumânare sau mai multe, o să împodobim curtea cu lumânări, că şi-aşa vine Anul Nou. Tămâiem căţelul, grajdul cu Vinerica cu tot, viţelul, să duhnescă a tămâie mai ceva ca la Butică. Că la el, de cum intri pe poartă, te izbeşte un iz puturos de gaz cu sunătoare, că-ţi vine să faci cale întoarsă şi să-ţi piară cheful de a-l mai vizita. Am pus tămâia într-o gazorniţă în care aveam obiceiul să pun smoală ca să-mi şmotruiasc osia de la căruţă.

Am pus aşa, cam vreo trei pumni şi i-am trântit deasupra un făraş de cărbuni încinşi. După puţin timp, începu să iasă un fum subţire şi înalt de doi metri, împânzind toată gospodăria.

Stelea se ţinea, după mine, mergea ca un copil pe urmele mele ca să se convingă că fac treaba cum trebuie:

— Dom' Savu, da' mai ...spu...ne şi câte un Doamne... milu...

— Da, măi, Stelea, că bine zici, câte un „Doamne miluieşte!"...

Ce era să fac? Trebuia să fac voia lui şi începui pe nas un fel de cântec bisericesc, care parcă-mi dădea mai multă putere... O tot ţineam aşa, ocolind ograda, apoi m-am mutat în grădină, lângă părul unde săpasem zadarnic, nu de mult.Acum se strânsese acolo o movilă de zăpadă. Îmi aruncai ochii către casa Zorinei. Aş fi vrut ca ea să-mă vadă că fac o treabă sfântă şi c-o fac cu multă credinţă. Aş fi vrut s-o conving că-mi doresc din toată inima ca ea, Zorina, să nu-mă mai privească ca pe un neajutorat.

— Aşa, Savule, dă-i înainte cu slujba, cred că eşti primul care ai început preasfinţirea. Şi e bine că-ncepi din vârful dealului că dumnezeirea începe de sus în jos, dinspre cer spre pământ, nu invers. Aşa şi trebuie. Bravo, Savule! Am auzit că nu te mai duci în America. Lasă că vine America la noi, când or năvăli toţi tinerii plecaţi acolo, să vezi ce forfotă o să fie în sat, nu ca acum, nici ţipenie pe străzi!...

— Ei, mă vezi, Zorino? ... Îţi place? ... eşti mulţumită? ... Să nu zici că nu ţi-am urmat sfatul, al tău şi al Iawei!... Să vedem ce-o mai fi de-acum! Cum oi dormi în noaptea asta, nu ştiu!...

— Nu-ţi pierde curajul, tot ce faci acum te-ajută, numai

să crezi. Asta-i totul!...

Cât am zăbovit cu„ Doamne miluieşte ", se înserase de-a binelea. Am intrat în casă, am încuiat bine uşile. Mă trezesc, mă uit la ceas. Era destul de târziu. M-am cuibărit sub plapumă, dar nici c-am mai visat ceva până dimineaţă.

Când am deschis ochii nu se-auzea nici o mişcare. Doar crengile unui corcoduş fâlfâiau uşor, fără zgomot, pe la fereastră. Erau încărcate de promoroacă. Ieşii în curte şi-mă izbi un aer proaspăt uşor aromat. Simţii o înviorare... Mulţumescu-ţi ţie, Doamne, c-am dormit şi eu omeneşte!

Era o zi de iarnă în toată frumuseţea ei. Totul era îmbrăcat în alb. Gardul părea dantelat, acoperişul căpătă sclipiri de diamant şi parcă-ţi venea să-i mulţumeşti lui Dumnezeu că trăieşti. „Aşa mai da! Sunt atât de uşor, că-mi vine să zbor, dar mi-e teamă să nu iau direcţia nucului".

Îmi veni în gând o frază pe care am citit-o undeva, cum că puterea vine din interior, asta te ajută să-ţi depăşeşti frica." De frică sunt eu bolnav. De acolo îmi vin toate neliniştile. L-am văzut pe Stelea. Venea dinspre grajd.

— Steleo, ţi-ai băut busuiocul? Fii atent aici la mine, că ăsta-i leacul: busuiocul şi tămâia, să nu-ţi lipsească cât oi fi eu plecat.

— Unde să... ple...ci, dom... Savu? Că parcă spuneai că nu...mai...mai pleci!?

— Trebuie să fac la un fel cu fata asta a mea, s-o văd acasă, acum c-am aflat unde e...N-am linişte.

— Dom' Savu, să te mai înfi...ripezi! Să fii mai... puternic!

— Păi o să fiu băiatule, că Toronto-i taman la capătul lumii.

— Da'cum ajun...gi acolo?

— Păi, nu sunt avioane? ... Tu crezi că mă duc pe jos? ... Nu degeaba am vândut-o pe Ludmila !... Am rămas şi fără oi, ca să am bani de drum... Aşa a vrut Dumnezeu ca acum, la bătrâneţe să colind lumea!... Rămâi tu stăpân aici, ai grijă să nu te abaţi de la canoanele vrăjitoarei Iawa. O să mai dau o fugă până la moş Butică să mai cer nişte lămuriri.

Butică mă văzu aşa dimineaţă şi se minună:

— Da'ce-i, omule, cu noaptea-n cap la mine? Ce s-a mai întâmplat? Iar n-ai avut somn?

— Ilie, am luat hotărârea să plec. Ce-am avut şi ce-am pierdut? Ce s-o mai aştept pe Mălina mea să vină acasă? Mă duc eu, să simt pe pielea mea care-i treaba pe-acolo!

— Apoi, du-te, măi Ilie, dar mare brânză nu-i! Numai să te ţină puterile, că la atâta amar de drum, ştiu eu, să nu te apuce ameţeala prin avion...!

— Ce să m-apuce, măi Ilie? Da' tu crezi că eu, în armată, am dormit în front? C-am făcut armata la Utilitar. Câte hectare de grâu n-am stropit eu cu erbicid! Asta făceam în armată. Aruncam soluţie din elicopter şi n-aveam nici pe dracu'! Nu mi-e frică mie de-astea. Ferească-ne Dumnezeu de-un război, că atunci cazi ca musca...! Problema e cum dau eu de Mălina mea?

— Stai, măi Savule, să-ţi aduc adresa şi numerele de telefon

— Ia de-aici hârtia asta, că mai întâi trebuie să-l găseşti pe nătărăul meu. Vezi, dacă ajungi noaptea, poţi să-l cauţi la clubul ăla unde lucrează, pe o stradă ce-i zice Lung Legs.

— Bine, măi Ilie, apoi urează-mi drum bun c-am nevoie de-asta. Dacă au ajuns vremurile de-aşa natură, ce să facem?

Când am ajuns acasă, altă dandana! Găsesc o înştiinţare

de la Ambasada Italiei, cu următoarea notificație: „Viktor Bernand, fiul dumitale a fost identificat la Roma, mort în împrejurări necunoscute. Detalii veți primi de la Consulat".

Am rămas înmărmurit. " Trebuie să plec în Galați, cât mai repede, să stau de vorbă cu nepotu-meu. El știe mai bine care este adevărul, el, banditul de Clim". Mă simțeam fără vlagă. Parcă mi se scursese tot sângele din mine. Eram rece ca gheața "Astea au fost semnele mele, mi-au luat ce-am avut mai scump pe lume. Plec. Plec să nu mai văd, să nu mai aud nimic. Plec în lumea largă..."

În Galați nu mai fusesem de vreo zece ani de la moartea nevestei mele.

În noaptea aceea m-am culcat devreme ca să fiu pregătit pentru drum și visez Săftoiule, cel mai lung vis din viața mea, că nu mi-a mai trebuit nimic a doua zi.

* * *

Eram parcă în Galați. Dar îmi părea un orаștotal străin. Nimic nu-mi era cunoscut. Nu mai știam pe unde s-o apuc. Faleza era invadată de tarabe, de chioșcuri viu colorate. De-a lungul lor, se vedeau atârnând haine de toate mărimile pe care vânzătorii, înfofoliți, le expuneau în mod ostentativ, îmbiindu-i pe trecători cu prețuri mici.

Era sezonul reducerilor, al lichidărilor de stocuri. Orășenii se buluceau să cumpere, numai că ei nu știau că multe mărfuri erau vechi de zeci de ani și după puțin timp, începeau să plesnească din toate încheieturile. Deși arătau foarte bine, dacă trăgeai puțin de ele, plesneau de atâta stat pe rafturi la dispoziția moliilor.

Era ger şi bătea un vânt aspru, care se înteţea din ce în ce, încât, dacă nu erai atent, te lua pe sus şi te arunca în Dunăre, mai ales dacă erai mai firav. Puteam să cad pradă uşoară rafalelor de vânt. Înaintam greu pe străzile Galaţi-ului.

Mă uit oarecum nedumerit la toate panourile de publicitate. „Ce nume fistichii au magazinele astea!" Încerc să le descifrez. Pe vremea când trăiam aici, toate magazinele aveau aceeaşi denumire: "Alimentara". Acum citesc: SNAK-BAR, KAUFLAND, CARREFOUR şi mă întreba de ce le-o fi dat denumirile aste în limbi străine? "

Toate casetele astea luminoase, multicolore. au nume imposibil de descifrat. Nu mai ştii în ce ţară eşti, dacă aici e aşa, dar în Toronto?

Străzile erau ticsite de maşini parcate pe-o parte şi pe alta, lume grăbită, maşini huruind pe la colţuri, case în construcţii, găuri în asfalt, poliţişti în mijlocul străzii, dirijând circulaţia. "Ăsta-i oraşul meu natal, ar trebui să-l cunosc ca-n palmă. Aici, am petrecut patruzeci de ani din viaţă, da'mi era bine!" Îmi venea să plâng. Mă simţeamca o frunză zvârlită pe străzi. Sufletul mi se umpleade amărăciune. Îmi aminteam că pe toate aceste străzi mi-am plimbat copiii, când erau mici. Am alergat cu ei de-a lungul falezei să-i prind, îi duceam prin toate parcurile, îi lăsam să facă ce vor, în timp ce îi supravegheam de pe margine. „Unde sunt ei acum? Au vrut să vadă lumea şi dac-au văzut-o, de ce n-au venit acasă, aici unde le sunt rădăcinile? N-am linişte până când nu aflu cum a murit băiatul meu. Trebuie să-l văd pe Clim, numai el ştie ce-a fost. Simt că se-ascunde de mine". N-am fost de-acord niciodată ca Viktor al meu să umble cu nepotul meu. De când era mic am văzut că nu-i de soi. Ziua bună se cunoaşte de dimineaţă. Clim nu-şi terminaseşcoala. N-avea nici optsprezece ani la Revoluţie. A plecat imediat din ţară, cu primul val, a colindat toată lumea. Măcar să se fi stabilit şi el undeva. A avut o influenţă proastă asupra copiilor mei. I-a luat cu el şi le-a promis marea cu sarea. Dar uite, că până la urmă, ăsta a venit înapoi cu mulţi bani. Şi-a făcut o casă cât un palat, în trei luni, cu tot ce trebuie. A adus o echipă de constructori, i-a ridicat-o, i-a finisat-o şi i-a pus cheile în mână.

Uneori mă gândeam la el şi-i găseam circumstanţe :"Ce vină are el, dacă aşa sunt vremurile? N-am ce face, trebuie să mă sfătuiesc cu el".

Se făcea că am ajuns în cartierul Oreion, cu vedere spre Dunăre. Pentru mine un cartier nou. Nu era pe vremea mea. Peste tot case noi, fie c-un etaj, fie numai cu mansardă, însă cu gust aranjate, cu multe balcoane, acum pline de zăpadă. Pe marginea acoperişurilor se vedea un strat gros de gheaţă şi de ţurţuri ce stau să se prăvălească în capul trecătorilor.

Din loc în loc, trona câte o casă veche, în stil brâncovenesc, ce lăsa o impresie stranie, căci aproape toate erau scorojite şi îmbrăcate în viţă sălbatică. Pe suprafaţa zidului erau împletite corzi întortocheate, sub care desluşeai peretele de var murdar, măcinat de ger, iar tencuiala gata să se desprindă. Altele erau vopsite strident, cu portocaliu şi albastru, galben, verde-brotăcel. Nimic din ce lăsasemîn urmă nu era la fel. Fie erau construcţii noi, fie case renovate. Unele aveau ataşate terase lungi, aerisite, transformate în mini-baruri.

Peste tot, firme luminoase: Kands-Pins, Costas-Minks, Fest-Quelle. Trecui de piaţa Sfântu' Spiridon pe care o cunoşteam bine. Traversez bulevardul Concordiei şi intru pe un gang care făcea legătura cu Aleea Cocorilor în colţul căreia se ridica somptuoasa casă a lui Clim. Casa nepotului meu. Avea zăbrele din fier forjat cu motive florale vopsite într-un negrulucios. De-o parte şi de alta a porţii erau bare metalice îmbinate în zig-zaguri şi cerculeţe, lăsând impresia unui lux deşănţat.

În curte tronau două statuete luminate în interior, iar la mijloc se deschidea o alee lungă la capătul căreia începeau scările pavate cu marmură roşiatică şi balustrade de inox.

Din stradă se vedea mansarda încărcată de zăpadă dantelată , un fel de bordură alb-sidefie, inegală ca formă, dar pe care o priveai cu încântare, căci contrastau culorile oranj şi albastru. Motive florale din fier forjat, vopsit cu negru în jurul geamurilor completau această îmbinare stridentă.

Îmi iese în calecu braţele deschise şi cu un zâmbet larg. Bine Îmbrăcat, într-un halat albastru lucios, cu părul strâns la spate,îmi deschise uşa foarte bucuros:

— Intră repede, unchiule, că-i frig! Numai ce-am ieşit din baie. Văd că s-a pus pe iarnă, nu glumă!

— Ce vrei? Suntem în decembrie...asta-i vremea...!

— Dar de ce-ai plecat pe vremea asta de acasă?

— Nepoate, am primit o veste cumplită de la Ambasadă. Viktor a fost găsit mort la Roma. Abia acum mi-au dat răspuns. Aştept veştile astea din toamnă. După mai multe cercetări, abia acum au dat de cadavru şi m-au anunţat. Durerea-i mare. Credeam că nu mai ajung la tine, măi băiete! Nu mai cunosc oraşul, atâtea s-au schimbat!

— Şi ce-o să faci acum, unchiule? Ar trebui să mergemsă-l aducem, dacă l-om mai găsi, că după o vreme, toate cadavrele neidentificate sunt incinerate. Măcar să ştim care-i treaba. Nu te poţi duce singur.

— Păi cum să mă duc singur? Aş umbla după potcoave de cai morţi. M-am urnit de-acasă pe-o vreme ca asta ca să m-ajuţi tu. Necazul m-a pus pe drumuri. Nu vezi cum am ajuns? O umbră de om.

— Văd, unchiule. Poate ai avea o boală ascunsă. Nu erai aşa astă-vară. Te mănâncă vreo boală pe dinăuntru, ai ?

— O fi, măi băiete, dar mai sunt şi altele. Nu e de bine ce se-ntâmplă în Valea Rece. Avem duhuri rele. Au căşunat pe casa mea.

— Unchiule, unchiule, lasă prostiile! Ce tot îi tragi cu duhurile rele, or te-ai scrântit la cap? Poate de când a murit tuşica Leontina. Acum cu moartea lui Viktor oi fi luat-o razna!"

— Nu mai vorbi aşa, că nu ştii nimic!

— Dar ce confirmare ai, unchiule? O fi poluarea atmosferică, nu vezi câte substanţe toxice s-au acumulat în atmosferă? Toate noxele de la furnale, coşuri industriale, guri de eşapament, dar câte nu sunt! O fi ajuns şi pe-acolo!

— Lasă-mă, nepoate cu teoriile tale! Nu se potrivesc cu ce mi se întâmplă mie! Numai eu ştiu ce-mi păţeşte sufletul de vreo jumătate de an încoace. Ce mai? Sunt duhuri rele, altceva nu-i! Nici nu ştii ce scot din ele: hohoteli, plescăieli, zornăituri grele de zici că sunt lanţuri de te ia cu răcori pe spate.

— O fi eolienele sau firele de telegraf, că pe-acolo trece reţeaua electrică, unchiule, spre Bulgaria, nu ştii? Mai documentează-te, că trăim în secolul douăzeci şi unu!... Câmpul e împânzit de instalaţii eoliene şi matale vii cu texte de-aste! Te râd şi curcile!...Fii serios, că vântul aduce totul, mai ales că tot ţinutul este recunoscut de meteorologi ca fiind lovit cel mai tare de vânturi puternice, tăioase şi aprige. Asta-i explicaţia".

Am rămas perplex. La asta nu m-aş fi gândit nici o clipă.

— Sunteţi ai nimănui, unchiule! N-aveţi principii. O adunătură de orăşeni în căutarea paradisului. Ce-aţi crezut când v-aţi dus în Valea Rece? Aţi tulburat liniştea în care trăiau acei câţiva ţărani. Aţi venit cu apucăturile voastre de orăşeni plini de metehne de tot felul şi acum vă plângeţi că nu vă merge bine...!

— Poate că ai dreptate, nepoate, pe zi ce trece nimic nu mai e la fel. Cineva ne-a pus gând rău.

— Clim, nepoate, vreau să mă duc în America după Mălina mea. Să mă conving pe cont propriu, ce face ea pe-acolo. Tare mi-e teamă că se ţine de prostii. Cam toţi tinerii din sat şi-au luat lumea-n cap, cum ai făcut şi tu, dar măcar tu ţi-ai făcut o casă, te poţi însura oricând, pe câtă vreme ceilalţi îmbătrânesc prin ţări străine".

— Astea-s vremurile, unchiule, s-a deschis lumea. Azi aici, mâine la Paris, poimâine în America. Cam aşa stau treburile.

— Dacă-ai fi stat cu noi în Valea Rece, n-ai vedea lucrurile aşa. Vrăjitoarea Iawa, că ştii e cunoscută şi-n Galaţi şi peste tot, că i s-a dus buhul, tinde să devină o putere în stat...

— Hai, unchiule, că mă faci să râd!

— Ce-ţi pasă? Stai aici în Galaţi şi nu ştii ce foc e la numai doi paşi, aici peste Dunăre? ! Cică-i zonă rezidenţială! Acolo-i iadul pe pământ!!

— Unchiule, nu te cred!! Astea-s aiureli! Pe ce lume trăieşti? Suntem în secolul noilor tehnologii, termină cu prostiile!! Năluci? Vax! Poate v-aţi apucat de băut, cine ştie ce substanţe halucinogene mai ingeraţi, că toate prostiile vă trimit odraslele voastre de prin Spania şi Italia...cine ştie? ...

— Taci, măcar nu le lua în derâdere, că nici nu ştii ce te-aşteaptă!... e plin satul de lighioane care răsar de peste tot, nu e zi să nu mai pocească pe câte unul: guri strâmbe, mâini damblagite. Pe unde ajunge te plesneşte cu laba sau cu biciuşca lor de coadă şi te aranjează pe viaţă!

— Unchiule, eu, drept să-ţi spun, nu ştiu nimic despre ştiinţele oculte, despre magie albă sau neagră. Nu mă pasionează chestii de-astea ezoterice... Sunt un om cu picioarele pe pământ. De câte ori am venit eu în Valea Rece, n-am avut ocazia să văd vreo bazaconie de-asta. Unchiule, poate ai matale probleme psihice? Hai să te duc la psihiatru.

— Sunt om în toate minţile, le-am văzut cum mă vezi şi cum te văd. Nu-i de joacă. Nu mă lua cu savantlâcuri de-astea de-ale tale, că eu nu pricep şi habar n-am ce-nseamnă. Eu mă bazez pe ce văd, că doar n-am luat-o razna.

— Poate ţi se trage de la bătrâneţe, că se mai întâmplă uneori să încurci realitatea cu visul, mai ales la o anumită vârstă

— Nu te-ntreabă ce vârstă ai. Se ia după altceva. Tyron a adus răul în sat. Omul, nepoate, are o parte întunecată. Ei, când sunt condiţii prielnice, răbufneşte ura şi egoismul, minciuna şi perfidia. N-ai văzut câte se întâmplă? Îl vezi om în toată firea şi a doua zi afli c-a făcut nu ştiu ce grozăvie. Poţi tu să spui că stăpânim ascunzişurile din mintea omului? Furtuni, fulgere, tunete, ploi devastatoare,sunt adunate toate de-a valma în subconştientul omului. Stârneşte-l şi să vezi nebunia!... Am făcut noi nişte socoteli, adică le-a făcut

Iawa, că ea le ştie pe toate.

— Unchiule, ce-mi zici mă cam pune pe gânduri.

— Să zicem că-i vis. Nu, nu-i vis, e adevărul gol-goluţ. Le-am văzut, măi băiete, cum îşi luau zborul spre nuc, dar nu le puteam desluşi. Se ascundeau. Când le vedeai mai bine, îşi schimbau înfăţişarea. Ei, ele sunt gândurile negre ale noastre, întruchipate în lighioane...

— Adică sunt nedetectabile –îmi explică savantul de Clim.

— Aşa o fi, dar eu le-am văzut cum zburau în nucul din grădină. Îmi venea să tai nucul, dar mă gândeam să nu le întărât mai tare. Tai eu nucul, dar neavând unde să se mai ducă, să nu mă trezesc cu ele-n pat!... Am venit la tine să mă îndrumi cum să mă descurc în Toronto, c-ai fost pe acolo. Dar, mai întâi, să vedem cum aducem sicriul din Italia, dacă mai dăm de el!...

— Unchiule, nu-i mare lucru, bani să ai! Dacă ştii adresa, nu-i nici o problemă, că la toate intersecţiile sunt schiţe cu străzile principale şi secundare, absolut tot ce te interesează.

— Mă duc să dezleg toată tărăşenia asta, că poate Mălina mea e buba. Mă iau şi eu după spusele Iawei, că prea s-au adeverit.

— Unchiule, poate vrei ceva de gustare acum seara? Stai aici, că-ţi aduc şi-un pahar de vin roşu şi te rog să-mi spui totul, că mă interesează să aflu cât mai multe.

— Poate vrei să-ţi povestesc de întâlnirile de pomină din ceair. Aici ne adună deşteapta aia de Iawa şi ne dă tot felul de explicaţii care mai de care mai năstruşnice. Şi oamenii cred tot ce zice ea, că are un fel de a te convinge că rămâi pe gânduri. Mai şi scoţi din buzunar şi ceva bani. Se adună la ea nepoate, lume de peste tot, vin şi de prin alte sate, ca să nu mai spun din Galaţi. Oameni în toată firea, vin să le salveze lawa averile. Râsul lumii! Ce spui de asta?

— Naivi, unchiule, proşti făcuţi grămadă! De la o vreme suntem atât de nesiguri pe noi, pe viaţa noastră, pe banii noştri, că apelăm la practici ezoterice. Prostii! Ascultă-mă pe mine!

— Adică vrei să-mi spui tu mie, Clime, că toată tărăşenia asta de la noi e o scorneală. Că suntem duşi cu pluta, că am mâncaz boz ca Rita lui Palady?

— Cine ştie ce substanţe halucinogene nu s-au răspândit pe acolo, trimise de bietanii ăia care hălăduiesc prin toată Europa!?

— Mă, poate că ai dreptate! Uite,eu la asta nu m-am gândit!

— Droguri! Astea sunt, unchiule! Să te duci să faci lumină acolo. Cine ştie chiar şmechera aia de lawa le dă năpăstuiţilor chiar de-astea şi apoi le ia banii! Ehei, mare ţi-i grădina ta, Doamne!

— N-ai observat? Nu cumva ţi-a plasat şi ţie vreo câteva?

— Fii serios! Nu cred nimic din ce spui! Acolo e treabă diavolească! Îţi spun eu care am văzut! Nenorocitele astea au început să se întrupeze în şobolani şi maimuţe, ce mai! Tu habar n-ai ce-i acolo! Sunt puzderie şi-n valea cu plopi. Aici e vorba de năluci, nepoate! Bântuie peste tot. Forţe necurate!

— Unchiule, nu mă ameţi! Parcă mă ia cu somn. Mi s-au împăienjenit ochii. Discutăm noi mâine ce-avem de făcut. Mă duc la culcare.

Se făcea, Săftoiule că dormeamîn living, pe o canapea îmbrăcată în piele de căprioară. M-am întins frânt de oboseală şi mă prinse somnul imediat.

Îl vedeam pe Clim în visul meu cum te văd pe tine.Se ducea în dormitor.Era turmentat. Abia cănimeri patul din dormitor. Se lungi de-a curmezişul, nemaiavând putere să-şi pregătească aşternutul cu tot dichisul şi să-şi facă tabieturile de fiecare seară.

Îl vedeam cu faţa-n sus, dar toată camera se învârtea ca la ruletă rusească, în cerc, în timp ce lustra se transformă într-un vârtej transparent în centrul căruia se formase un tunel luminos...În adâncul lui, se îngusta treptat-treptat un fascicul de lumină, până se făcu un punct mic fosforescent.

De acolo, intrau pe rând, în cameră, fluturi cu aripi multicolore, cu ochi bulbucaţi, care se-nvârteau continuu, hohotind şi chicotind, în timp ce zburau ameţitor în jurul capului. Şi parcă nepotul meu întindea mâna să-i prindă, dar toate lucrurile se învârteau sau îşi schimbau locul. Patul devenise plutitor, cumişcări ondulatorii, iar nepotu-meu în mijloc, de parcă s-ar fi aflat călare pe-un armăsar.

Pereţii se dizolvau treptat, iar el se ridica încet, atras de tunelul din tavan ca de un magnet. Îl vedeamgalopând în văzduh, cu ploaiaaceea de fluturi în jurul capului din care ieşeau raze luminoase. Murmura , bolborosea, ajungeau la mine frânturi de propoziţii: "Aschimodiile astea minuscule m-or fi confundând c-un bec". Le vedeamschimbându-şi mereu înfăţişarea, ba roşii, ba verzi, ba albastre, se roteau în valuri, urcând şi coborând, pendulând între cer şi pământ. „O fi vis sau chiar mi se întâmplă aievea? - mormăia răsucindu-se

Priveam în el ca-ntr-o oglindă. Se halucina totul în mintea lui. El încerca să se smulgă din vis şi nu putea. Era un vârtej de gânduri în mişcare brawniană, aceeaşi nebuloasă în care se învălmăşeau lumina şi întunericul, cerul şi pământul.

Îl aud parcă strigând:"O fi având dreptate unchiul ăsta al meu. Cine ştie? O fi adus cu el vreo lighioană care s-a pitit pe undeva în hainele mele, o fi depus ouăle şi cât am stat noi de vorbă şi-o fi pus în aplicare planul, după cum mi-a povestit el c-au făcut şi cu el în timpul nopţii!" Încercă să se ridice, dar nu putea. Era ţintuit în pat, în aceeaşi poziţie, de-a curmezişul. Mă chinuiam să-i descifrez cuvintele de pe buze: „N-am nici o şansă. Şi-au depus ouăle pe mine. Mă simt mai greu, simt o presiune pe creier, în piept, parcă-mi ies flăcări din trup. Poate chiar muşcă acum din mine. Hai muşcaţi, tu-vă mama vostră, aveţi de unde, hai, daţi-i înainte, devoraţi-mă!"

Dar se pare că invitaţia n-a fost onorată, simţea cum se umflă. Iar bolborosea: „Fire-aţi ale dracului de firfirici, zburaţi de pe mine, că vă bag acum pe toate în cadă, în apă clocotită, chit că m-oi opări, dar ştiu că v-am venit de hac. Vă dau foc!

Apoi, spuse speriat de gândul lui: „Ce-s nebun? Ar însemna să-mi dau foc mie însumi!" Se uită din nou în jur. Aceeaşi mişcare brawniană. Clim se sălta din patul lui de parcă ar fi zburat, hălăduind prin văzduh şi mă întrebam cum de face faţă zborului, călcând aerul, când el avea un trup de plumb.

Deodată, îl văd coborând ca o săgeată, alunecând în sens invers. "Hopa, am luat-o înapoi. Oare unde mă duc nebunele astea? " Un fulger uriaşlumină casa şi se pomeni înapoi în cameră, izbit de podea. Se uită în cameră şi mă văzu pe mine dormind pe canapeaua din living şi toate lucrurile la locul lor.

— N-ai nici o treabă, unchiule! M-ai potcovit cu gărgăriţele astea câtă frunză şi iarbă şi acum te uiţi la mine cum mă chinuie!!"

— Trebuie să-ţi schimbi viaţa, nepoate! Altfel nimic din ce faci nu se leagă pe lumea asta. Umblaţi prin lume cu sufletul sărac şi cu buzunarele pline!"

Clim îşi făcu ochii roată prin cameră, se ghemui, puse mâna la ochi ca să descifreze conturul lucrurilor din living, căci nu se luminase de ziuă. Închise din nou ochii, strînse bine pleoapele şi întrebă:

— Oare nu m-am trezit? Unde mă aflu? O fi asta casa mea? Parcă nu mai am pereţi!

Simţi o răcoare plăcută în tot corpul. Mă trezii şi eu odată cu el.

Încercam să mă mişc. Mâinile îmi erau înţepenite. Văzui fereastra plină cu flori de gheaţă. Clim era acolo, în dormitorul lui, lungit de-a curmezişul, în patul lui lat de două persoane. Se simţea ca o jucărie. În mâna cui?

— Ce repede a trecut noaptea!-am spus amândoi deodată

— Îmi amintesc visul în toată acurateţea lui, dar nu-mi dau seama dacă nu cumva toate imaginile care stau înfipte în mintea mea nu s-au petrecut aievea cu o zi înainte.

Se aşeză lângă mine, mă apucă de mână şi mă trase uşor într-o parte.

— Ce-i băiete, ce tremuri aşa?

— Nu ştiu ce-i cu mine? Am visat sau nu? Toată noaptea am colindat, m-au luat pe sus nişte fluturi, gărgăriţe, că nu

le-am văzut bine. O fi adevărat, unchiule? Sau mi-ai povestit tu ieri toată tărăşenia ta şi-acum nu-mi mai iese din cap? Simt o amorţeală în tot corpul.

Mă uitam la el. Aveam cu totul altă stare.

— Clim, în sfârşit, am dormit şi eu ca lumea. Ce înseamnă să schimbi locul! A dat Dumnezeu drăguţu' de-am dormit şi eu ca omul. Buştean am dormit, nepoate! Nu tu lighioană să mă hăituiască, atât că eram în visul tău şi vedeam cum visai. Poate unde nu mai sunt în Valea Rece! Am plecat şi le-am lăsat cu buza umflată!

— Vezi, Săftoiule, ce complicată e mintea omului? Îţi poţi închipui cum în somnul nostru se transferă imagini din realitate ,încât retrăieşti în timpul nopţii viaţa de zi cu zi. Nu e asta un miracol?

— Ciudat este, Savule, că nu toţi avem aceleaşi trăiri. Poate cei cu o sensibilitate exacerbată. Să fie aici limita dintre normal şi anormal? Dar oare ce mai e normal în vremurile pe care le trăim?

— S-a demonstrat ştiinţific că omul se simte în largul lui numai dacă se întoarce în spaţiul unde a văzut lumina zilei, or eu eram în oraşul meu natal, în Galaţi, numai că acest fapt era transferat în vis. Nu e o enigmă neexplicată?

— Ei, cum s-a terminat visul?

— Ei, ce crezi că s-a terminat? Am luat-o de la capăt, adică nepotul meu bântuia în visul meu. Ce crezi că-mi spunea?

— Unchiule, mă cam ia cu ameţeală, mă duc înapoi în dormitor. Mă trage la somn, nu ştiu ce am?

Se făcea că eram singur, în living şi adormeam. Aveam aceeaşi stare ca a nepotului, aceeaşi toropeală, de parcă somnul nostru ar fi fost dirijat de aceeaşi forţă nevăzută. În vis îmi aduceam amintede nopţile de coşmar din Valea Rece şi mă miram că nici aici nu mă lasă în pace. Mă tot zvârcoleam în somn. Îmi apăru nepotul ca o arătare. Avea cu totul altă înfăţişare. Părul îi albise brusc, i se lipise de cap ca o perucă, acoperindu-i ceafa. Faţa i se buhăise. Buzele păreau bombate. Avea numai urme de pişcături, care-i tumefiaseră obrajii. Palmele erau butucănoase, degetele uşor depărtate. I se lungiseră braţele şi păreau ţepene, de parcă şi-ar fi pus mănuşi chirurgicale

Parcă eramîn altă casă. În faţa mea este alt om, mult mai bătrân. M-am îndoit, pentru o clipă, că m-aş afla în casa nepotului meu. Încercam să mă smulg din vis, dar nu reuşeam. Mă luptam cu fantoma lui Clim. Era altul. L-am apucat de guler.

— Cine eşti, omule şi de unde vii? Unde este Clim?

— Doamne unchiule, nu mă mai cunoşti? Eu sunt, Clim, nepotul matale! Mă pipăi întâi pe mine, îmi pusei palmele peste tot să simt carnea şi oasele mele, apoi întinsei mâinile spre Clim, dar văzui că mânile treceau prin trupul meu ca-n brânză. Mă răsucii din nou în somn şi începui să strig: ”Nu se poate, nu-i adevărat ce văd! În faţa mea e o altă închipuire”, Mă pomenii urlând: ”Clim, Clim, nepoate, unde eşti, vino repede!” Apoi m-am ridicat din pat şi alergam prin cameră ca un apucat.

— Stai, unchiule, sunt aici, ce te face să crezi că nu sunt eu?

— Omule, cine eşti? ! Du-te şi te uită în oglindă. Tu nu eşti nepotul meu! Nu cumva i-ai făcut de petrecanie?

Omul din faţa mea începu să râdă nefiresc. Îmi apăru în vis canapeaua din livingul nepotului, mă văzui pe mine dormind, chiar sforâind, dar nu mă împăcam cu ideea că în aceeaşi cameră cu el apăru dublura lui Clim sau ce-o mai fi arătarea asta...Peste puţin timp, pipăii cu mâinile perna, vorbind, mai mult bolborosind:

— Nu eşti Clim, nu eşti Clim...!"

— M-ai prins, nu sunt Clim! L-am răpus pe ticălos! Avea să-mi plătească o sumă mare de bani încă de acum doi ani şi-a plecat fără urmă din Padova. A crezut că n-o să-i dau de urmă. Ei, uite că ieri am pândit când a deschis poarta, că, de când a venit din Italia stă banditul numai ferecat. Şi-am intrat tiptil. Astă-noapte am făcut ce-am vrut cu el. Vrei să-ţi povestesc ?

— Nu, lasă-mă-n pace. Sunt un om necăjit, le am eu pe ale mele.

— Atunci de ce-ai venit la nemernicul ăsta care ţi-a omorât fiul? Eu îl cunosc foarte bine. Era un suflet nevinovat, dar uite c-a intrat în gaşcă cu nenorocitul de Clim. Aducea marfa în ţară iar Viktor al dumitale o distribuia. Îşi făcuse o reţea solidă. De unde crezi că-i veneau ăstuia banii? Din trafic de droguri. Eu ştiu tot. Mi-a omorât nevasta ca să nu-l demaşte, că-l văzuse într-o dimineaţă cum a făcut schimbul. I-a fost teamă să nu se afle şi i-a făcut de petrecanie. O lună de zile n-am ştiut de ea până când am fost chemat la morga să identific cadavrul soţiei mele. Şi vrei să-ţi mai spun ceva, domnule Savu? ...dar nu mai auzii nimic şi pleoapele mi se zbăteau spasmodic. Tremuram din toate încheieturile.

— Ştiu că te lupţi cu fantomele. Şi eu sunt una dintre ele. Sunt în mintea ta. M-ai adus cu dumneata din Valea Rece.

N-am vrut să te las singur, cu voie sau fără voie, iată-mă-s aici".

— Omule, îţi spun încă o dată, lasă-mă în pace.

Eu am venit la nepotul meu, nu la dumneta. Sunt în casa lui sau nu sunt?

M-am răsucit în pat cu faţa la perete şi am luat perna în braţe. Închisei ochii şi din nou. îmi apăru omul de tablă în faţă. Va'să zică omul acesta încearcă cu tot dinadinsul să mă convingă că mă aflu în casa unui ticălos, care mi-a ucis fiul. Mai bine să-i cer ajutorul:

— Bine, omule, du-mă spre adevăr. Dar care este adevărul despre mine? Care este realitatea în care trăiesc, Dumnezeule!? "

Se făcu întuneric. Dispăru imaginea omului de tablă, dar mie îmi era teamă să nu-mi apară din nou. Eram prea zdruncinat.

Toate imaginile de peste zi, gândurile mele ascunse, neliniştea mea în legătură cu destinul Mălinei şi, mai ales cu moartea lui Viktor, toate se amestecau acum într-o nebuloasă şi răbufneau în somnul meu chinuit de pe canapeaua din living. M-am întoars în somn, m-am răsucit, zvârcolindu-mă acolo, pe canapea şi din nou întruchipările din vis scormoneau în mine..

De data aceasta, se făcu lângă pat întruchiparea lui Clim umflat ca un balon. „Ei, asta-i bună, acum vine nepotu-meu să mă lămurească, n-are răbdare să se lumineze de ziuă. N-am ce face, trebuie să-l primesc şi pe el în vis." Clim părea desfigurat:

— Uite, unchiule, ce-am ajuns! Şi asta numai după o noapte! M-au fugărit lighioanele astea prin tot văzduhul, în sus şi-n jos. Mă bate gândul să fac o înţelegere cu ele, dacă tot au atâta putere, să mă ducă o fugă până-n Toronto s-o aduc pe vară-mea acasă în doi timpi şi trei mişcări, ce zici?

Am avut o tresărire, vedeam cum visul ia o întorsătură în favoareamea. Eram dispus să răspund sincer la tot ce mă întreba aceasă arătare care se dădea drept nepotul meu.

— Va să zică, nepoate, eşti viu? Clim, nu mă mai chinui, lasă-mă să dorm, vorbim mâine dimineaţă. Of, băiatule, dacă ai putea tu să faci asta! S-o aduci pe Mălina acasă!

Şi deodată văzui cum livingul se măreşte, devine imens, iar pe un perete se făcu o oglindă veneţiană uriaşă din care mă privea Clim cu un cap imens, cu părul creţ, aşa cum era când era copil. Acum era butucănos, îmbrăcat tot în halatul lui albastru. Părea că pluteşte. Nu mai văzui nimic. Îl auzii trebăluind prin bucătărie.

— Hai unchiule, să-ţi fac un ceai.

— De busuioc, băiete, că fac o cură până-n primăvară, să vedem ce-o ieşi. Mare necaz pe capul meu! Ce să mă mai duc acum să răscolesc treburile? Mortul de la groapă nu se maiîntoarce. N-ai putea afla ce s-a făcut cu el pe acolo prin Italia, dacă-l mai putem aduce acasă? Clim luă din nou telefonul, vorbi de mai multe ori cu diverse persoane, care-l informară asupra faptului că, din dispoziţia Comisiei de Criminalistică şi a Institutului de medicină Legală toate cadavrele neidentificate timp de două săptămâni sunt incinerate. Află că sunt mai multe proceduri şi că se fac cheltuieli pe care le suportă statul italian.

— Aşa stau treburile, unchiule! Mai multe nu pot să-şi spun.

— În cazul ăsta, Clim, n-are sens ca eu, om la şaizeci de ani, să mă duc la capătul lumii, să ce? Să dau peste altă belea? Sunt eu în stare să mai fac faţă? Dac-oi afla cine ştie ce despre Mălina mea? Cum o vrea Dumnezeu ! Aşa le-a fost destinul. Cât o să mai trăiesc eu, măi băiete? Toate semnele astea care mi s-au arătat mie de astă toamnă încoace n-au fost degeaba!... Există un rost în toate. Ceea ce se-ntâmplă în sat are legătură cu alcătuirea noastră lumească. Trebuie să facem ceva să liniştim apele pe-acolo. Că acolo, băiete, este un loc blestemat. Tyron, când a plecat din sat foarte supărat, s-a făcut solomonar. Se zice că s-ar fi retras în munţi şi acolo le-ar fi pus gând rău oamenilor de pretutindeni. Umblă prin toată ţara, are un plan de ditrugere lentă. Nu chiar la fiecare generaţie. Ne mai ia ,ne mai lasă, iar ne ia şi tot aşa.... Uite, o să vezi tu dacă nu s-alege praful până la urmă de Valea Rece! Mi-a zis mie Zorina c-ar fi auzit de la bunica ei de calea pe care a luat-o Tyron cu băieţii lui. Umblă zvonul că nepoţii s-au făcut şi ei solomonari. Nu se poate să nu ne poarte sâmbetele, că altfel nu se explică nebunia asta din sat.

— În orice caz, unchiule, eu nu pot să stau cu mâinile în sân. O să mă interesez pe aici prin Galaţi dacă o fi vreun cuib de solomonari, să aflu dacă au în planul lor şi Valea Rece.

— Eu zic să ne gândim mai întâi la noi, că doar eşti băiat deştept. Să ne concentrăm asupra sufletelor noastre.

Pe Clim îl umflă râsul.

— Unchiule, iar începi? Vrei să cred că nu eşti în toate minţile?

— Băiete, nu te juca! Trebuie să crezi, altfel nu se leagă nimic. Sufletul trebuie ajutat. Chiar nu te-au pus pe gânduri visele tale? Că eu mă lupt cu ele de astă toamnă şi văd că, de când am început să cred în puterea minţii, am un somn odihnitor. Văd că aici la tine iar mă chinuie visele.

— O să văd ce se-ntâmplă mai târziu, dar sunt hotărât ca, după sărbători, să vin şi eu pe-acolo, să pun şi eu umărul, cum oi putea. Bani am şi când ai bani, poţi deschide o uşă.

— Da'tu crezi că Panaitache n-avea bani ? Şi nevastă-sa tot a luat-o din loc. Aici, în treaba asta, nimic nu se cumpără cu bani, băiete!Poate înţelegi ceva din întâlnirea noastră.

— Şi eu aş vrea să înţelegi, unchiule, că fiecare să-şi poarte de grijă. Degeaba te zbaţi matale ca peştele pe uscat să mai intervii în destinul Mălinei, ea tot ce vrea face, eşti de-acord?

— Apoi, ai înţeles, omule !Bravo ţie !N-ai umblat în lume degeaba!...Mă duc şi eu acasă la mine, c-am lăsat totul baltă şi, uite, suntem în plină iarnă!...

— Nu numai de-asta, dar nici puterile nu te mai ajută. Eu zic, mai degrabă, să te cauţi pe la niscaiva medici, să vezi de ce ai slăbit în halul ăsta!..

— De ce-am slăbit? Păi, tu crezi că mi-a fost uşor să n-am nici o veste de la Mălina? Nu ţi-am spus că şi casa mea nu-i în regulă cu ea. Acum l-am lăsat pe Stelea să se ocupe, cine ştie cum s-o descurca? ..E beteag, tot de la nenorocitele astea. De ele nu scăpăm aşa uşor. Habar n-ai ce înseamnă! Măcar o noapte să treci prin ce-am trecut eu zeci şi sute de nopţi, de-am ajuns vai de capul meu!

— Ce vorbeşti, unchiule? Că n-am vrut să-ţi spun ce-am păţit astă-noapte! Că dacă ţi-aş spune...!

— Lasă nu mai spune că ştiu, nepoate. Astă, noapte am fost ca siamezii, legaţi prin fire invizibile, mă crezi?

— Era, Săftoiule, un fel de vis în vis, aşa ca o matrioşă. Treceam dintr-un nivel în altul, dintr-o imagine în alta, dar care aveau ceva comun, ba se amplifica, ba se restrângea. Cum sunt unele boli cu evoluţie ondulatorie. Când ziceam c-am scăpat de vis, imediat începea altul.

Se făcea că mă conduce până la trecere bac. Pe alocuri, zăpada era de jumătate de metru. Se oprise vântul, dar totul era îmbrăcat în alb, case, garduri înalte din piatră sau panouri, faţade. Era atâta strălucire, că te dureau ochii, dacă erai sensibil. Pe străzile Galaţiului, oameni înfofoliţi, bătrâni sprijinindu-se în bastoane, ducând în mâini sacoşe cu alimente, mai multe sau mai puţine, după buzunar şi nevoi.

Mă uitam parcăla vitrine oarecum dezamăgit. N-am avut bani să cumpărce mi-aş fi dorit. Erau prea scumpe.

"E criză - mă gândii - cine să mai alerge ca altădată după cumpărături? " Nu mai era forfota din copilăria mea. Sărbătorile pierdusără fastul de odinioară. Oamenii umblau pe stradă ca bezmeticii, trişti şi cu privirileabsente , parcă şi trupurile se aplecau a nevoi şi griji. Nu aşa arată un om îndestulat. Când te uitai la ei, te întrebai dacă oamenii ăştia mai au ceva şi pentru sufletul lor. Nenorocirea pentru cei mai mulţi era că s-au înghesuit să facă împrumut la bănci, că s-au întins cât nu le-a fost plapuma şi iată că i-a prins criza total descoperiţi. Vai de capul lor !

— Aşa mă gândeam, Săftoiule ,în visul meu. Asta a fost plimbareanocturnă în Galaţiul meu natal...

M-am trezit a doua zi şi nu ştiam pe ce lume sunt. Subconştientulîmi jucase feste toată noaptea. La câte vise am avut eu de când mi-a murit nevasta, să nu crezi că nu mă simt zdruncinat. Am impresia că tot ce visez, văd a doua zi pe stradă. Şi acum mă întreb dacă o fi adevărat ce s-a întâmplat cu Rita lui Palady, dar şi cu nevasta lui Costas. O fi sau n-o fi adevărat, mi-e ruşine să întreb să nu mă creadă lumea pe mine nebun.

— E un vis, Savule, doar atât. Numai că la tine e o

halucinare a realităţii, că numai un psihanalist ar desluşi.

— Cine ştie ce-mi mai bagi în cap, o să încep să mă caut pentru vreo boală sufletească.

— Cine se mai gândeşte astăzi la suflet, Savule? De când e lumea şi pământul, oamenii s-au gândit la cât să cumpere mai mult, la ce averi să-şi mai adune, dar niciodată la ce simt ei. Viaţa asta e atât de puţină, dar are atât de multe frumuseţi!... Când omul le descoperă e prea târziu.

— De când am venit aici, prietene, viaţa mea are altă dimensiune. Nu mai sunt eu omul care am fost. Sunt lucruri care au scăpat de sub control. Am o buimăceală continuă. Zorina îmi tot spune poveşti despre casa mea, cum că ar fi bântuită! Păi cum să nu visez noaptea? Mai e şi lawa care ne zăpăceşte pe toţi. Spune-mi? Oare o fi vreo legătură între ceea ce visez şi ceea ce văd ziua că se întâmplă.

— Ce să-ţi spun eu, Savule! După câte ştiu eu din ce-am citit, ar fi ceva ce depăşeşte puterea noastră de înţelegere. Din punct de vedere medical, e normal să visezi, dar numai să nu devină la un moment dat un caz patologic. La tine nu ştiu ce e! Din tot ce mi-ai povestit tu, se pare că este totul învăluit în mister. Tot ce-mi spui ţine de ezoteric, poate şi de paranormal. Oricum, se pare că zona asta se află într-un con de umbră!!!

— Zorina este salvarea mea. Lângă ea voi fi puternic. Mă uit în oglindă cât sunt de slab, dar nu arăt chiar rău. Dacă m-aş mai înfiripa puţin...! De la o vreme mă uit mai des în oglindă.

— De când preocuparea asta a ta, Savule pentru felul cum arăţi? Parcă-ai fi adolescent. Ia-o pe Zorina. În definitiv, e şi ea singură! Ce mai aştepţi?

— Mi se întâmplă de multe ori să încurc realitatea cu visul. Ce crezi? Chiar am făcut ceai de busuioc aşa cum am visat? Oare i-am cerut şi lui Stelea să bea?

— Hai că mă faci să râd!

— Într-o zi am intrat în bucătărie să-mi fac nelipsitul ceai de busuioc. Săracu' Stelea era atât de perseverent ca să scape de poceală!... Măcar de s-ar face bine...! Beau şi eu o cană. Mi-am adus aminte de visul în care nepotul meu încerca săî mă convingă că tot ce se întâmplă în Valea Rece e de la drog.Ce mă ia pe mine Clim cu drogurile? Deşi n-ar fi exclus să fie şi pe aici prin sat câţivadrogaţi. Ştii că şi astea dau vedenii? Să-mi fi făcut mie cineva una ca asta? Încă n-am nici o dovadă! Dacă-i aşa, înseamnă că tot ce văd eu că se întâmplă o fi numai în capul meu ....!

— Ei, ca să vezi? Tratamentul propus de Iawa! O fi de-adevăratelea sau am visat eu? Până la urmă, degeaba fac eu pe zmeul! Ceva este! De-ar fi să fie chiar şi-n visul meu.

M-o fi convins să beau ceai de busuioc sau a fost în visul meu? Dar parcă şi Zorina mi-a spus. O fi tot în vis? Asta nu ştiu şi am impresia că vin din altă lume.

— Se vor limpezi apele, Savule! Ai răbdare!

— Simt în suflet o căldură neobişnuită. Mi se topeşte inima după ea. Cum de n-am observat eu până acum că ea este salvarea mea? Încep chiar să cred că, dacă o aduc pe femeia asta în viaţa mea, or să fugă nălucile. Simt în mine o energie neobişnuită, mai puternică decât întunericul nopţii, decât murmurul din valea cu plopi, decât gemetele din zid, care m-au chinuit atâta vreme. N-am nici o îndoială că acea căldură vine din adâncul sufletului şi o voi aduce pe Zorina lângă mine. Vom fi doar noi doi aici, în vârful acesta izolat, un colţ de rai, un început de lume, lumea noastră.

— Starea asta, prietene, este începutul vindecării tale…

— Locul meu este lângă ea. Nu sunt eu tatăl care să poată interveni în destinul Mălinei mele. Cât priveşte soarta băiatului meu, n-am nici o putere. L-a luat valul vieţii, tot iureşul acela de întâmplări de după Revoluţie a frânt destine. E mai presus de voinţa noastră. O să las totul în urmă, toate fantomele trecutului.

***

Ieşeam uneori în şosea şi priveamcu nesaţ toată valea până spre Dunăre, apoi îmi aruncamochii spre dealul lui Găman. „Cine oare a pus gând rău acestor locuri? Să fie, într-adevăr Tyron? " Mă uitamdin nou de jur împrejur. Baltă, pădure şi iar apă, valea aceea misterioasă, valea cu plopi, unde s-au întâmplat atâtea încă din vechime!... Câte suflete n-or fi sălăşluind acolo! Unele poate chiar nevinovate. Auzisem parcă tot de la Zorina, care era localnică şi ştia la rândul ei de la bunici, că acolo, în valea cu plopi, s-au spânzurat şapte fete mari ca să scape din ghearele turcilor şi că şapte ani la rândul, în fiecare primăvară, de Dragobete, valea plângea şi toţi tinerii se îndreptau într-acolo, căci se auzeau până până sus pe deal vaiete prelungi de ţi se rupea inima. Sătenii alergau acolo ca să aprindă lumânări şi să pomenească sufletele celor şapte fecioare. Unii bătrâni spuneau că se arătau în cimitir flăcăilor şi că aceştia, după ce le vedeau, nu mai dormeau nopţi la rândul. Se îndrăgosteau pe loc şi zăceau, până mergeau la vrăjitoarea satului să-i descânte.

Pe atunci, vrăjitoare era baba Mangiulea, o bătrână

ţigancă românizată, abandonată de şatră pentru păcatul de a fi fugit c-un flăcău din sat pe care ţiganii l-ar fi omorât, iar pe ea au lăsat-o-n sat fără nici un rost.

Mangiulea n-a stat cu mâinile-n sân. S-a pus pe blestemat. De blestem nu scăpa nimeni, nici cel care îndrăznea să-i arunce o privire rea. I se părea că-şi bate joc de ea.

Era tot timpul supărată pe viaţa ei şi pe a altora care o duceau bine, pe fetele frumoase, pe flăcăii năbădăioşi, pe toţi cei care se bucurau de viaţă şi ea nu.

Iawa era mai blândă decât baba Mangiulea. Avea tot interesul. Erau alte vremuri...acum e capitalisam sălbatic... iar ea trebuie să se adapteze... Cum să facă ea o afacere din vrăji şi descântece? ... Îşi scormonea mintea, că doar a văzut cum se fac banii cât a fost plecată. Nu putea sta cu mâinile în sân...! Încearcă marea cu degetul. Nimeni nu ştia cât har are Iawa. Nu mai erau vremurile de altădată, când oamenii credeau în erezii. Acum poţi ajunge până-n capătul celălalt al lumii şi să nu-ţi fie frică de nimic.

Dar oricât de multe ar fi ştiut, tot erau întrebări la care nici Iawa nu putea să răspundă, doar se fandosea că ştie. Se învârtea precum câinele în jurul cozii. Ce era să facă oamenii? Aveau nevoie de cineva care să le interpreteze semnele, visele, întâmplările ciudate, tot ce ieşea din firescul lucrurilor.

De altfel, mulţi dintre săteni presupuneau că Iawa încearca în mod artificial să echilibreze binele cu răul, că n-ar fi chiar ezoterice mijloacele ei de vrăjire sau dezvrăjire.

Erau în Valea Rece câţiva bătrâni pe care te puteai baza că nu mint. Aceia erau Johannes, Butică, Buric şi baba Laika de aproape o sută de ani, darstătea imobilizată la pat. De mult nu mai putea ieşi în sat. Cine avea nevoie de ea se ducea acasă. O găsea într-un hal fără de hal, că nu ştiau cum să plece mai repede. Zăcea într-un pat vechi de campanie. Era numai piele şi os, mai degrabă oase îmbrăcate în nişte ţoale roase de timp, după cum era şi baba Laika.

Drept să-ţi spun eu sunt mai îngăduitor cu Iawa. Din punctul meu de vedere, vrăjitoarea făce bine, chiar dacă de multe ori în ceair îi luam prezicerile în răspăr. Dar ce făcea ea? Aduna oamenii în ceair şi-i punea să-şi descarce sufletul. Şi dacă nu făcea bine, nu-i nimic, e şi ea om şi greşeşte. Cu cine ar putea fi ea înlocuită? Cu nimeni! Nu era nimeni mai priceput ca ea...

Îmi plăcea să mă plimb prin sat. De multe ori mergeam fără ţintă. Lăsam în urmă şi ultima casă şi urcam dealul Morii. De-acolo, totul parcă avea suflet.

Într-una din zile începu o ninsoare groasă cu fulgi aproape cât palma şi-n două ore totul părea îngropat în zăpadă. Înotam în nămeţii care creşteau văzând cu ochii. Îmi croiam drum spre casă nu numai cu picioarele, ci şi cu mâinele. Vedem cum mă îmbrac din cap până-n picioare în om de zăpadă şi numai mişcările mele din ce în ce mai anevoioase îmi aminteau că sunt materie în mişcare. "Doamne, de nu m-aş duce la fund în troienele astea care pe alocuri sunt cât casa!" Înotam, înotam, simţind povara zăpezii pe umeri, ducând-o cu mine din ce în ce mai greu. Gâfâiam. "Lasă că n-oi muri! E atât de albă! Unde mai văd eu atâta alb!!" Nu mă mai săturam uitându-mă în jurul meu, mă bucuram de cristalele dantelate, îmi creştea inima, când mă vedeam înfăşurat în marama albă, primenindu-mă. Mâine, cine ştie, totul va fi mocirlă! Nimic nu e mai urât decât să vezi un om înotând în mocirlă.

Nu oricine are bucuria să fie aproape acoperit de zăpadă. Mi se părea o minune să mă adâncesc în zăpadă, să mă acopere până la gât. Ajunsei cu mare greutate pe dealul meu, abia mişcându-mă. Zăpada era moale ca o cârpă. Ajung în dreptul porţii mele, dar nu intru. Înaintam ca un somnambul spre casa Zorinei. Nu mai aveam mult, însă omătul era deasupra capului meu. Cum să-mi croiesc drum?

Nu ştiam ce-i cu femeia pe care acum o voiam a mea. Gândul mă măcina, iar bătăile inimii mi se accelerau. Obrajii îmi ardeau. Palmele mele erau atât de îngheţate, că nu-mi mai puteam îndoi degetele. Rămâneau ţepene şi greblau zăpada, săpând un tunel până spre curtea ei. "Ah,Zorino, cât de frumoasă eşti! Totdeauna mi-a fost teamă de ochii tăi. Te uitai la mine mereu a mustrare. Poate nu pricepeam eu că tu vrei să-mi spui ceva." Sapă, sapă, Savule,- îmi spuneam- un metru, doi metri, sapă până la capătul lumii!"-îmi făceam curaj, scormonind cu picioarele omătul alb şi pufos. Era atât de moale încât îmi pusei şi mâinile la treabă ca să ajung mai repede la gardul Zorinei. "Gata, am ajuns!".

Mă agăţ de gard, scuturându-mă de neaua sfărâmicioasă şi afânată ca o pulbere fină. Încerc să strig şi simt limba încleştată. "Ptiu, drace, mi-a îngheţat limba!" Zgâlţâiamgardul până rupsei din el bucăţi de stuf, câte două, câte trei stufuri, pânăam facuto gaură încât să pot intra pe brânci. Însă înotam în altă zăpadă, cea din curtea Zorinei. Până la prispa casei mai aveam încă de mers. "O să urlu, că nu-mi mai ies cuvintele. Au îngheţat şi ele." Mă pomenesc scoţând sunete gâjâite, apoi slobozii un urlet de animal înjunghiat, luat prin surprindere. Zorina deschise uşa şi se ivi în capul prispei cu toporul în mână:

— Cine-i acolo? Hei, răspunde, că-ţi plesnesc una-n moalele capului!... Iha!... Iha! Stai numai că-ţi vin eu de hac acum...! Dar nici ea n-avea cum să înainteze, doar să se arunce în zăpadă, să râcâie în grămadă cu mâinile... Deodată, desluşi prin mormanul de zăpadă silueta mea scorţoasă de promoroacă.

— Doamne, Savule, tu eşti?

Aveam doar doi-trei metri distanţă între noi dar mi se păreau mii de ani lumină. Mă simţeam paralizat. O văd că lasă toporul din mână şi se aruncă în grămadă ca-n valuri, făcându-şi loc cu mâinile, până ajunse lângă mine. Eram înţepenit. Îi distingeam prin ceaţă ochii dilataţi de groază.

Apoi cu mişcări precipitate mă apucă de braţul drept, mă târîi ca un balot în casă şi mă aşeză lângă sobă.

— Doamne, Savule, eşti îngheţat bocnă. Mă răsuci cu faţa în sus, îmi scoase repede hainele grele, pline de promoroacă încâlcită, atârnând ca nişte gomoloaţe, iar pe la mâneci se formaseră chiar ţurţuri de gheaţă. Nu mai ţinu cont de faptul c-avea în faţă un bărbat. Scoase tot până la piele, eram gol-goluţ, cu picioarele şi braţele înţepenite. Nu se pierdu cu firea. Muie repede un cearşaf cu apă călduţă şi oţet şi-mă împachetă, rostogolindu-mă pe canapeaua de lângă sobă.

Apoi, îmi frecă trupul de jos în sus pentru a-mi pune sângele în mişcare. Îmi astupă gura cu buzele ei calde, aburindu-mi limba şi ochii. Simţeam cum ies flăcări din mine, iar pielea se înroşea treptat-treptat. Am deschis ochii. Curgeau picături din cristalele de gheaţă care se topeau încet-încet pe pleoape. Nu reuşii să articulez nici un sunet. Nici ea nu spuse nimic. Îşi continua mângâierile pe trupul meu, dezvelindu-mă încet-încet, până când devenii trup viu, tremurând, scuturat de frisoane. Mă ţinu în braţe la pieptul ei Continuam să tremur. Inima mi se zbătea în piept ca o pasăre rănită. O aud şoptindu-mi:

— Ai inimă, deci trăieşti, dragul meu! Era să te pierd. Sunt aici lângă tine.

— Păstrează-mi sufletul în palma ta caldă. Pentru tine am venit până aici. Singurătatea mea e mai rece decât gheaţa, estesingurătatea naufragiatului pe mare. Nu plec, nu mai plec de la tine.

Te iubesc cât o coloană a infinitului!

— Prietene, momentul acesta m-apropiat de ea şi mai mult.

O aud şoptindu-mi la ureche:

— Savule, eşti bolnav! Eşti bolnav grav! Nu te mai las să pleci. Ai nevoie de îngrijire. Cum de te-am lăsat eu până acum?

N-am zis nimic. M-am lăsat suous ca un copil. Nu i-am spus c-o visez mereu, dar îmi răsunau în minte ultimele cuvinte înainte de a mă trezi:"te iubesc cât un infinit!"

Valea Rece zăcea sub zăpadă. Casele se transformaseră în glugi înalte, unele conice, altele pătrate, dar cele mai multe păreau nişte mormane din mijlocul cărora se ridica spre cer câte un şomoiog de fum alb, ca un fuior de bumbac. Era singurul semn că sub aceste movile de omăt se ascund oameni îngrijoraţi de atâta potop de zăpadă.

Valea cu plopi părea o imensă catedrală cu turnuleţe dantelate. Cerul parcă se unise cu pământul.

Malul Dunării era şi el rotujit ca un vălătuc alb, încremenit, după care începeau sloiurile de gheaţă, mişcându-se în dezordine în aval

O săptămână oamenii din Valea Rece au trăit ca sub o cupolăimensă, rugându-se ca soarele să iasă şi să topească acest potop de omăt.

Gospodăriile mărginaşe păreau mai expuse viscolului, care devenise acum un duşman de temut. Şoseaua se eliberă de troienele viscolite, abia după o săptămână, timp în care utilajele scormoneau în nămeţi, croindu-şi cu greu drum.

Cam atunci am ieşit şi eu din casă. Primul pe care l-am văzut scoţând capul din coliba lui chircită de sub deal a fost bătrânul Buric. Băieţii lui au pus umărul să-i croiască bătrânului tată drum până la şosea, căci până la casa lui era un povârniş abrupt pe care copiii îl foloseau drept pârtie. Zeci de săniuţe treceau în fugă pe lângă gardul bătrânului. Cei trei băieţi ai lui Buricerau îngrijoraţi de sănătatea lui şubredă. Pe o asemenea vreme, n-ar fi reuşit nici o maşină să ajungă până la el, dacă s-ar fi întâmplat ca bătrânului să i se facă rău. Uneori, se ruga de băieţi:

— Orice să-mi aduceţi, dar de ţigări, dragii tatei, să nu uitaţi. Mai bine mor de foame, dar ţigara să nu-mi lipsească. Băieţii ţineau cont de dorinţa bătrânului şi ca să-i facă plăcerea mai mare, i-au adus din străinătate un trabuc de care Buric era tare mândru. Bătrânul ajunsese, cu chiu cu vai, în şosea. Stătea ca o mogâldeaţă, cu căciula neagră îndesată peste urechi. Zăbovea înadins în şosea şi se uita peste gardul lui Ion Jalbă. Acesta era în curte, se chinuia să dea la o parte bucăţi mari de zăpadă cu o lopată anume făcută din lemn. Când ajunse la poartă, îl zări pe moş Buric rezemat de stâlpul porţii. Deschise portiţa şi ieşi în şosea. Jalbă era mai mic decât Buric cu vreo douzeci de ani. Trecuse şi el de cincizeci.

— Ce faci, bătrâne, mai trăieşti ? - îl întâmpină Jalbă pe moş Buric.

— Trăiesc, măi Jalbă, văd că se îndură bunul Dumnezeu de mă mai ţine pe lumea asta. Uite, am ieşit şi eu pe-aici, să mai văd suflet de om, mi-e dor şi mie de-o vorbă.

— Ce să mai facem şi noi? Aşa iarnă n-am văzut de când mama m-a făcut! Nu-i a bine cu-atâta zăpadă. Păi, când s-o pune asta pe topit, să te ţii, ne ia cu case cu tot şi ne duce-n Dunăre. Unde o să se ducă atâta apăraie?

— Stai, băiete, că asta nu-i nimic! Dar ce te faci când râurile de peste tot n-or mai primi apăraia asta şi-o sta să clocească în grădinile noastre? Cât de mare poate să fie şi Dunărea să primească toate zăpezile, că ele se topesc şi intră cât intră în pământ, apoi mustesc toate de apă şi încep să putrezească.

— Aşa o să fie, moş Buric, vai de capul nostru! O să putrezim cu toţii precum cânepa pusă la dughit.

— Eu am apucat odată - începu moş Buric - când eram mai tânăr. De-atâta zăpadă, într-o primăvară, toată apa s-a oprit în cimitirul satului. A stat acolo de-a clocit peste morminte şi de-odată au luat-o mormintele la vale claie peste grămdă. Să fi văzut cum ieşeau cadavrele afară din sicrie, că şi ele putreziseră, iar morţii, mai dincoace, proaspăt înmormântaţi, se-nghesuiau unii în alţii cu dinţii rânjiţi de ziceai că i-a aşezat cineva cu mâna. Scheletele se încurcaseră, că nu mai ştiai care şi al cui mai este, toate se învălmăşeau şi-o luau la vale, rostogolindu-se-n păpuriş. Să fi văzut cum se duceau bieţii oameni să-şi recupereze morţii. Parcă nu-i mai primea pământul. Dar unele morminte rămâneauintacte. Nu se clinteau din loc. Când te apropiai şi citeai pe cruce, vedeai că acolo a fost înmormântat un copil. De copii nu se atigea furia. Ei rămâneau curaţi şi-n mormânt.

Tăceam şi-i ascultam. Am mai zăbovit în poart lui Jalbă o vreme, apoi ne-am despărţit. Se lăsa de-acum întunericul. Zilele erau scurte. Nici nu-ţi dădeai seama cum trecea ziua. Stăteam ore în şir lângă sobă. După ce mă mai pusei pe picioare, încercai s-o impresionez pe Zorina cu hărnicia mea. Nu se mai săturam de vorbă.

— Draga mea, dragă, stau acum şi vorbesc cu tine, de parcă nu ne-am văzut de amar de vreme. Aşa de drag îmi este de tine!

— Omule, măi omule, mă uitam la tine cum te topeai pe picioare şi nu-ţi ştiam leacul. Îmi dădeam seama că-n casa ta e un rău, să nu crezi că nu ştiam, dar nu voiam să arăt ca să nu te sperii tu. Răul există, să nu crezi c-am scăpat. Numai că acum lighioanele stau singure cuc, nu mai au pe cine chinui. Tu erai ţinta lor.

— Lasă, să ştie şi ele ce-i singurătatea!Orice poţi duce în spate, Zorino, dar ca singurătatea nu-i nimic mai rău. Să n-ai tu cu cine schimba o vorbă? Păi atunci de ce ne-a mai lăsat Dumnezeu organul vorbirii, ca să zic aşa? Aici intră toate, draga mea, şi auzul şi văzul şi vorbitul, toate sunt mână-n mână. Una fără alta nu se poate, dar degeaba le ai dacă nu le foloseşti şi ca să le foloseşti, îţi trebuie tovarăş.

— Acum, Savule, nu poţi să spui că Stelea nu era tovarăşul tău. L-ai adus în curtea ta şi ca să-ţi ţină de urât.

— Asta-i aşa, dar eu pe tine te voiam, de când erai mică şi voinică, mă uitam la tine cu gura căscată.

— Ia uite ce bine trebuie să mă simt eu acum că mă faci voinică, când tu erai un pişpirel. Aveai tu aşa o preferinţă pentru fete voinice.

Eu râdeam şăgalnic...

— Aşa ca să-mi ţină de cald. Tu ştii că-ntotdeauna mi-a fost frig.

— Păi, mi-am dat seama de asta când te-am luat din zăpadă. Era să mi te răpună iarna asta. N-o mai iertam în viaţa vecilor amin!

— Aveai aşa un fel de-a te uita la mine, că-nţepeneam, mi se încleşta limba şi rămâneam mut ca prostu'.

— Lasă, Savule, că nici prea deştept nu erai, te păcăleam la tot pasul. Şi tu, prostuţule, credeai tot. Şi Zorina se cuibări lângă mine ca să mă mai îmbuneze, căci rămasei iar cu gura căscată, nemaiştiind ce să zic. Dar îmi făcu bine gluma ei. Întinsei mâna să-i mângâi părul castaniu prin care se zăreau fire albe, mai ales la tâmple. Însa faţa Zorinei mai era încă netedă şi rumenă. Doar în jurul ochilor se adânceau câteva riduri, dar care dădeau mai multă profunzime privirii ei strălucitoare cu reflexe galben-verzui.

Trecuseră câteva zile bune până când Valea Rece îşi căpătă înfăţişarea dinainte. Maşinile treceau pe şoseaua naţională, se mai auzea şi câte un huruit de tractor. Pe malul bălţii, un localnic se căznea să care nişte maldări de stuf într-o căruţă trasă de un măgar. Animalul rămase înţepenit până la genunchi, iar bietul om îl zorea cu o biciuşcă. Apoi, văzând cât de greu este, începu să-i facă el drum cu cizmele şi c-un retevei smuls dintr-un gard, căci pe alocuri zăpada era grămădită. Se topea mai greu, sub ea erau blocuri mari de gheaţă, care întârziauînmuierea omătului. Oamenii mai nevoiaşi tăiau stuf pe care-l cărau la cherhanaua din apropierea satului pentru care primeau ceva bani. Tot era un câştig, bun şi-ăla pe vreme de iarnă.

Ion Jalbă stătea tot pe şosea în aşteptarea vreunui sătean să mai schimbe câte o vorbă. Moş Buric plecase de mult spre casă. Îl văzu de departe pe Răuţă.

— Ei, vecine, cred că ţi-a venit inima la loc. Ai mâncat, măi, porcul? Că de mult au trecut sărbătorile şi mă îndoiesc c-ai făcut vreun canon din cele prescrise de Iawa!

— Măi Jalbă, mulţumesclui Dumnezeu, m-am ghiftuit cât am putut. De-acum, sunt dispus să fac purificare cât o vrea Iawa, că am de unde slăbi.

— Răuţă, una şi cu una fac două, noi ne-am cam făcut de cap. Ar trebui să ne adunăm toţi bărbaţii şi să facem ce ne-a sfătuit Iawa Mâine poimâine se topesc zăpezile şi noi tot amânăm de pe o zi pe alta.

— Mai e timp, măi Jalbă, suntem de-acum spre sfârşit deiarnă. Crezi că n-o să mai avem zăpadă?

— Da, e drept ce spui tu, dar nici s-o lungim aşa nu mai putem. Uite, cel mai bine ar fi acum, de Dragobete. Ne urcăm toţi pe deal, facem un foc mare, alungăm duhurile, primenim pământul, ne primenim şi noi. Trecem, mai întâi, prin foc, facem ca în vechime, dar şi ce spune Iawa, că nu ştiu ce are femeia asta cu noi.

— Ce să aibă? Vrea să ne ajute, să nu păţim ce-a păţit Chibrit. Ne vrea binele.

— Ce spun eu şi ce înţelegi tu! Ţie-ţi convine să te dai de-a dura cum te-a făcut mă-ta, să te rostogoleşti din vârf până-n poale, dar eu ? Uită-te la mine cum arăt? Cu burta asta, cum să mă prăvălesc, măi Jalbă? - se văită Răuţă căruia i se vedea burta prin cojocul deschis. Nu-l încăpea de gras ce era.

— Pune-l tu pe moş Buric sau pe Butică cu piciorul lui beteag, ai?

Cei doi bărbaţi rămaseră gânditori.

— În cazul ăsta, să-i propunem Iawei să-i scutească pe cei care-au împlinit cincizeci de ani.

— Să zicem c-o facem, măi Răuţă, dar nu e cinstit, că tocmai ăştia peste cincizeci de ani au nevoie de purificare. Atunci e nebunia mai mare. N-ai văzut ce-a făcut Dimache bătrânul? Toată viaţa a fost un crai. Şi acum la bătrâneţe şi-a lăsat nevasta, casă, băieţi mari, însuraţi, nepoţi, a întors spatele la tot şi-a fugit cu Lyla, slăbănoaga aia de-a fost balerină în Italia sau, dracu' ştie, că are un mijlocel de-l ţii în palmă? Ca să vezi şi tu ce proşti suntem!

— Acum ai auzit ce-a păţit? – îl provocă Jalbă.

— Păi, nu stau împreună într-o staţiune montană? Aşa se lăuda.

— Ei aş! I-a făcut papucii Lyla, după ce s-a văzut stăpână pe casă, iar moşul s-a dus la azil, că familia nu l-a mai primit. Şi câţi nu sunt ca el, ehei?

Cei doi se aşezară pe pietroiul din ceair, care ţinea drept scenă şi unde cineva pusese o mochetă gri, se pare c-o scosese dintr-o maşină abandonată, care zăcea răsturnată în plin maidan. Toţi treceau pe lângă ea, o studiau şi-şi vedeau mai departe de drum. Mai târziu, se găsi cineva s-o dezmembreze treptat. Într-o zi, n-avea o roată, într-altă zi, cineva îi furase cauciucurile. Până la urmă, rămăsese numai carcasa în care se adăposteau câinii pe vreme rea. Vopseaua se decojise, iar rugina era în floare. Câţiva cheflii s-au adunat într-o seară în carcasă aia să sporovăiască la un pahar de tescovină şi la urmă au dat foc. Tot ce-a mai rămas din ea era o hrubă acoperită de zăpadă, unde se puteau adăposti doi inşi la un pahar, atunci când ploua.

Începu din nou să ningă viscolit. Răuţă şi Jalbă aveau chef de vorbă.

— Hai, măi Răuţă, să intrăm la adăpostul hârbuitei de maşini, că pe vremea asta e taman bună. Cei doi se urniră de pe pietroi şi se îndreptară într-acolo.

— Al dracului-i omul nostru, măi Jalbă! Ce-au avut măi, cu maşina asta? Aşa rablă cum e, poate mai scotea săracu' Corciovei ceva din ea.

— Ce să mai scoată, că şi el s-a rablagit. N-ai auzit că i-a tăiat un picior? C-aşa-i omul, când se vede cu bani, repede îşi ia maşină. Neam de neamul lui n-a avut maşină. Ăştia ai lui Corciovei nu ştiu decât să conducă căruţa şi să strunească armăsarii. Bunică-său a avut herghelie de cai, cine mai era ca el în sat?

— N-ai văzut şi băiatul lui Halep? A muncit ca prostu' pe unde a muncit în Spania, în Germania, şi-n loc să-şi repare coşmeliilecare stau să cadă pe ei, şi-a cumpărat un Renault la mâna a doua şi într-un an de zile l-a buşit. S-a dus totul pe apa sâmbetei. A rămas tot un calic, de n-are după ce bea apă.

— Ehei, măi Jalbă, tu crezi că toate muştele fac miere? Toţi se înghesuie să-şi cumpere maşini, aşa, de fală. Ce le trebuie lor aici, în Valea Rece, luxul ăsta? A, dac-ar avea o afacere cum are Angelo sau Panaitache, mai zic! Dar când tu eşti un pârlit şi stai într-o amărâtă de casă, asta-ţi trebuie ţie, Mercedes, Renault, dar mai ales Dacii de toate culorile..., cum au tot pârliţii...?

— Câţi nu mor chiar pe nevinovate!

Ascunşi în adăpostul improvizat, cei doi nici nu observară că se-amurgea. Zăpada care se aşternuse era moale şi se bătătorea uşor. Vremea dădea semne că se încălzeşte. Pe alocuri era chiar mocirlă amestecată cu zăpada murdară, încât piciorul sescufunda uşor şi cu greu îl puteai scoate din pământul clisos.

— Dacă s-o muia vremea, măi Răuţă, am terminat-o cu tăvălitul prin zăpadă... Cineştie dacă mai ninge! Suntem la sfârşitul lui februarie, s-ar putea de Dragobete să nu avem zăpadă, degeaba ne-am făcut noi planuri.

— Ei şi dacă n-om face ce zice Iawa, crezi că-i sfârşitul lumii? Doar că intrăm iar în gura ei - se amărî Răuţă, care n-avea de gând să se dea de-a dura pe deal din cauza burţii enorme.

— Ar fi bine în noaptea asta. Hai să tragem clopotele la biserică şi să-i urnim pe bărbaţi din casă!

— Ce eşti nebun? Vrei să te ia lumea la înjurat? O să-i băgăm iar în sperieţi când o auzi clopotul.

— Eu unul m-aş duce singur, măi Răuţă, măcar să am sufletul împăcat, că altfel, de-o fi să ni se întâmple ceva, vai de mama noastră! Tu ai ascultat ce-i în ţară? – se alarmă Jalbă

— Nu prea am avut timp zilele aste. M-am dus la pădure, că m-a rugat pădurarul. Am muncit vreo două zile şi mi-a dat o căruţă de crengar. Am fost mulţumit, că uite mai ies din iarnă. Mai scutesc nişte bani. O căruţă bună nu-i de colea, mulţi ar vrea asta. Sunt omul lui şi nu mă uită la nevoie. Dar ce-ai auzit, măi Jalbă?

— Ce să-ţi mai spun? E tragedie-n ţară. O iau munţii la vale, cică dealuri întregi se desprind din loc cu case cu tot. Numai în două zile pământul a înghiţit un sat întreg. Cine a plecat din pripă, a mai avut zile, dar pe cei care n-au vrut să părăsească satul, i-a prins noaptea şi i-a luat ca din oală. Umblau elicopterele mai ceva ca la război, să-i adune şi să-i scoată de sub dărâmături.

— Doamne fereşte de aşa nenorocire! Bine că măcar noi suntem feriţi. N-avem aşa un pământ chiar moale. Nu s-a întâmplat asta neam de neamul nostru. Ne-a ferit Dumnezeu!

— Poate unde suntem mai la dos din cauza Dunării... cine ştie...!

— Măi Jalbă, dac-ar fi să ne luăm după semnele pe care le-am primit în toamna asta şi după deşteapta aia de Iawa, ar cam trebui să ne gândim că vremuri bune nu ne-aşteaptă. Numai de câte ori nu ne-am întâlnit în ceair... Ceva nu este în regulă nici la noi!...

— Păi eu când îţi zic, măi Răuţă, tu nu mă crezi! Eu nu-mi răcesc gura de pomană. Hai să facem ce spune drăcoaica asta de Iawa!

— Bine măi, hai că vorbim mâine cu toţii şi-o facem mâine noapte.

***

În ziua următoare ieşi un soare neobişnuit, cu nuanţe roşietice şi c-un cer parcă prea albastru pentru luna februarie. Zăpada de pe case se topea cu repeziciune.

Curgeau şuroaie şi bucăţi mari de zăpadă moale, fleşcăită

de pe toate acoperişurile. Pe uliţele mai mici se adunase atâta apă încât se formaseră pârâiaşe, iar până la prânz nu se mai putea trece decât cu cizme lungi.

Şoseaua principală erainundată, căci uliţele se revărsau într-o stradă principală, unde apa era de jumătate de metru. Gospodarii nu mai puteau ieşi din curţi. Priveau neputincioşi peste gard şi-şi adresau unul altuia câte o vorbă în care se simţea neliniştea.

— Măi Halep, măi, ce-are de gând cu noi Dumnezeu? Dac-o ţine aşa ne-acoperă apele. Ia uită-te ce vine de pe deal. Păi, când s-o topi munţii ăia de zăpadă, nu mai rămâne nimic din noi. Ne ducem la vale cu ape cu tot.

— Lasă măi, că şi-n alţi ani a fost aşa şi-am trecut cu bine.

— Dunărea e mare. Primeşte tot - îl linişti Halep pe Machedon, care avea casa la şosea şi cam toată apăraia trecea pe lângă poarta lui. Îi măturase gardul din fundul grădinii şi curtea lui devenise Dunăre.

— Apoi, Machedoane, să nu spui că nu te-ai îmbogăţit. Ţi-a venit Dunărea în ospeţie şi tu ştii că apa e un capital, toată vara, dacă eşti băiat deştept şi-aduni apa, n-ai treabă, îţi merge grădinăritul, că n-o să mai fie nimeni ca tine!...

— Aşa chilipir, mai bine lipsă! Mai bine ne-ar lua păcatele Dunărea asta să le înece în largul mării, ducă-se pe pustii atâtea duhuri câte au năpădit în satul ăsta!.. Tu crezi că, dacă Tyron s-a făcut solomonar, doarme? N-avea grijă, că şi-a instruit el neamul să lase moştenire puterea răului cu care văd că ne-a procopsit...!

— De-acolo ni se trage, măi Machedoane, n-avem ce face!..

Cât timp vorbeau cei doi, apa creştea văzând cu ochii.

Valea Rece devenise Dunăre ad-hoc. Şi soarele încălzea neobişnuit, grăbind topirea. În văzduh, plutea un abur înecăcios, iar oamenii se întrebau de unde o fi. Şi apusul era învăpăiat. Un soare prea roşu. Te uitai la el şi parcă privirea se pironea vreme de câteva secunde, destul ca să te ia ameţeala. Cu cât soarele cobora undeva dincolo de linia orizontului, cu atât se adunau de peste tot nori mânaţi parcă din urmă cu biciuşti de o mână nevăzută.

Când nu mai rămăsese nici măcar o dungă roşie la apus, peste sat se lăsă întunericul, iar cerul clocotea. Se auzi un tunet dinspre miază-zi. Tunete înăbuşite, dar suficiente ca să-i pună pe oameni pe gânduri. Cei mai abătuţi erau bătrânii satului, căci ei tălmăceau mai bine semnele astea. Buric şi Johannes schimbară câteva vorbe peste gard:

— Omule, nu-i a bine! De-o trece şi zăpada asta, am scăpat!...

— De n-o veni alta!

— Alta nu mai vine, că-i prea cald, nu mai are putere.

— Da', ia uită-te pe cer ce prăpădenie ne-aşteaptă!

— Măi, norii sunt plimbători, îi mişcă vântul una-două. Şi-apoi ne protejează Dunărea.

— Aşa-i, măi omule, întotdeauna pădurea atrage ploile, oricum mai avem speranţe să scăpăm.

Numai că n-a fost aşa. După o zvârcolire de vreo două ore în care cerulforfotea, de parcă şi acolo s-ar fi pus la cale cine ştie ce planuri ascunse, se porni dintr-o dată o ploaie torenţială de parcă se rupea văzduhul.

Şi ploua, şi ploua...! Din nou apă pe toate drumurile, de data asta vălătucul de apă care cobora de pe dealul lui Găman prăvăli la vale bucăţi mari de piatră. Unele se izbeau în garduri, care cădeau ca secerate de gloanţe, altele rămâneau înţepenite pe şosea, blocând trecerea maşinilor. Toată noaptea a plouat, fără ca oamenii să mai poată urmăridezastrul care se abătuse asupra satului.

Dimineaţatotul mustea în noroi: uliţe mari şi mici, străzi principale şi lăturalnice, şoseaua năpădită de trunchi groşi, de buturugi putrede, smulse de ape de pe dealul lui Găman, toate înţepenite în şosea. Se opriră pe şosea utilaje speciale, căci circulaţia era blocată în toată zona până spre Galaţi.

Din nou soarele se ivi hotărât să înmoaie peticele de zăpadă ce se mai vedeau prin văgăuni ascunse sau să zvânte pământul.

Era o căldură neobişnuită pentru sfârşitul de februarie. Bătea la uşăDragobetele. În ciuda mocirlei, oamenii n-au uitat că-i sărbătoare. Ţineau să facă rânduielile ca-n fiecare an. Înotau în noroi, încălţaţi în cizme lungi, numai că mersul era anevoios, rămâneau înţepeniţi în glodul care din ce în ce mai clisos.

— Măi Butică, primeneşte, măi, adăpostul animalelor, că azi e Dragobete. Pune şi tu un smoc de busuioc pe la streşină de alungare a duhurilor rele, c-aşa se face.

— Da'noi ce facem, măi Jalbă, noi nu ne mai primenim? Văd că trece şi iarna şi ne-am ţinut de cuvânt de joi până-apoi. Suntem suflete năpăstuite şi nu ne-am îngrijit de ele. Cum o scoatem noi la capăt? Deja se văd urmările.

— Aseară, am tot vorbit cu Răuţă de asta.

— Ai şi găsit cu cine! Acela-i un căpcăun, vai de el, mănâncă până nu mai poate, c-o să plesnească într-o zi.

— Nu mai avem cum să ne întâlnim. Cum s-ajungi în ceair pe o asemenea vreme?

Totul mirosea a smârc. Un iz înecăcios plutea în aer. Dinspre pădure ajungea până-n sat o adiere de putregai şi hoit. Butică adulmecă aerul, căci în ciuda bătrâneţii avea un miros bun, faţă de Jalbă pe care-l cam lăsaseră simţurile. De văzut nu prea mai vedea, suferea de glaucom. În neamul lui, mulţi orbiseră din cauza asta. De auzit, auzea slab, avea numai o ureche bună. Trebuia să vorbeşti tare ca să te înţelegi cu el.

— Măi, omule, vine iz de hoit din pădure. S-o fi mâlit vizuinele sau cine ştie câte animale sălbatice nu şi-au găsit sfârşitul cu puhoaiele astea? Jalbă se uită spre pădure, dar oricum nu prea desluşea depărtările. Butică, însă, cercetă cu atenţie dealul lui Găman. Deodată, i se păru că se mişcă pământul de pe coama dealului.

— Jalbă, o ia pământul la vale! Ia uite ce mal se prăbuşeşte peste valea lui Begu!...

— Ce vorbeşti? Păi, hai să strigăm, că asta nu-i de glumă!...

Deasupra, câteva elicoptere treceau grăbite, probabil că se dăduse pe undeva alarma. Mai mult spre baltă, acolo se îndreptau aparatele de zbor.

Privită de sus, aşezarea aceasta de pe malul drept a Dunării era aproapemâlită. Pe baltă nu se mai zăreaudecât vârfurile de stuf uscat. Sălciile erau cuprinse de apă de peste doi metri şi malul Dunării nu se mai vedea. Doar un vârf de coamă subţire. Unde să se mai ducă apele? Păsările ieşiră speriate din stufăriş, umplând văzduhul în neorânduială. Se simţea agitaţia lor în aer, căci balta devenise una cu Dunărea, o mare de apă care creştea ameţitor până în grădinile oamenilor, înghiţind treptat şurile de paie, adăposturi pentru animale, improvizate de săteni pe malul gârlei care se lăţea văzând cu ochii.

— Vin apele mari, măi Jalbă, beleaua asta ne mai trebuia! – se îngrijoră Butică.

Soarele mai uscă în ziua aceea uliţele şi străzile, iar şoseaua devenise din nou circulabilă. Niciun sătean nu avea răbdare să mai aştepte. Trebuia să facă ceva, să ţină piept apelor care se anunţau acum năvalnice. Ieşiră din curţi, din ce în ce mai îngrijoraţi. Dar unde să se mai adune ?

Ceairul mustea de apă, devenise un fel de lac de acumulare.

Pe şosea se vedeau Răuţă şi Leonte, după ei îşi târâia picioarele moş Buric.Venea băiatul lui Chilianu, băiatul lui Halep. Clim venise de vreo trei zile din Galaţi, aşa cum îmi promisese dar nu putu ieşi din curtea lui taică-său. Zamfir se bucura că i-a venit băiatul acasă. Se gândea că pe-o asemenea vreme i-o fi de ajutor. Se adunaseră ciorchine pe şosea şi se uitau în toate părţile descumpăniţi.

— Ce-i de făcut, oameni buni? Ne-acoperă apele! - începu Leonte, mohorât. Cam toţi erau la fel, căci simţeau că iar au de trecut un hop din care cine ştie cum vor ieşi.

— O să mergem cu barca, nea Leonte, - intră în vorbă băiatul lui Chilianu. Cizmele nu ne mai ajută. Nu vezi că de ieri până azi a început să izvorască apă din pământ! S-a ghiftuit pământul de apă.Repede îţi poate fugi piciorul.

Se uitau pe cer la păsările albe şi negre care pluteau în derivă cu aripele întinse. Ciorile croncăneau neliniştiteîncolo şi-n coace.

— Ce-o fi având nebunele astea de ciori, parcă niciodată n-au croncănit aşa ! - intră în vorbă şi băiatul lui Halep, care rămase cu ochii în sus, urmărindu-le.

— Nu vine Iawa să ne mai spună una de-a ei? Că ne-am săturat de prorocirile ei prăpăstioase. Tânărul Halep nu prea credea în spusele vrăjitoarei.

Deodată, una dintre ciori se învârti în aer ca o muscă, făcând rotocoale, apoi căzu pleosc! în băltoaca din faţa lui Răuţă.

— Ce-i asta, Jalbă? Gura ta păcătoasă! Ai vorbit-o de rău pe Iawa, eşti nebun? Dacă o fi vreun semn pentru mine? Chiar în faţa mea, Doamne iartă-mă!? Răuţă se aplecă s-o ridice, căuta s-o apuce de-o aripă.

— Ho, nu pune mâna pe ea! Cine ştie ce boală o avea? ...

Toţi cercetau văzduhul şi vedeau cum se rostogolesc câte una câte una, din ce în ce mai dese. Bărbaţii asistau la un fenomen nemaiîntâlnit, care le dădea fiori. Păsările cădeau pe aiurea, pe acoperişuri, în curţi, pe străzi, cădeau la întâmplare. Nu era curte unde să nu se năpustească păsări albe sau negre secerate de moarte. Îşi întindeau aripile, mai apucau să întindă gâtul, să caşte ciocul şi să chihăe gâjâit. Se auzea din ce în ce mai des chiah! chiah! chiau! ghuif!

Totul părea o jelanie care venea din cer. Oamenii le vedeau, înghesuindu-se unele în altele, de parcă ar fi cerut ajutor între ele şi se simţeau copleşiţi de milă şi de neputinţă. Se prăbuşeau ca nişte ghiulele: lebede alături de ciori, pelicani, pescăruşi, păsări mari, păsări mici, toate de-a valma. N-aveau nici o scăpare. Ploua cu păsările cerului.

Bărbaţii îşi croiau drum printre leşurile de păsări. Ieşiră de prin curţi speriaţi şi priveau fără grai puzderia de păsări moarte, care tot continuau să cadă peste tot. La scurt timp, iar începură să treacă elicoptere, însă oamenii n-aveau de unde să ştie care era rostul lor pe baltă. Treceau şi-atât. Unde se duceau, nu-şi puteau da seama. Se gândeau că s-o fi întâmplat ceva în Galaţi care era la o azvârlitură de băţ de Valea Rece. Apoi, urmărirâ mai cu atenţie traseul lor şi văzură că din fiecare elicopter se împrăştia un praf alb ca un fum, şi toată balta mirosea a formol şi a clor.

— Să ştiţi că se dezinfectează balta. O fi apărut vreun focar de infecţie pe undeva. Nu-i de joacă! - spuse Butică.

— Da' dacă s-a întâmplat asta în toată ţara, ce ne facem? Că văd că de noi nu se ştie nimic.

— N-avea grijă că nu scapă ei de sub control situaţia. Au tot interesul că facă o treabă bună. Este în joc sănătatea populaţiei!

Carmina, frumos gătită, cu palton croit în cloş, cu o pălărie de fetru grena pe cap, de ziceai că merge la spectacol, se străduia să vină şi ea mai aproape, fără să-şi murdărească cizmele de piele, păşea pe vârfuri, deşi noroiul colcăia peste tot.

— Ei, Carmino, ce cauţi aici, hodoronc-tronc? Ţara arde şi baba se piaptănă! Carmina începu să scâncească:

— Să anunţăm Crucea Roşie Internaţională, oameni buni, ce mă fac eu?

— Iote, de parcă ai fi buricul pământului! - o luă în primire Leonte cum făcea de fiecare dată.

— Vai de mine, numai Crucea Roşie ne mai salvează!

— Ia nu te mai smiorcăi, Carmino! Pagubă-n ciuperci, şi cu tine şi fără tine, tot aia...! — spuse iar Leonte încet ca să n-audă ea, dar auziră ceilalţi şi pufnirâ în râs, căci mai mult îi amuzau vocea piţigăiată a Carminei decât văicărelile ei.

O credeau trăsnită, când o vedeau în ţoalele alea care o făceau ridicolă.

Oricum, totul părea scăpat de sub control. Nimeni nu ştia ce să zică. Fiecare se gândea numai la sine.

În imensul ceair se opriră două maşini de poliţie dotate cu megafoane, din care răsuna o voce puternică.

— Cetăţeni ai suburbiei Valea Rece, am decretat stare de necesitate în întreaga ţară. Epidemie de gripă aviară. Trecem la sacrificarea generală a tuturor păsărilor din curte pentru a vă salva viaţa.

Şi avertizarea se relua din cinci în cinci minute.

Apoi, în urma lor, îşi făcură apariţia autocamioane cu oameni în halate albe cu mănuşi şi măşti, care încărcau în saci toate păsările moarte. Mormanele de leşuri erau cărate la marginea satului unde li se dădea foc. De multe ori, cei care trebuia să se ocupe de incinerarea lor, amânau operaţiunea pentru a doua zi. Însă, peste noapte, ca prin minune, dispăreau toate leşurile din groapă. Veneau căruţe pe furiş, le încărcau, le duceau în locuri ascunse, le opăreau şi apoi le comercializau în pieţele din Galaţi, la jumătate de preţ, ca fiind păsări de curte ceea ce aducea profit imediat. Nimeni n-a mai verificat câte păsări au fost sacrificate, câte au fost incinerate. Se încheia un proces verbal cu semnătura medicului veterinar şi totul trecea sub tăcere. Şi totuşi nimeni nu se îmbolnăvea. Sacrificarea crease în sat o adevărată psihoză. Bietul om simplu suferea. Nu accepta să semneze decimarea propriilor păsări, care făceau parte din viaţa lui.

Femeile blestemau în dreapta şi-n stânga. Plângeau, îşi frângeau mâinile. În cel mai fericit caz, le tăiau pe toate înainte cu o zi, le ascundeau şi nu mai aveau ce declara.

Însă, în primele zile, se făcea exces de zel. Maşinile opreau la fiecare poartă. Echipele invadau curţile şi goleau coteţele de păsări domestice.

— Măi, Răuţă, pe-ale tale le-a luat?

— Ce să ia? De unde să mai ia? Le-am luat gâtul la toate. Le jumuleşte nevastă-mea-n beci.

— Mie mi le-a luat. Da' pe toate. Bate vântu' în curtea mea. Mărioara mea plânge de se omoară. Stă pe prispă cu faţa-n mâini. N-o poţi urni din loc. Prin sat iar începură megafoanele:

— Atenţiune, atenţiune! Nu mâncaţi păsări contaminate! Nu cumpăraţi de la persoane neautorizate produse din carne de pasăre.

În tot satul începu un cârâit continuu de găini, măcăit de raţe, gâgâit de gâşte, urmat de lătratul câinilor, de huruit de maşini, de înjurături, de ţipete disperate, de ameninţări.

Oamenii fugeau în dreapta şi-n stânga să-şi ascundă păsările pe care le credeau sănătoase. Ion Jalbă şi Vasile Leonte erau şi ei cooptaţi ca să dea ajutor. Îi puseseră cu supravegherea incinerării în ceair a mormanelor de leşuri. Îi îmbrăcaseră în halate, cu mănuşi şi cu măşti. Le aduseră o cantitate de benzină, iar ei trebuia să stropească mormanul ăla de păsăret mort şi să dea foc.

Timp de două ore sătenii asistau la un foc imens în care carnea sfârâia şi pârâia, În aer se împânzise un miros de friptură, amestecat cu un iz de motorină înecăcioasă. Ceilalţi gospodari stăteau pe margine, cu feţele împietrite şi urmăreau cum toată munca lor se prefăcea în scrum...

În trei zile, Valea Rece era goală şi pustiită cum nu fusese niciodată. Se stinsese o parte din freamătul vieţii.

Localnicii treceau abătuţi pe uliţe, fără să-şi mai adreseze un cuvânt. Pe feţe li se citea îngrijorarea. Tinerii plecaţi să muncească în ţările din Occident începură, pe rând, să vină acasă la chemarea părinţilor. Telefoanele zbârnâiau într-una: "vino, băiatul mamei acasă. Taică-tău a căzut la pat, să apuci să-l mai prinzi măcar o zi în viaţă" sau "dragii mei, veniţi acasă că-i jale mare în Valea Rece. Iawa spune că-i vorba de duhuri rele şi cică să ne adunăm forţele. Trageţi şi voi o fugă până-acasă până s-or mai linişti apele".

— Ce ape să se mai liniştească, omule? - i se plângea nevasta lui Jalbă bărbatului, cheamă-i, şi, dacă-i chemi, la ce să mai vină? La ce-i chemi? La sărăcie? ...

De plouat, nu mai ploua. Se dusese şi zăpada. Zilele treceau liniştite, fără vânt, fără ploi, fără ninsori. Ieşea în fiecare zi soarele şi totul părea să intre în normal. Trecuseră şi zilele Babei Dochia. Câmpul îşi dezvelea brazdele, copacii dădeau semne că se pregătesc să-şi umfle mugurii. Numai oamenii mergeau abătuţi pe stradă, plini de gânduri, căci nu ştiau de ce să se mai apuce mai întâi.

Pe şosea treceau din nou maşinile Carierei Sorocam.

Braţele macaralelor se vedeau trufaşe până-n sat. Erau utilajele unui evreu. Se cereau forţe de muncă suplimentare, căci omul cumpărase maşini noi din fonduri proprii. Era unul din cei mai serioşi investitori. Îşi dezvoltase producţia de sortimente de piatră. Tinerii întorşi din străinătate îşi găsiră locuri de muncă, la cariera de piatră.

Francezul, patronul carierei Sorocam nu se lăsa mai prejos decât toţi bogătanii care şi-au făcut vile în Valea Rece. Avea o vilă sus, pe deal, mai sus de casa lui Butică. Era cea mai înaltă din sat, cu două etaje.

Vara, veneau aici mulţi francezi, rude de-ale patronului. Se petrecea zile la rând.

După câteva săptămâni de acalmie a naturii, în care soarele încălzea blând pământul, localnicii au avut timp să curăţe uliţele şi străzile unde se adunaseră pietroaie aduse de puhoiul de apă din ploi şi zăpezi. Valea Rece se trezise din letargia în care zăcuse din toamnă până-n primăvară.

Vestitul ceair era plin de hârtoape. Ploile şi zăpezile surpaseră porţiuni întregi de pământ. Când treceai pe acolo, trebuia să fii atent, căci îţi puteai frânge repede piciorul în vreo groapă, chiar dacă, în mare parte, pământul se zvântase. Dar începură în unele gospodării să se lase gardurile şi oamenii se trezeau peste noapte cu gropi sub gard, sub grajdul animalelor, sub case.

Oamenii de ispravă din sat apelaseră la patronul carierei să-i ajute cu câteva maşini de piatră pentru întărirea zidurilor. Invocau faptul că pământul a cedat din cauza exploatării de piatră din zonă şi că patronul ar avea o obligaţie morală.

— Dacă mai rămânem şi fără case, măi Leonte, vai de capul nostru. Putem să ne ducem în Dunăre după Marin Chibrit - se plângea Machedon, căruia îi fugise gardul de piatră din faţa casei. Prispa, tot din piatră, se deviase şi ea, lăsând o gaură lungă de vreo doi metri sub zidul casei.

— Ai pus şi tu, măi Machedoane, prispa după ce ţi-ai făcut casa. Asta se face o dată cu temelia. De-aia s-a detaşat de casă. Ai să ai necazuri, îţi spun eu, c-am mai văzut cazuride-astea când lucram în construcţii. De câte ori nu eram chemaţi, tot aşa, primăvara, cu toată echipa, să punem pe picioare o casă deviată de alunecările de teren!...

Machedon şi Leonte stăteau de vorbă în şosea. Apoi au luat-o încet-încet spre vale, cu gând să mai întâlnească şi pe ceilalţi gospodari care aveau obiceiul să iasă în ceairul satului. De vreo câteva săptămâni nu s-au mai putut aduna. A fost un dezastru cu topirea zăpezilor şi, mai ales, cu ploile. Apoi, prăpăd cu păsările. Situaţia se mai reparase cât de cât, dar veneau veşti nu tocmai bune din ţară. Dunărea se umflă din nou la intrarea-n ţară. Oamenii nu discutau altceva decât despre asta. Butică se văzu venind de departe, şontâc-şontâc.

— Ce fi mai vrând şi Butică? - îi spuse Machedon lui Leonte -abia se târâie cu piciorul ăla bolnav. Îi convine! E pe deal, n-are niciun necaz cu inundaţiile ca noi.

— Ei şi tu acum! Eşti invidios? Da'când aveai apă din belşug şi Butică dădea bani grei să care apă cu cisterna, ţi-a fost bine, te răsfăţai,ai? Aşa-i că nu poţi să-ţi uzi grădina cu apă din canalizare că te costă prea mult? În plus, acolo în deal presiunea este prea mică şi degeaba s-au bucurat oamenii că au canal în curte. Vai de capul lor! Iau apă cu ţârâita. Nu-i mare scofală canalizarea. Era mai bine cu fântâni. Beai colo apă de izvor de munte, te săturai, ţinea şi de foame. Acum, au secat cele mai bune fântâni. Le-au tăiat izvorul cu forările astea în adâncime.

Butică ajunse prin dreptul lor, se opri şi căută sămânţă de vorbă.

— Ce faceţi, măi fraţilor? Am ieşit şi eu de necaz din casă. Leonte se dădu mai lângă el. Machedon rămase mai pe margine. Nu-l prea suporta pe Butică. Avuseseră o ceartă pe câmp de la nişte fân pe care Machedon, mai lacom, i l-a luat, crezând că-i abandonat. Butică l-a prins când îl încărca şi l-a pus pe feciorul mai mic, pe Cezărică, să i-l descarce din pataşcă lui Machedon. De-atunci, nu şi-au mai vorbit.

— Dar ce necaz ai, moş Butică?

— Vai de capul meu! Mi se surpă casa. M-am trezit dimineaţă c-o gaură sub zid. Am o deviere, de se vede din stradă. Am ieşit să cer ajutor că eu nu pot face nimic cu piciorul ăsta. Vreau să pun nişte proptele.

Cum stăteau ei de vorbă, se aude un pârâit puternic urmat de o bufnitură surdă. Venea de pe dealul unde locuia Butică. Atraşi de zgomot, cei trei s-au uitat într-acolo şi n-au mai văzut casa lui Butică.

— Moş Butică, văd bine? Bre, unde-ţi este casa, că n-o văd? Butică se făcu vânăt la faţă. Se lăsă pe vine şi se înconvoie ca şi cum ar fi fost prins de flăcări.

I se prăbuşise casa, cât era de mare, cu mansardă cu tot, învelită cu tablă roşie, casă arătoasă. Băgase o grămadă de bani în ea. Numai că dintr-o casă veche, să faci un palat, era greu. Decât să modifici o casă din vechi, mai bine faci una din nou!.. Aşa gândeau oamenii. Dar cam aşa au făcut toţi, când au dat de bani, au cârpit.

— Fraţilor, dacă mă uit mai bine, dealul o ia la vale. Ia uitaţi-vă la casa francezului, parcă-i mai mică, nu se mai vede ca-nainte.

Pe şosea venea în fugă băiatul lui Chilianu, agitându-şi braţele în aer.

— Văleu, se duce casa lui dom' Tomas!...Ia uitaţi-vă! Acum urcă maşina cu muncitorii de la carieră.

— Poa'să aducă şi-un batalion. Dacă fuge dealul, nu mai e nimic de făcut. Măcar ăştia din vale ne-am înnămolit, dar casele sunt în picioare! Am cărat noroiul până n-am mai putut, dar mă uit la casa mea, că-i întreagă.

Butică se muiase ca o cârpă şi rămăsese mut pe margine, rezemat de un ciot care fusese cândva un plop falnic.

Chilianu stătea în drum prostit, nemailuându-şi ochii de la casa francezului, care era din ce în ce mai mică.

Jalbă se uita cu milă la bătrân, încercând să-l încurajeze.

— Lasă, bre moş Butică, zi bogdaproste că mai trăieşti, că nu te-a prins în casă. Dacă, Doamne fereşte, te prindea noaptea, mai trăiai acum?

Butică tăcea, dar avea faţa înnegurată şi parcă se făcuse mai mic, i se curbase spatele, iar genunchii stăteau îndoiţi de parcă ar fi fost gata să se aşeze pe scaun.

Chilianu nu-şi mai lua ochii de pe dealul care se împuţinase, nu mai avea vârf, se lăţise şi parcă se umflase.

— Cum măi, tocmai căsoaia lu'dom inginer să se dărâme? Ditamai casă făcută din piatră masivă, cu fundaţie sănătoasă?

— Păi, tocmai asta-i chestia-zice Leonte, care se pricepea şi el la construcţii după ureche. S-a răsturnat ca o căruţă, că era prea grea. Pământul s-a muiat pe dedesupt şi s-a dus. Ştie cineva ce poate să fie în adâncul pământului?

— O fi fost „pielea boului", c-aşa-i la deal sau poate vreo rocă s-a lăsat de prea multă apă care a mustit sub ea, de-atâta umezeală s-a dus. Ne dăm şi noi cu presupusul, doar Dumnezeu ştie ce-i acolo.

— Poate mai e şi cariera asta, ce crezi? Toată ziua bubuie cu dinamită. Nu e casă să nu se fi clătinat după fiecare explozie...

Moş Butică se chircise ca un covrig pe margine.

— Ce-ai, moş Butică? Stai, bre, cuminte, că mai ai o casă! Te muţi la aia din vale, la bătrâni. Îl chemi pe Toader-boy acasă să recupereze materialele şi să-şi facă alta, dacă l-o duce mintea, că ţi-a făcut destule necazuri. Să fii matale sănătos, că belele curg -încerca Leonte să-l liniştească. Numai că te uitai la ei şi-ţi dădeai seama că erau destul de îngrijoraţi de ceea ce vedeau.

— Nu e o afacere să-ţi faci casă din piatră! – zise din nou Leonte. Uite, casa mea stă neclintită, aşa mititică cum e. O ţine pământul, că-i mai uşoară.

Machedon cerceta împrejurimile.

— Uite, de aici se vede casa lui moş Buric. E mai jos de deal pe-o pantă. Ar fi trebuit s-o ia şi ea din loc, dar văd că e încă în picioare. E făcută tot din chirpici. Ce mai, greutatea!...

— Taci Machedoane, că nu cred c-asta-i cauza. Încă n-a ajuns acolo. S-a dus vârful dealului, n-avea grijă, că-ncep acum pe rând toate.

În şosea se opri o maşină şi din ea coborâră băieţii lui Buric. Toţi erau oameni de ispravă. Auziseră ce se-ntâmplase şi veniră să afle în ce stare este casa bătrânească. Au vrut s-o renoveze, dar n-a fost de-acord moş Buric. ”Mie-mi lăsaţi casa aşa cum m-am trudit eu s-o fac, după ce oi muri eu, n-aveţi decât să faceţi borş. Eu am făcut-o cu sudoare, măi băieţi, din casa asta a mea să mă scoateţi ca să mă duceţi la groapă, nu din alta! la mai terminaţi cu mofturile!” Şi băieţii o lăsau baltă, căci vorba bătrânului era vorbă.

Leonte se apropie de cei trei băieţi ai lui Buric:

— Ei, măi flăcăi, care-i treaba?

— Cum să fie, nea Leonte? După cum vezi, se-ntorc toate cu susu-n jos. Am venit să-l luăm pe tata, că de-o fi că continue surparea, cade casa pe el.

— Ne-nghite pământul, numai prin asta n-am trecut! Anul acesta, cineva acolo sus ne-a pus gând rău! - oftă Leonte

— Da', ce văd ? Nu mai e casa francezului? Şi cei trei băieţi priveau zăpăciţi într-acolo. Uitaţi-vă şi voi! Mâine-poimâine nici nu zici c-a fost vreo casă acolo - spuse şi Machedon .

— Mă uit la tine Machedoane, parcă ţi s-a boţit faţa, zici că n-ai dormit trei zile şi trei nopţi.

— Ce să dorm? Asta-i vreme de dormit? Nu vezi ce-am ajuns? Ne pierdem tot rostul. Încercări peste încercări.

Pe cerse adunau din nou norii negri, după câteva zile frumoase de primăvară. Ca la o comandă, toţi se puseră în mişcare şi-n câteva minute cerul scăpără pe alocuri cu intermitenţă.

Deodată, se auzi un tunet dinspre răsărit şi-n acelaşi timp se făcu o luminăţie peste tot, de parcă s-ar fi aprins brusc toate lămpile cerului.

— Doamne, nu ne băga în sperieţi! - începu Leonte, pregătindu-sesă se ducă la el acasă, de parcă ar putea abate nenorocirea spre alte locuri.

Butică stătea pe marginea şoselei. Nu-l mai băga nimeni în seamă. Uitaseră toţi de el pentru că fiecare se gândea la el şi la prăpădul care se desfăşura în faţa ochilor. Numai că bătrânul se pregăti parcă să le dea verdictul. I se auzi vocea ca un muget.

— Ăsta-i tunet de nenorocire, fraţilor! Să tune pe vremea asta, nu s-a mai pomenit, decât dacă-i un semn, şi numai asta poa'să fie! Bateţi clopotul să ne refugiem din satul ăsta, că aici nu mai e trăit"!...

— Acum, moş Butică, poţi să pleci, că nu mai ai nimic, dar eu cum să plec şi să las gospodăria mea de douăzeci de ani cu tot ce-am agonisit în ea? Nu-i aşa de simplu! - se văita

Machedon care, deşi avea copiii mari, nu se îndura s-o părăsească. Acum îi chemase acasă pe amândoi. Trebuia să sosească de pe o zi pe alta. Cum să plece?

— Păi, spun şi eu aşa, să vă păziţi pielea. Dacă te prinde nenorocirea noaptea, ce faci? Vine cineva să te scoată din dărâmături? Dacă te-o mai găsi!...

— Nu mă mai băga şi dumneata în sperieţi, moş Butică! Hai să plecăm, până nu ne trăsneşte pe careva dintre noi! - spuse cu nelinişte Machedon.

Localnicii se grăbeau către case. Vântul îndoia crengile plopilor, smulgea câte o bucată de acoperiş şubrezit de greutatea zăpezilor repetate, răsturna câte o bucată de gard ai cărui stâlpi se cam muiaseră în adânc, iar gardul se culca sau sta să se dărâme. Vântul îl înclină şi mai tare până-l făcu una cu pământul.

Ion Jalbă mai zăbovi puţin în şosea, aşteptând cu o oarecare nelinişte să se mai potolească furtuna. Îşi aruncă privirea spre locul unde fusese în urmă cu câteva ore casa lui Butică şi se gândi: "ditamai casă c-un etaj şi mansardă!... Gard de piatră întărit, de nu te puteai uita în curte, putea să stea Butică şi-ai lui şi-n pielea goală, aşa erau de feriţi de privirile din stradă".

Jalbă avea casa mai la vale, aproape de şosea. Stătea oarecum liniştit. Lui nu putea să i se întâmple asta. Ştia cât de solidă este casa lui şi ce temelie are. Părea o casă de neclintit. "Aşa le-a trebuit!... au vrut casă cu etaj!...fala-i omoară!... Casă pe pământ cu temelie groasă, asta rezistă, dar, de!... mofturi!"

Tot gândindu-se, încercând să-şi critice vecinii, Jalbă văzu cu stupoare cum acoperişul de tablă roşie de pe casa lui se saltă, zvâcnind deodată, dându-se peste cap, apoi zbură pe deasupra şi nu se mai văzu deloc. Casa rămăsese cheală, cu scândurile atârnând în dezordine. Se tot rupeau bucăţi de lemn putred, de parcă cineva le arunca grăbit să termine mai repede treaba începută. Jalbă o luă la fugă strigând:

— Săriţi, oameni buni, vai de capul meu! Săriţi!...Striga şi fugea spre casă, dar nimeni nu-l auzea. Casele mai mici acoperite cu stuf stăteau parcă ghemuite şi supuse, vântul le ocolise parcă înadins. În drumul lui vijelios, ele nu reprezentau nici o tentaţie, le zbârlea puţin, ca şi cum le-ar fi mângâiat pe creştet şi trecea mai departe necruţător.

Jalbă ajunse acasă şi-n curte era prăpăd. Lemnele de pe casăerau azvârlite de vânt în faţacasei, unde el ţinea nişte butoaie de plastic. Unele erau răsturnate, altele erau sparte. O parte din acoperiş căzuse peste bucătăria de vară şi sfărmase geamlâcul. Jalbă se uita descumpănit. Din casă ieşi Didina cu ochii roşii de plâns, ţinându-şi colţul basmalei la gură:

— Ce facem, omule, ce facem noi acum? Începu să plângă cu hohote. Jalbă dădu din umeri, înţepenit în mijlocul curţii. La poartă îşi făcu apariţia Halep c-o falcă-n cer şi cu una-n pământ:

— Tu-i grijania mamii ei de treabă, Jalbă, vino să-ţi iei, dracului, tabla de pe casa mea, că mi-a spart o grămadă de ţiglă, că n-ai făcut şi tu o treabă ca lumea! Când ţi-am spus s-aduci o echipă serioasă să-ţi facă învelitoarea ca lumea, tu l-ai adus pe şnapanul ăla al lui Jerpălău, să-ţi facă treabă de mântuială! Mie să-mi plăteşti ţigla, măi vecine, că nu te las aşa. Orice pagubă se plăteşte!..

— la mai du-te-n ceara mă-tii şi lasă-mă-n durerea mea!..

Eşti orb? Nu vezi ce-i în jurul tău? Să-ţi plătească ăl de sus, nu eu ! Pe mine cine mă despăgubeşte, ce eşti diliu la cap? Pe ce lume trăieşti? Şi Jalbă-i întoarse spatele lui Halep, scuipând într-o parte plin de năduf.

Şoseaua era plină de maşini oprite din cauza furtunii. Nu mai puteau înainta. Se tot adunau înşirate cât e şoseaua de mare.

Nici şoferii nu se încumetau să iasă. Viteza vîntului era devastatoare. Câţiva săteni stăteau ţintuiţi pe şosea, ţinându-se cu toată puterea de câte un gard mai solid, căci cele mai multe erau prăbuşite. Tot satul arăta jalnic.

— Prăpădul lui Dumnezeu, sfârşitul lumii! - spuse Leonte lui Răuţă care, fiind lângă şosea, se încumetase să iasă la poartă.

Amândoi se uitau la casa lui Jalbă cu mâhnire. Îşi dădeau seama de necazul vecinului. Putea fi şi al lor. Cei mai mulţi copaci de pe marginea şoselei, dar şi din grădini, erau juliţi, cu multe crengi rupte.

După două ore de zvârcolire, de răfuială cu tot ce-i stătea în cale ei, furtuna scăzu în intensitate. Totul parcă încremenise. Apoi, de sus cădea câte un bob de grindină, la început mai rar, apoi mai des, din ce în ce mai des, până când străzile se umpluseră de grămezi de măzăriche, cum spuneau sătenii, iar pe alocuri, grindină în toată regula, mare cât oul de porumbel. Şi cădea, şi cădea de zornăiau acoperişurile care mai rămăseseră întregi.

Cei de pe şosea îşi puseseră mâinile în cap şi intrară în mare grabă la adăpost. Fiecare încerca să se salveze. Nici pe uliţe nu se putea circula. Parcă mergeai pe mingi de ping-pong. Acoperişurile de ţiglă, care scăpaseră de furia furtunii, erau de data asta în în bătaia grindinii.

Noaptea trecu liniştită. Cerul se limpezise. Luna se vedea ciopârţită şi fără culoare, uşor sidefie, abia-i desluşeai fâşia mâncată de vârcolaci.

Puţine case rămăseseră întregi. Loviţi de-un asemenea dezastru, localnicii au început să se ajute unii pe alţii, ca s-o mai scoată la capătpână se făcea vremea mai bună. Măcar să treacă frigul, că totul se putea suporta mai uşor. S-au unit în echipe. Ideea a avut-o Johannes.

— Fraţilor, e vremea să lăsăm de-o parte orice răfuială. Suntem o mână de oameni. Ne-a lovit Dumnezeu. Ne trimite nebunia din cer, să ne sature. Natura s-a supărat pe noi. De sute de ani o hărţuim. Acum ne-a venit şi nouă rândul. Numai Dumnezeu ştie ce are cu noi. N-avem cum să ne împotrivim. Lăsăm toată mânia de-o parte şi hai să ne ajutăm! Suntem destul loviţi de soartă.

Nimeni nu s-a-mpotrivit, numai că nu prea mai aveau chef de vorbă. Toată toamna au pus ţara la cale în ceair, dar n-au dus nimic la îndeplinire. Se simţeau vinovaţi.

În toată Valea Rece domnea o linişte nefirească. Casele păreau pustii. Nici o pasăre. Toate fuseseră sacrificate şi incinerate în mijlocul ceairului, care devenise acum un spaţiu al Judecăţii de Apoi. De acest lucru şi-au dat seama acum, în primăvară. Niciodată ca acum oamenii nu puseseră în cumpănă vorbele Iawei. Aşa cum o credeau ei, parcă tot mai bine ar fi fost s-o fi ascultat. Nu mai ştiau nimic de ea. Nu mai era de găsit. Sau poate era o viclenie de-a ei. Se lăsa aşteptată.

De când cu moartea lui Marin Chibrit, Iawa se închisese în ea. Se simţea învinsă. Cum de-a ajuns Marin Chibrit să se înece? Sau să-şi dea foc? Numeni nu ştie de ce-a murit. Era de datoria ei să-l salveze. Ar fi căpătat mult credit în faţa oamenilor. De aceea, Iawei nu-i mai ardea să dea buzna peste ei. Însă acum era momentul. Aşă că stătea la pândă, închisă în casă. Numai aşa vor ieşi din bârlogul lor şi-o vor căuta. Femeile nu-şi pierdusără nădejdea.

Drumurile au fost reparate şi redate circuitului. Acum plecau tot mai des la Galaţi. Nu aveau decât să treacă Dunărea şi ajungeau în oraş.

Veneau de-acolo cu veşti triste, căci şi oraşul Galaţi era devastat de furia naturii. Mai era un pericol. Revărsarea apelor! Primăvara Dunărea îşi făcea de cap. dar până atunci mai era. Viaţa trebuia să meargă înainte. Gospodinele au început să se laude cu puişorii:

— Am avut noroc, Didino, am scos dintr-o dată o sută de puişori. De-o fi să-mi trăiască, om mă fac!... - se lăuda baba Polixenia femeii lui Jalbă. Baba Polixenia trăia singură la două case de Ion Jalbă. Nu supăra pe nimeni. Casa ei rămăsese intactă. N-avea averi, n-avea decât o fată măritată, tot în sat, în partea cealaltă, spre baltă. Rar venea pe la maică-sa. În schimb, îşi trimitea fetele la bunica lor să-i ţină de urât. Şi fetele se duceau, c-o iubeau pentru blândeţea ei, dar mai ales, pentru că le spunea până târziu poveşti despre o altă lume, multe chiar adevărate, trăite de ea. Şi copilele credeau. Erau fascinate de vrăjitoare, de vârcolaci, de feţi frumoşi, de întâmplări neobişnuite cu oameni veniţi de sub pământ. Copilele credeau că sub pământ se ascunde o altă lume, care iese noaptea la plimbare pe uliţele satului, că sunt oameni invizibili, săraci, foarte săraci, când era secetă, căci nu faceau roade.

După ce ascultau astfel de poveşti, cele două copile ieşeau pe prispă şi lăsau înadins în farfurie tot felul de mâncăruri de peste zi pentru oamenii de sub pământ. Dimineaţa, când se sculau, alergau afară unde nu mai vedeau nimic în farfurie. Erau bucuroase c-au făcut o faptă bună.

Trăiam liniştiţi în vârful dealului.Aici la înălţimea iubirii noastre feriţi de furia naturii. Casa noastră este intactă. N-am nici o explicaţie pentru ce s-a întâmplat în Valea Rece. Acum e o Vale a Plângerii, unde s-au adunat cei mai mulţi gălăţeni să-şi petreacă restul vieţii.

După toate frământărileam descoperit că locul meu era lângă Zorina. Simţeam că mă nasc a doua oară. Parcă veneam din altă lume, din altă viaţă. Aproape că mi-am uitat trecutul. N-o văd decât pe ea, femeia mea puternică care mă priveşte cu ochii ei galben-verzui, uşor încercănaţi de vârstă. Dar era femeia mea!

Într-o zi o văd intrând cu o cutie mare.

— Uite, Savule, uite câte suflete avem noi aici.

— Puişori, Zorina! Puişori abia ieşiţi din ou, ciugulind nerăbdători din palma mea mălai uşor umed. Doamne, puişorii ăştia îmi umple sufletul de bucurie.

Era pe la sfârşitul lui martie. Zăpada mai peticea, pe ici pe colo, locuri umbrite de pe dealul lui Găman.

— Ce-o fi mai făcând Stelea? Nu l-am mai văzut de mult. O să dau o fugă să mă sfătuiesc cu el

Am intrat în curte după aproape o lună. Stelea îmi ieşi în cale mai sprinten decât l-am lăsat.

— Steleo, tot ce-i aici în curtea asta este al tău. Eu stau de-acum pe lângă Zorina, că s-a îndurat de mine şi m-a acceptat în viaţa ei. Cautắ-ţi şi tu, măi suflete, o femeie.

Uite, vezi ce-i cu Ryta lui Palady, că-i destul de bună pentru tine.

— Hai, las-o moartă, domnule Savu, vrei să-mi bag pe dracu'-n casă? Are năbădăi. O apucă din când în când.

— O avea nevoie de bărbat, măi Steleo, c-aşa sunt unele femei, apoi se potolesc, când au un bărbat lângă ele. Ai grijă de ea să n-o ia razna.

— Cine ştie ce-o avea în sânge, domnule Savu, mi-o mai face şi nişte copii damblagii!

— Pune şi tu ochii pe alta, că singurătatea-i grea, măi omule, şi eşti tânăr. Şi nu eşti de lepădat. Văd că vorbirea ţi-a revenit.

— Domnule Savu, eu v-aş spune ceva, dar nu ştiu cum să-ncep, şi-apoi să nu spuneţi că nu sunt întreg la minte. De mult mi se întâmplă asta.

— Spune, băiete, nu mai amâna! Ce s-a întâmplat?

— Eu n-o cunosc pe Mălina matale, dar de vreo câteva ori mi s-a arătat în vis. Parcă venise la poartă şi m-a întrebat: „Steleo, tu să-mi spui unde-i tata, că mi-e dor de el . Să-i spui să m-aştepte acasă că aici e locul meu". N-a vrut să intre-n casă, dar stătea în poartă şi se uita. Şi numai mă chema lângă ea. Eu m-am dus ca vrăjit, că era aşa de frumoasă, cu părul lung negru, o faţă albă şi ochii erau albaştri şi mari, de ziceai că-s oglindă. Îmi venea să pun mâna pe ea, dar n-aveam putere în mâna asta. A venit lângă mine şi m-a sărutat pe obraz şi s-a făcut nevăzută. Acum vreau să vă întreb: aşa este Mălina, cum am văzut-o în vis?

Îl ascultam pe Stelea şi simţeam cum îmi trec furnicături prin tot corpul. Mi se făcuse părul măciucă. Nu-mi venea să cred ce auzeam. Tremuram din toate încheieturile.

Nu puteam lega nici o vorbă. Mă uitam la Stelea şi Stelea se uita la mine pentru că aştepta să-i confirm dacă nu e o prostie visul lui. Îmi adunai puterile şi-i spuse cu lacrimi în ochi:

— Steleo, aşa este Mălina mea, cum ai descris-o. Te pomeneşti că iar intrăm în nu ştiu ce vârtej de năluciri şi nu mai scăpăm întregi. Trebuie să te duci neapărat la Iawa. Ea o să le desluşească pe toate.

— Aşa o să fac, domnule Savu.

— O să mă duc şi eu, cine ştie, poate face ceva şi-mi aduce fata acasă.

L-am lăsat pe Stelea singur şi m-am întors la Zorina plin de speranţe. Mă aşezai pe prispă să simt soarele care dezmierda mugurii unui cais din faţa casei, stând să plesnească. Veni lângă mine şi mi se cuibări la piept, lipindu-şi obrazul de faţa mea. Îi simţeam respiraţia caldă. I-am prins capul în mâini, uitându-mă cu nesaţ în ochii ei galben-verzui ca mugurii cruzi.

— Aşa să ne fie, Zorino, cât om mai trăi noi împreună, cum e ziua asta de azi!

— Mă uit la tine, Savule, şi văd c-ai mai căpătat culoare, erai pământiu, te trăgea în jos cineva, că nu cred că sufereai din dragoste, ai? Sau ştii tu ceva şi nu ştiu eu? – îmi zise ea şăgalnic, privindu-mă c-un zâmbet ce sta să înflorească în ochii ei blânzi, cu reflexe siniliu-verzui, cea mai ciudată privire pe care am văzut-o vreodată. Era iubita mea! Avea ochi schimbători după cum îi era starea sufletească

Mă apucă de braţ cu blândeţe, apropiindu-se mai mult de mine.

— Hei, ce spui?

— Aşa o fi, cum spui tu, dar dacă nu ieşeai să mă tragi mai repede din zăpadă, eram şi eu în lumea umbrelor, pe-acolo prin valea cu plopi, cine ştie la cine mai veneam noaptea să dau socoteală. Poate-ţi veneam, Zorino, la geam şi te chinuiam ca pe hoţii de cai sau poate-mi era milă de tine şi te ademeneam să ieşi afară, şi-atunci a mea erai pe veci…!

— Hai, lasă, că nu mă speriam eu una cu două, aşa umbră cum erai sau nălucă, ştiu eu…Apoi, dragule, ce-ţi făceam eu ţie!… de n-ai fi mai pus tu picior în curtea mea sau ţi-ar fi pierit cheful să mai vii pe pământ să canoneşti suflete nevinovate, cum au făcut zăludele astea cu tine!… Te duceai învârtindu-te!…

Am izbucnit în râs şi-am primit un ghiont în spate aşa mai uşurel, ceva ce semăna mai degrabă a îmbrăţişare.

— Dar ce se aude, Zorino? . Câinele lătra gata să sară din lanţ. Aud şi găinile cotcodăcind. Oare Stelea n-aude?

— Cineva bate cu putere în poartă la tine, Savule!

— Hei, domnule Savule, eşti acasă? Deschide odată! - strigă poştăriţa, o femeie între două vârste, voluminoasă, purtând pe umeri o geantă mare plină cu hârtii.

— Stai, Boghicioaico, că vin acum!

— Hei, ce strigi aşa? Că mi-ai zăpăcit toată curtea! Orătăniile mele nu sunt obişnuite cu gălăgie, Boghicioaico, la mine nici musca nu se aude. Ce vânt te aduce?

— Ehei, Savule, apucă-te să joci în bătătură, omule, c-ai primit pachet de la fiică-ta din America. Ţin'te bine să nu cazi!

Am rămas cu braţul suspendat în timp ce încercam să deschid poarta. M-am lăsat uşor pe banca mea din faţa porţii.

— Să te duci mâine în Galaţi să-ţi ridici coletul.

Îmi revenea starea aceea de rău pe care o aveam acasă. Îmi era teamă să nu-mi revină coşmarurile.

— Lasă, dragul meu, că Dumnezeu a avut grijă de tine. Ţi-a ascultat ruga ta de om fără de păcat. O să merg şi eu cu tine.

Stelea auzi vestea şi se gândea la visul lui. Tot visând-o pe Mălina, îi înmugurea o stare de nelinişte, o emoţie pe care nu şi-o explica, dar care-i făcea bine.

În faţa casei, în grădiniţă, ghioceii se desfătau cu albul lor imaculat şi catifelat, împingându-şi boticul printre frunzele uscate rămase din toamnă care se agăţaseră cu îndârjire de tulpiniţa lor firavă. Apoi, pe lângă ei se iviră alte tulpini, care îşi aşteptau rândul la înflorit.

— Am ieşit şi din iarna asta, Savule! Greu, dar am supravieţuit!... Mai rău de cei care au rămas fără case, şi sunt destui în sat.

— Tu încerci, Zorino, să mă faci să mă iau cu altceva, dar nici nu ştii ce-i acum în sufletul meu!

— Cum nu ştiu, Savule? Te rog, nu te lăsa doborât! Poate o veni acasă şi fata asta a ta.

— Om vedea mâine, când luăm coletul...Zorino, rămân în seara asta aici cu Stelea. Vreau să-mi adun gândurile.

Stelea se aşeză pe prispă lângă mine.

— Nu ştiu ce s-a întâmplat, domnule Savu, dar când am auzit de Mălina, mi s-a răsucit ceva în inimă şi mi s-a luat o ceaţă de pe creier. Parcă sunt alt om. O fi visele pe care le-am avut cu Mălina?

— O fi, Steleo! S-o fi încheiat socotelile cu nălucile astea, cine ştie...! Ce mai e prin sat? Ai mai fost prin ceair?

— Am auzit că francezul şi-a lăsat afacerea pe mâinile unuia din Galaţi, băiatul lui Dogaru, un mafiot cu bani mulţi. Se-aude că dom'Tomas ar avea un lanţ de restaurante pe litoral. A venit în ţară cu bani mulţi şi-a găsit terenul bun pentru afaceri. Ce înseamnă să te ducă mintea? Dar s-a lăcomit prea mult!

— Păi, ce să mai stea? Nimic nu rămâne neplătit. A văzut şi el acum ce înseamnă să te lăcomeşti. Umbla cu matrapalzâcuri. Ba că nu se mai caută piatra, ba că s-au blocat banii în bancă. Iar oamenii munceau în dorul lelii…!

Nu mai eram curios să cobor în ceair. De altfel, pământul se hurducăise, erau numai hârtoape peste tot, gropi mari, gropi mici, unele pline cu apă, dacă nu erai atent îţi intra piciorul în noroi.

De la o vreme aveam senzaţia că-mă urmăreşte cineva.

Mă întorceam şi nu vedeam nimic, însă auzeam un foşnet uşor La început l-am pus pe seama vântului, dar când nu era vânt, rămâneam pe loc încremenit.

Şi în curtea Zorinei mi se întâmplau lucruri ciudate, îţi poţi imagina?

— E făcătură grea, Savule, dacă nici aici n-ai scăpat. Dar multe lucruri nu-mi vin la socoteală. De ce numai tu? Nu li se întâmplau şi altora?

— Ce mă priveşti aşa, Săftoiule? Pui la îndoială poveştile mele? Nu mă crezi că nici aici nu mi-am găsit liniştea? Asta este numai în capul nostru. Toţi care au evadat din Galaţi, crezi că şi-au găsit aici ce căutau?

— Nu neapărat, Savule, dar cred că eşti un caz. Ar fi interesant de studiat aura ta energetică. Măi omule, cred că ai capacităţi extrasenzoriale. Poate şi în spaţiul ăsta ancestral, plin de mistere există un dezechilibru.

— Hai n-o mai face pe savantul! Ai studiat psihanaliza? Nu cred că sunt un caz patologic, Săftoiule, dacă la asta te referi.

— S-ar putea să iradiazi o forţă malefică de la practicile vrăjitoarei Iawa. Nu ţi-o fi dat să inhalezi ceva? Iawa asta a încălcat nişte cutume iar voi aveţi de pătimit.

— Să vezi ce mi s-a întâmplat cât am stat la Zorina.

Mi se părea că pisica mă privea insistent. Se tot împiedica printre picioarele mele, se freaca de pantaloni, apoi ridica spre mine nişte ochi aproape umani. Felină, ce vrei? Se alinta pe lângă mine, dar avea o privire ce-mi strecura în suflet teamă. Nu voiam să discut asta cu Zorina. Să m-audă văitându-mă? Nu, nici vorbă !Dar nici să-i las impresia că mă amestec cu de-alde Leonte, nici cu Răuţă, cu Jalbă, cu Halep, nici chiar cu Felchiu, despre care ştiam câte-au făcut, pe unde au fost.

Ajunsese şi în Valea Rece vestea cum că Tyron ar fi trimis în ţară solomonari. Bătrânii i-au văzut prin sat şi puneau că sunt puşi pe rele. Nu ştiu de ce ,dar numai lor li se arătau. Se tot răspândeau ştiri anunţuri despre ploi devastatoare, distrugeri de poduri, ruperi de diguri, inundaţii, alunecări de teren, morţi misterioase la care nici poliţia nu dădea de cap. Mureau pe capete. Cei care rămâneau în viaţă se luau de gânduri că nu e lucru curat. Şi-atunci veni bomba: cutare este solomonar, a fost văzut în cutare sat.

Stăteam pe prispă şi nu-mi venea a crede cum am scăpat de năluci. S-o fi săturat de mine! Dar oare au fost adevărate sau mi s-a părut? Dacă mi s-a întâmplat asta în altă viaţă? ”

Sunt confuz. Văd că iar îmi apare din nou pisica-n cale,

umblând printre picioarele mele. Îi văd din nou ochii şi mă trec fiorii. „Unde am mai văzut privirea asta? Tocmai ieşea Zorina din bucătărie. Mă uit din nou la pisică, din nou la ea şi din nou la pisică. Pun mâna la ochi, de parcă aş refuza să văd adevărul Cele două priviri erau identice. Pisica avea aceiaşi ochi ca a Zorinei. Mai auzisem că stăpânii de animale ajung să se identifice cu animalele din curte în privire, în gesturi, chiar şi la umblet.

Zorina îmi împinse o farfurie cu nişte oase şi o bucată de mămăligă.

— Ia-o, Savule, şi du-o Negruţei, vezi că i-am schimbat locul, am legat-o în grădină că toată ziua lătra aiurea la pisică. M-am ridicat ca ars am luat farfuria şi m-am îndreptat spre grădină, unde Negruţa stătea la pândă cu botul pe labe. Cum mă văzu, sări în sus gata să rupă lanţul. Îi aruncai resturile din farfurie, iar Negruţa puse labele pe oase şi mă fixă cu nişte ochi fioroşi, din care ieşeau scântei. „Doamne, ochii Zorinei!". Aştept până ce animalul îngurgită toate resturile, apoi îi mai cercetai o dată ochii. Nu mă mai îndoiesc de asemănare. Numai că Negruţa se simţi privită şi se pregăti de atac. Trase de lanţ cu furie până rupse lanţul, lătrând aproape cu vorbe omeneşti din care am înţeles c-ar fi cazul să plec din curtea Zorinei, dacă nu vreau să intru din nou în bucluc. Îmi răsunau în urechi vorbe printre lătrături şi nu ştiam ce să cred. Poate se suprapunea o altă voce peste lătrat. Venea parcă de sus din aer, rămânându-mi în urechi şi după ce Negruţa încetă să mai latre. Căţeluşa era mică, avea blana lăţoasă, neagră şi o coadă ridicată uşor răsucită, care se mişca întruna mai repede sau mai încet. "Nici aici nu-i lucru curat" Dacă-i spun Zorinei, o să mă ia la trei păzeşte, mai bine mă duc înapoi în curtea mea, că aici parcă stă cineva la pândă.

***

Duminică. Zi de sărbătoare. Numai că localnicii nu simţeau asta. Azi o să mă duc la biserică Am nevoie de atmosfera aceea de evlavie pe care o simt de fiecare dată când ascult slujba. Intru în biserică, aprind câteva lumânări şi ascult smerit sfânta evanghelie. Lângă el, câteva femei şuşoteau întruna. M-am întristat când, fără voia mea, îmi ajungeau la ureche tot felul de bârfe. Îmi dădeam seama că veneau la biserică pentru parada modei, pentru ultimele isprăvi ale nu ştiu cărui bărbat sau femei năbădăioase. Toate acestea le comentau cu aprindere tocmai în sfântabiserică, Se făceau că ascultă slujba, la urmă primeau mirul şi bucăţica de nafură. Apoi ieşeauciorchine din biserică, vorbind până acasă.

Pe şosea îl văd pe Stelea. Cât mi-aş dori să fie ginerele meu!

— Unde ai plecat, băiatule?

— Am o treabă cu Begu.Vrea şi el să-şi vândă oile şi m-a chemat să-l ajut.

Zi însorită de aprilie. Părul din grădină se pregătea să-şi dezvăluie podoaba. Se anunţa minunea florilor cu mai multă generozitate decât în anii trecuţi. "Anul acesta o să am rod, nu glumă!".

— Zorino, tu ce părere ai? N-ar fi mai bine să te muţi la mine, să stăm lângă Stelea? Mă uitam azi la el şi când l-am văzut, mi s-a făcut milă. Trudeşte singur în toată curtea.

— Eu te cred, Savule, dar de ce nu se însoară şi el ca omul?

E bărbat în toată puterea cuvântului.

Mă uitam la Zorina, Săftoiule, şi nu ştiam ce să fac. Îmi venea să-i spun ce mi trece prin cap. Să-i spun că plec din curtea ei, că mi se pare mie că a încheiat nişte socoteli cu nălucile astea şi de-aia-i merge ei bine? Dar nu puteam să-i spun aşa ceva! Comportarea ei îmi infirma bănuielile mele. Poate numai în capul meu e nebunia asta. Zorina înseamnă totul pentru mine. Cu ea îmi voi petrece restul vieţii. Visez la o familie, mai ales acum, când am primit veşti de la fata mea. Nu, nu, Zorina mea n-are nici o legătură cu nălucile. Este ea prea puternică şi de-aia nu se atinge nici un duh rău de ea. Pe oamenii din Valea Rece da, pe ei poate să-i biciuiască, să-i bântuie, să dea socotelă pentru stricarea rânduielilor, să-i aranjeze Tyron cum o vrea, dar pe el să-l lase în pace cu Zorina lui.

— Nu cumva, Savule, în casa aia a ta aveai halucinaţii din cauza singurătăţii, că aşa li se întâmplă bărbaţilor singuri mai slabi de înger ca tine? - îmi spuse ea într-o zi.

M-a prins! Mi-a citit gândurile!

— Tu nu mă lua aşa, draga mea, că neam de neamul meu nu şi-a pierdut minţile la bătrâneţe, cel puţin aşa mi-a spus mie tata cât a trăit. Pe mama ai apucat-o, era zdravănă şi cu mintea-ntreagă. Rămân la vorbele mele şi nu sunt deşarte: aici lucrează o mână nevăzută, cineva de dincolo se răzbună pe Valea Rece, lucru curat nu este!

— Cine poate fi decât Tyron? În orice sat te-ai duce, numai de asta se vorbeşte. Toţi sunt solomonari, din tată-n fiu. O fi umplut toată ţara. N-ai auzit la ştiri că sunt sate care dispar de pe faţa pământului, dealuri întregi o iau la vale, se surpă văi, se prăbuşesc case mari boiereşti, părăsite pe care nimeni nu mai dă doi bani. Acum ne-a venit şi nouă rândul...

* * *

Balta încolţea şi aducea o mireasmă de verde crud. Primăvara îşi trimise cu generozitate însemnele şi odată cu ea prospeţimea gândului şi a binelui.

Când totul părea să intre în rostul firesc al lucrurilor, când oamenii prinseseră energia necesară pentru a o lua de la capăt, ziarele, televizorul, aparatele de radio începură să dea ştiri alarmante despre năvălirea apelor.

— Oameni buni, au ieşit apele din matcă! Intră în ţară Dunărea învolburată şi se rostogoleşte peste zeci de mii de hectare, măturând sate întregi - dădu vestea Ion Jalbă, care stătea în şosea şi aştepta să apară cineva ca să comenteze ştirile de seară.

Răuţă şi Leonte ascultau îngânduraţi. Felchiu, care-şi fuma ţigara mai la o parte, se pomeni intrând în vorbă:

— Ce ne facem ? Că şi noi suntem în bătaia apelor, digurile sunt şubrezite din cauza topirii zăpezilor, pământul s-a muiat în adâncuri, oameni buni! Ieri am fost pe dig cu Halep şi ne uitam amândoi cât a crescut apa. Păi, nici nu mai încape îndoială, când o ajunge puhoiul ăl marene mătură pe toţi fără drept de apel.

Leonte luă cuvântul de parcă ar fi găsit soluţia salvatoare:

— Ia ascultaţi aici la mine, că treaba stă în felul următor: ne adunăm cu mic cu mare, nenicule...! Văd că tot tinetetul s-a întors acasă de pe unde a fost...Suntem mulţi, haideţi să consolidăm digul. De-o fi să vină apele peste noi, nu mai avem nicio scăpare...!

— Nivelul Dunării creşte de la o zi la alta - interveni şi Halep.

— De parcă ne spui o noutate, noi ce vorbim aici? E groasă treaba!... i-o întoarse şi Jalbă. La o viitură puternică zburăm cu toţii, ferească Dumnezeu, ne-o lua prin surprindere într-o noapte, nici n-avem timp să ne dezmeticim, aterizăm direct în iad, că de rai, la câte am făcut, ne-am luat adio!..

— Ce-i Răuţă, o faci acum pe filozoful, după ce n-ai făcut nici un fel de purificare, acum ne dai tu verdictul? ... cum o vrea Cel de Sus - îl luă în primire Halep. Mă, păi eu m-am dus de bună voie în dealul lui Găman şi m-am tăvălit, că n-am vrut să mă vadă nimeni, aşa pentru sufletul meu.

Şi Halep îi întoarse spatele şi o luă la vale spre casa Iawei. Se ducea să se sfătuiască, de parcă Iawa ar avea soluţii precise de stăvilire a apelor. Dar se mai gândea şi la faptul că Iawa are o poziţie şi mai proastă. Stă pe malul gârlei. Ce poate ea să facă?

— Numai gura e de noi - spuse şi Ion Jalbă, suntem la cheremul lui Dumnezeu, să ne fie de cap, n-avem nici o scăpare...

— Ia, nu mai cobi!...Parcă eşti Iawa. Dac-o să stăm cu mâna-n sân, vai de noi! – interveni Leonte care părea hotărât să facăceva.

— Dumnezeu ne-ncearcă, dar ne şi lasă pe noi ca să vadă cât ne duce pe noi capul, vorba aia: "îţi dă, dar nu-ţi bagă şi-n traistă". Haideţi să punem osul la treabă! - şi Răuţă făcu un gest de parcă ar fi vrut să-şi suflece mânecele la haină.

Ce mai staţi?

— Ar trebui să ne abţinem şi de la mâncare. Suntem în postul Paştelui, uite, ce mai avem? Intrăm de luni în Săptămâna Patimilor -încercă Leonte să-i convingă.

— Tu vorbeşti, măi Leonte? Că ţi-i gândul numai la fetişcanele astea, care-au venit acum din Italia, care se tot dau balerine, iar tu, păcătosule, te tot cocoşeşti pe lângă ele. N-o mai face pe sfântul, hai las-o moartă...! Îl luă în răspăr Jalbă despre care nu prea se auzise ceva în sat. Era mai cumpătat, dar avea şi el metehnele lui.

Leonte nu riposta în nici un fel, ba chiar mai adăugă şi el ceva:

— Ce să fac? La asta nu mă pot stăpâni, recunosc, pun mâna pe inimă. Am fost şi la părintele. Ce n-am vorbit eu cu el! Tot degeaba! M-aprind, asta e, şi parcă nu mai sunt eu.

De departe se vedea Iawa, supărată foarte. Se cunoştea după mers. Avea un umblet nervos, legănându-şi o mână, iar pe cealaltă o ţinea în şold, gata să ceară socoteală. Şi după cum o vedeau bărbaţii că vine, se şi gândeau ce-i aşteaptă şi cum să-i ţină piept. Mai ales cei care n-au făcut canonul.

Iawa ajunse aproape de ei.

— Aşa-i că mi-am răcit gura de pomană? Aşa-i că v-aţi aruncat ţărâna pe spinare, precum bivolii? Ce vă spuneam eu împieliţaţilor? Ia uitaţi-vă, ce nenorociri au venit peste noi! Să ştiţi că ăsta-i abia începutul! Apoi se întoarse cu faţa către Leonte, care stătea cu spatele ca să nu-l vadă:

— Ia spune, Leonte, ce pomelnic ţi-ai făcut?

— Lasă-mă, Iawo, că, dacă vrei şi mâine mă pocăiesc, numai taci!

— Ce, să tac? Nu tac! Ieri ce-i făceai Tudoriţei lui Halep, ai? Crezi că nu te-am văzut în fundul grădinii? Să nu-mi spui că nu-i aşa! Eu cu ochii mei te-am văzut cum ai băgat-o-n căpiţa de fân, ce dracu, alt loc n-ai găsit?

— Păi, unde vrei, Iawo, sub cerul liber? Mai la dos! - se scuză Leonte, dar în acelaşi timp se uita la ceilalţi. Toţi lăsaseră capetele în jos şi Iawa bănuia cam de ce. "Ehei, doar nu de smeriţi ce sunteţi aţi lăsat voi ochii plecaţi" - se gândi ea, apoi se întoarse către ei:

— Gata, gata, v-am prins, aţi făcut-o de oaie, fraţilor! În satul acesta se consumă prea multă carne de boi încălţaţi, mâncaţi, beţi şi...dă-i bătaie, ce mai contează frica de Dumnezeu? !... O să vă iasă toate astea pe nas...! Acum ce vă uitaţi ca viţeii la poartă nouă?

— Hai mă, să ne urnim din loc, că n-o să stăm aici să ne muştruluiască pe noi Iawa? Mobilizarea pentru întărirea digului!... Ne luptăm cu Dunărea, creşte 'tui mama ei, de parcă-i borţoasă, hai pe ea!...

Se auzi dintr-o dată clopotele la biserică. Şi nu era de mort. Bătea aşa numai când era foc sau alte primejdii...

Pe şosea, la intrarea în sat, o voce la un megafonle cerea oamenilor să se retragă dincalea apelor.

— Cetăţeni ai suburbiei Valea Rece, pregătiţi-vă pentru ce-i mai rău! Luaţi-vă strictul necesar şi părăsiţi casele, salvaţi-vă viaţa! Suntem pe cale de-a evacua satul din vale. Urcaţi-vă pentru câteva zile pe dealul lui Găman".

Cei care aveau căruţe încărcau de zor maldări de stuf ca să-şi înjghebeze în fugă acolo, sus pe deal, un adăpost pentru ei şi pentru animalele satului. Stăteau de vorbă, îşi dădeau cu părerea, puneau mână de la mână. Acum, nimeni nu mai vedea în vecinul lui un duşman. Toţi se gândeau cum să-şi salveze bruma de bunuri, atât cât le mai rămăsese după ploile şi furtunile ce se abătuseră în câteva rânduri asupra satului.

Era o stare de agitaţie de parcă începea războiul. Femeile-şi pregăteau boccelele şi în numai câteva ore toate casele din vale erau pustii.

Tot mai mulţi localnici de pe malul bălţii îşi meşteriseră pe deal adăposturi din stuf, din nuiele sau îşi instalaseră corturi, mai ales cei tineri, care veniseră de curând din Italia.

Jumătate din sat se mutase pe dealul lui Găman. De acolo, de pe deal, priveau cu îngrijorare cum Dunărea se rostogolea năvalnic, cum îşi lărgeşte malurile şi cum toată balta mărginită de sălcii devenise una cu Dunărea.

Iawa era şi ea în planul de evacuare. Nu-i prea venea la socoteală să lase frumuseţe de casă, situată chiar pe malul bălţii, cu o vedere splendidă spre Dunăre, dar şi spre pădure. Era cea mai frumoasă casă din sat construită după Revoluţie şi, pentru asta Iawa, care fusese o fată săracă, era tare mândră. Unii, mai cârcotaşi, vedeau îmbogăţirea ei ca pe o şarlatănie. Bătrânele n-o priveau cu ochi buni. Acum, după anunţul acesta, Iawa se instalase şi ea pe deal, lângă un copac scorburos. Intrase cu toate boccelele în scorbură. Femeile se uitau cu ciudă la ea.

— Da'să dea Dumnezeu o viitură să-i ducă vila Iawei de-a rostogolul şi s-o facă ţăndări şi s-ajungă pe fundul apei cu ea cu tot, să se sature şnapana dracului...! Pe toţi i-a înşelat...!

— Acum, tuşă Mândico, nu poţi să spui că n-are puteri, adu-ţi aminte cât bine n-a făcut Iawa şi câte lucruri necurate n-a limpezit...! Fără ea, mulţi n-ar mai fi fost acum...!

Ştii că acum un an a scăpat-o pe Tănăsica de argintul viu, c-ajunsese schelet...! – spuse împăciuitoare, Catrina lui Iamandi.

— O fi fost, dar prea şi-a luat-o-n cap. Auzi, c-acum vrea să se înregistreze la Registrul Comerţului ca societate privată ... râsu'curcii...!

Iawa nu răspundea la bârfa de mahala. Trecea mândră printre oameni fluturându-şi rochiileînflorate. Ţinea cu tot dinadinsul să-şi păstreze portul ţigănesc. Îi blagoslovea pe toţi cum ştia ea şi trecea mai departe. Oricum nu-şi găsea locul printre femeile din sat. Întotdeauna Iawa era privită ca o arătare de pe altă lume. Privirea ei avea ceva ciudat şi era mai bine să nu te privească, căci toată ziua te durea capul. Trecea printre femeile cele mai înalte din sat, cu părul lung pe care, de la o vreme îl înfăşura şi-l făcea nod în vârful capului, apoi îşi punea pe cap nelipsita salbă. De când cu nenorocirile care se abătuseră asupra satului, oamenii o bănuiau c-ar fi un fel de mesager al lui Tyron, că prea se amesteca în vieţile oamenilor, mai mult să le încurce. Avea tot satul sub control, iar femeile au început s-o vadă ca pe o piază rea.

— Ei Iawo, mai opreşte apele dacă mai poţi!Hai, fă-o acum pe vrăjitoarea de-adevăratelea, să vedem şi noi ce-ţi poate capul! - o provoca tuşa Măndica lui Baibole, cea mai înverşunată dintre bătrâne. Dar Iawa n-o băga în seamă. Îi aruncă o privire mai degrabă iertătoare şi făcu un gest cu mâna a lehamite. Vrăjitoarea ar fi vrut să se facă şi aici pe deal utilă oamenilor. Simţea că unii dintre ei ar avea nevoie de ea. Încercă să se apropie de femeile care stăteau ciorchine în jurul unui foc, dar niciuna n-o primilângă ele. Iawa se depărtă de grup şi începu să blesteme:

— Vai de capul vostru ce v-aşteaptă! O să vedeţi! O să vă pară rău că nu sunt lângă voi.

— Nu te primim, dă-te mai spre pădure, fă-ţi acolo o colibă şi să-ţi aduci aminte de unde ai plecat, ţiganco, că nu se poate să nu fii tu băgată în toată năpasta asta. L-ai mâniat pe Dumnezeu cu farmecele tale. S-a luat de gânduri şi părintele.

Când auzi Iawa, îşi puse mâinile în şolduri, se făcu stacojie la faţă, holbă ochii ei verzi cu reflexe argintii şi făcu un pas înainte către bătrână :

— Hauleo, tuşă Măndică, tacă-ţi gura, că ţi-o astup eu acum! Nu te pune cu mine, eu atâta-ţi spun! Nu mă stârni, c-aduc ghinion ... vai de bătrâneţea ta, babo, dacă te bagi unde nu-ţi fierbe oala...!

Marina lui Cârpaciu era fiica babei Măndica, când o auzi pe vrăjitoare, luă foc.

— Auzi, fă, bată-te Dumnezeu să te bată de chioampa dracului, lepădătură şi golancă, te-a lăsat şatra ca pe o buruiană la noi în sat, că mai bine te azvârlea ca pe o mâţă rătăcită prin mărăcini, faci umbră pământului de pomană, umblând cu tot felul de prostii, crezi că mult o să-ţi mai suportăm noi şmecheriile tale?

— Ce, fă, mă faci tu pe mine golancă? Ai uitat când ai venit la mine să-i leg cununia lui Marinică al lui Gheţău, că te lăsase de bună ce erai. Ai uitat câte zile te-ai rugat de mine să-i stric rostul băiatului pe lumea asta? Hauleo, măiculiţă, că te iau eu acum la ciufulit de-ţi aduni măselele de pe jos, dacă intri-n mâinele mele!

— Ho Iawo, termină şi nu mai face atâta tărăboi! - încercă Leonte s-o oprească.

— Da'ce-am ajuns la blidul ei?

Şi Iawa se repezi în părul Marinei, smulgându-i broboada de pe cap. Începură o păruială între cele două, încât Leonte fu nevoit să le despartă, intrând între ele. Numai că Iawa o lăsă pe Marina şi-şi schimbă direcţia de atac. Se năpusti asupra lui Leonte, băgându-i degetele în părul lui grizonat şi uşor ondulat.

— Hauleo, ghijoi bătrân, c-am şi cu tine o răfuială, că numai voi, bărbaţii, aţi adus răul în sat, nenorociţilor şi nesătuilor, că umblaţi numai după fuste, numai după trufandale. Las'că vă aranjezpe toţi...!

Leonte nu zise nimic. Primea pumnii Iawei şi râdea întărâtat, înghesuind-o pe ţigancă într-o scorbură mai la vale sub privirile curioase ale celor de faţă.

— Taci, Iawo, că nu ştiu ce-mi vine să-ţi fac aici în văzul tuturor, fac acum păcate cu tine...!

— Hai Leonte, n-o mai face pe smeritul, ce mai contează un păcat în plus? - arbitra de pe margine Răuţă.

Dar Leonte nici n-auzi. Se lupta cu Iawa, care nu mai contenea să-i care la pumni şi să-i turuie gura.

— Taci odată, moară stricată, că faci spume la gură...!

Iawa obosi şi se aşeză pe jos turceşte, luându-şi capul în mâini şi începu să jelească. Îşi plângea tot amarul de femeie singură, convinsă că s-a pus în slujba satului şi vedea cum este huiduită chiar de cei cărora le făcuse bine. Se gândea la câte sacrificii şi câtă singurătate a îndurat, făcându-şi din casa ei un loc de binefacere. Numai că avea o mare nevoie de-a se întâlni cu oameni. Şi acum, se văzu terfelită de cine? Tocmai de-aia care ar fi trebuit să-i stea la picioare.

Aici, pe deal, lumea avea alte valori. Pentru ei, acum era important să scape de necaz, şi dintr-o dată au aruncat asupra Iawei vălul infamiei, ea adică e ţapul ispăşitor pentru necazurile lor. Iawa îşi văzu autoritatea ştirbită, ea care trona pe un piedestal ad-hoc, înjghebat de săteni în ceair: pietroiul din gardul lui Vrabie. Spre seară, sătenii îşi aranjară animalele pe dealul lui Găman. Cu câteva zile în urmă, înjghebaseră câteva colibe, ca adăpost, în caz că dau năvală apele. N-aveau însă răbdare să stea pe deal.

Spre seară, după ce adăpau animalele, coborau în sat, câte unul câte unul. Se întorceau să mai afle veşti de la televizor, să culeagă informaţii despre cotele apelor. Însă nu toţi îşi părăsiseră casele. Unii îşi urcaseră aparatura casnică în pod. De acolo, urmăreau Dunărea, o vedeau cum creşte şi se rugau către cer. De plouat nu mai ploua, ceea ce era bine pentru cei de pe deal. Mai ales bătrânii nu se îndurau să-şi părăsească gospodăriile. Dormeau cu rândul. Făceau de pază. Urmăreau elicopterele care survolau zona, în aval sau în amonte. N-aveau somn. Pentru ei era mai rău decât pentru cei de pe deal, căci erau cu inima cât un purice. Apoi, când văzură că nu mai au nici o scăpare, îşi luau câteva lucruşoare şi urcau greoi dealul lui Găman.

A doua zi, veni ştirea ca o bombă: oraşul Galaţi sub apă. S-a întâmplat noaptea, neaşteptat, cu toată supravegherea straşnică a soldaţilor. Viitura s-a produs dintr-o dată prin ruperea digului, luându-i pe toţi ca din oală. Oamenii care au mai rămas ascunşi prin poduri, au luat-o spre deal în grabă, căci Dunărea se anunţa vijelioasă. Cerul avea o limpezime neobişnuită. Un cer de primăvară timpurie. Cei mai mulţi pomi din grădinile oamenilor se încărcaseră de flori albe şi roz. Privindu-i, ţi se lumina faţa, îţi venea să zâmbeşti aşa cum ai fi făcut-o privind un copil jucându-se sau un miel zburdând pe deal. Erau atâtea lucruri care-ţi umpleau sufletul !...

Ziua era pe sfârşite. Peste sat se aşternuse tăcerea, căci dispăruse agitaţia firească de la sfârşitul unei zile, când sătenii-şi potoleau animalele. Acum, cam toţi se urcaseră sus pe deal. Doar cei încăpăţânaţi rămăseseră. Foarte puţini.

La miezul nopţii se porni urgia. Se rupse digul şi puhoiul de apă ţâşni spre sat. Cei câţiva săteni ce stăteau de veghe pe dig au apucat să se caţere într-o salcie de pe malul Dunării. Elicopterele se roteau pe deasupraneputincioase. Soldaţii şi pompierii priveau de sus cum casele din Valea Rece se prăbuşeau ca nişte cutii de chibrituri muiate de apă, mai ales acelea cu zidurile slabe, făcute din chirpici şi umezite de vreme. Luaţi prin surprindere, oamenii se agăţau cu disperare de bucăţile de scânduri rupte din acoperiş şi încercau să-şi ţină echilibru la suprafaţă. Numai că apele erau prea învolburate, valurile astupau totul cu repeziciune, în timp ce trupurile se balansau în sus şi-n jos, până când erau înghiţite pe rând sau purtate spre necunoscut.

Totul era sub apă. O voce disperată răsună în puterea nopţii: Vine Duunăreeeea!...

Prăpădul a durat mai puţin de o oră. Dar numai o bucată din sat fu afectată de năvala apelor. Localnicii îşi făcură cruce:

— Bine că nu ne-a nenorocit pe toţi! Sunt doar vreo douăzeci de case, cele dinspre valea cu plopi.

— Măi, a zburat casa lui Mardare. Nu mai e. S-a dus cu

acoperiş cu tot. S-a auzit că s-ar fi împrăştiat de-a lungul Dunării până la Pontonul vechi. S-au dus cei din Dunăreni s-adune de prin mâl scânduri şi bucăţi de tablă, butoaie, valuri de sârmă, ce-avea omul în gospodărie. Cei de pe deal au coborât pe la casele lor să vadă ce-a mai rămas.

— Acum c-au trecut apele, hai să consolidăm digul rupt, că pericolul încă n-a trecut - propuse Leonte

Maşinile de la cariera evreului cărau continuu piatră. Sute de tone de blocuri de piatră masivă au fost trântite în spărtura digului. Oamenii răsuflară uşuraţi. Ostenniră noaptea, împrăştiind piatra. Ba chiar fură nevoiţi s-o aşeze cu mâna. Câteva zile fu linişte în Valea Rece. Oamenii se amăgeau c-au scăpat.

După trei zile, din nou răsunară megafoanele prin sat:

— Cetăţeni, fiţi pregătiţi că vă aşteaptă o grea încercare. Meteorologii au pronosticuri sumbre. Dunărea pregăteşte o nouă viitură cum n-a mai fost decât acum o sută de ani. Vor fi mari distrugeri de terenuri agricole. Pericol iminent pentru casele construite pe fundul văilor, pe albia fostelor râuri care au secat de mult. Părăsiţi casele expuse şi salvaţi-vă viaţa!

Oamenii aşteptau pe şosea, nici ei nu ştiau ce.

— Dacă se rupe digul din nou - se nelinişti Ion Jalbă, ne ia cu deal cu tot. Apoi, scoase telefonul mobil să-l sune pe Dumitru, fratele lui care stătea de planton pe digul ciopârţit de ape.

— Care-i treaba, Dumitre?

— Ce să fie, măi fratele meu, am stat toată noaptea într-o salcie până a trecut puhoiul. Acum e bine. Văd că acum nebuna asta de Dunăre a mai scăzut cu vreo trei centimetri. Mai e cotitura asta din amonte, dacă rămâne întreagă în următoarele zile, e bine, dacă nu, vai de noi!!

Jalbă se mai linişti. Dădu vesteacelor de pe deal că sunt semne să mai scadă Dunărea. Ştirea trecu precum un fulger.

— Scade Dunărea, măăăi...!

— Da' cred că i-o fi ajuns cât a luat cu ea? - se găsi băiatul lui Hassan să comenteze înciudat situaţia. Casa lor era pe jumătate în apă. Se chinuiau să scoată apa din beci. Se bucurau, totuşi, că le rămăsese casa întregă, măcar atât. Oamenii săreau în ajutor să o curăţe. Leonte apăru şi el. Lui nu-i luase casa. De aceea era mai bine dispus şi avea chef de glumă:

— Ce mai vrea şi-afurisita asta de şerpoaică? Să mă ia pe mine că sunt bărbat straşnic! Umblau fetele după mine, mamă, mamă..., când eram flăcău..., lasă că nici acum nu mi-e ruşine..! Şi Leonte se plimba ţanţoş ca să-şi arate umbletul şi chipul lui încă arătos. Nu ştia că, de fapt, făcea o glumă sinistră şi nimeni dintre cei de faţă nu bănuia ce-l aşteaptă la următoarea viitură care se anunţa.

— Săracu' Butică! După ce furtuna i-a smuls acoperişul, i-a surpat casa, că noi ziceam că ăia de pe deal sunt cei mai feriţi, uite acum, săracu', ce-a păţit! I-a măturat şi cocioaba asta de casă a bătrânilor în care stătea în ultimul timp. Abia a pus-o pe picioare, că era coşcovită, vai de ea!...

— Când e omul s-o tragă, o trage!... Nici în vale nu şi-a găsit liniştea.

Oamenii au început să facă socoteala pe câţi i-au năpăstuit apele.

— Nu te-apuca să faci vreo socoteală, că nu ştii ce va fi până la urmă - îi spuse Leonte lui Jalbă.

Stăteau în şosea, unde apa nu ajunsese şi de acolo se tot

uitau spre Dunăre la spărtura pe care o făcuse acest fluviu de temut. Şi-n alţi ani, Dunărea mai făcuse ravagii, dar nu se anunţa atât de năprasnică. Ştirile erau din ce în ce mai dese şi nu erau de bine..

— Să fi avut cap - începu Jalbă care avea casa la şosea - mi-aş fi făcut casa acolo sus pe deal, dar nu aşa cum şi-a făcut francezul, cu sute de tone de piatră de nu mai poate pământul să ducă...acolo o căsuţă cu temelie solidă, întărităcu şanţuri... Acum stăteam liniştit...

— Măi, cap sec! Cumgândeşti aşa? Păi, când o ia dealul la vale, te ocoleşte, crezi? Te duce de-a rostogolul drept în Dunăre.!... îi explică Răuţă care mai trecuse prin aşa ceva. El nu se născuse şi nu crescuse-n sat. Venise de pe valea Siretului şi ştia mai bine ce înseamnă furia apelor.

— Să nu vă puneţi cu apele...! Asta-i o treabă care nu se poate opri. Eşti la cheremul naturii, orice-ai face...!

Mardare ajunse pe şosea. Nu mai avea casă. I-a muiat-o apele. Omul avea faţa tuciurie. I se boţise acum şi mai mult. Tăcea. Parcă era mut.

— Lasă, măi Mardare, tu să fii sănătos. O să-ţi dea primăria materiale de construcţie, c-aşa am auzit c-o să facă şi te ajutăm noi, punem mână de la mână, muncim pe rând şi nu te lăsăm ...!

Mardare se uita cu recunoştinţă şi speranţă la bărbaţii de pe şosea.

— Dracu' m-a pus să-mi zidesc casa în fuiorul apei, pe fundul văii..., că nici socrii ăştia ai mei, oameni bătrâni, care au trecut prin necazuri de-astea, nu mi-au dat şi ei un sfat...! Am ajuns sărăntocul satului!...

Jalbă primi din nou un telefon de pe dig de la frate-său,

Dumitru şi se grăbi să dea vestea:

— Fraţilor, s-a lăţit Dunărea şi-a mai luat din volum, are capacitate mare, nu se mai revarsă, slavă Domnului...!

— Asta nu-i chiar o veste bună, măi Jalbă, dacă scădeau malurile mai ziceam, dar aşa, la un nou puhoi, unde se mai duce apa aia?

Cei mai mulţi au luat de bună ce-a zis Jalbă şi-au dat repede vestea sus, pe deal, unde se aciuase mai mult de jumătate din sat. Se refugiaseră pe deal Leonte, Jalbă şi Machedon.

Sinistraţii prinseră speranţe. De acolo de pe deal se uitau spre Dunăre şi li se părea enormă, mai ales că era una cu balta şi că nici o casă cu se mai distingea. Apă şi numai apă...

— Asta s-a întâmplat, Săftoiule, Ştii şi tu că doar erai în Galaţi şi-ai fost martor.

— Am fost, măi Savule, mai mult în faţa televizorului. Nu mă dezlipeam de el. Ştiu şi de surparea dealurilor de prin ţară şi a caselor de pe malurile râurilor, dar şi a celor mai îndepărtate. Dar nu m-am gândit nici o clipă că şi Valea Rece a trecut prin asta.

— Să vezi tu, drăcia dracului, că eram atât de speriat că iar am avut câteva coşmaruri pe care nu le-am uitat. De aia zic eu că aici în Valea Rece e ceva necurat. Nu se poate să nu fie vreo putere diavolească, să-i sature, că prea nu mai au nici un Dumnezeu...

***

Visam că eram pe deal cocoţat pe cel mai ridicat loc. Parcă stăteam sub o umbrelă uriaşă şi priveam toată vermuiala de pe deal.

Era duminică, într-o zi de sărbătoare. Cei de pe deal se adunară într-un cerc mare, încercând să refacă oarecum atmosfera de pe ceair. Tineretul aduceau vreascuri şi aprindeau un foc zdravăn în jurul căruia începură să răsune cântece ciudate, nişte ritmuri cu tobe, voci gâjâite, altele dogite, dizarmonice, cum îmi imaginam c-ar fi în iad.

Se făcea şi Clim în visul meu. Parcă venise din Galaţi. Era pe acolo, pe deal, îşi dădea importanţă şi tot dădea ordine. O făcea pe şeful printre oamenii ăia speriaţi şi debusolaţi. La un moment dat se încinsese un joc în jurul focului, chiuiau şi sporăvăiau până spre miezul nopţii. Nu le mai ardea de dormit. Fetele şi băieţii dansau şi se bucurau de o noapte cu lună. Numai Clim se culcă lângă foc pe o bucată de preş. Era din ce în ce mai trist. Se simţea singur în Valea Rece. Lăsase totul în Galaţi ca să se simtă aici util oamenilor. Dar era , de fapt, neputincios. Închise ochii şi se lăsă toropit de căldura focului, dar şi de somn. Vedeam în vis dealul lui Găman cu focul imens. Nepotul meu dormealângă foc.

Din locul meu strategic vedem totul ca-n palmă. Auzeam fiecare şoaptă, de parcă eram în mijlocul lor. Clim se lupta cu nălucilepe care numai eu le vedeam. Se făcea Iawa dansând, apoi se aşeză lângă el, îi luă palma să-i ghicească. ”Nu te cunosc, băiete, dar ai stofă de om mare…!” El bolborose:

"Lasă-mă, măi femeie, că acum am alte nevoi…!. N-am nici o socoteală cu tine, ce ţi-am făcut eu? "

Dar vrăjitoarea se agăţa cu îndârjire de tânărul care abia acum trăia din plin coşmarul care începuse în casa lui din Galaţi. Aici, cu umbrele nopţii peste el, lângă focul interzis îi răsuna în urechi râsul sardonic al Iawei, deşi nu ştia prea multe despre ea. Apoi, îi apăru iar în vis, ieşind din scorbura ei. Începu să danseze în jurul focului singură. Era un dans pe care Clim nu-l mai văzuse niciodată. Se ridica şi se cobora şerpuindu-şi braţele, ondulându-le. Zeci de flăcări o cuprindeau, iar ea se lăsa înfăşurată în limbile acelea imense de foc, râzând, mai mult hohotind, dându-şi pletele pe spate în timp ce bănuţii din păr îi zornăiau. Era un sunet metalic care parcă reverbera în văzduh.

— Oameni buni, asta nu e Iawa? Ia uitaţi-vă mai bine la ea! Îi arde părul, opriţi-o, arde ca o lumânare – strigam din răsputeri să mă audă toţi! Asta-i o nălucă! Fugiţi!

Zănaticii ăia de băietani şi de fete şturlubatice nu mă auzeau. Râdeau şi dansau şi ei. Nu ştiau că se prind într-o horă ucigătoare, nebănuindu-i capcanele. Râdeau triumfători şi ţopăiau în jurul focului. "Haide Iawo, hai deşteapto, intră-n foc şi hai la joc"-strigau ei în batjocură, căci n-o vedeau pe Iawa. O bănuiau în visul lui Clim şi îl luau în râs. Îl gâdilau pe la nas. Acesta îşi ascunse faţa şi se ghemui acolo sub cerul liber, luptându-se cu fantoma Iawei. O vedeam în vis cum trece prin flăcări, dar o vedeam numai eu şi Clim care se răsucea, gemând în somnul lui, chircindu-se lângă foc.

Dansul Iawei era un amestec de pământ, foc şi văzduh, dar ascundea deopotrivă germenii răului şi ai binelui. O vedeam cum plânge şi râde, cum hohotul ei de râs nefiresc se prelungea ca un ecou în adâncul pădurii, până deveni un bocet prelung. Şi cercul de foc creştea şi Clim se răsuci iarăşi în somn, bolborosind şi chinuindu-se... Tinerii râdeau, prefăcându-se că sunt gata să se arunce în foc.

— Gata! Iawa, ajunge! gata!-strigam cu disperare. Era o horă ameţitoare, aceeaşi horă în care vor intra rând pe rând toţi cei ce se vor naşte. Cine intra în ea nu mai avea cum să iasă. Erau acolo băiatul lui Halep, al lui Stepan, băiatul lui Butică. Pe dealul lui Găman se înfiripa ritualul vieţii şi al morţii.

— Iawo, ieşi din horă, afurisito, - strigam, sforţându-mă să mă smulg din locul meu, dar nu puteam. Era chinuitor!

Era o horă ca un vârtej ameţitor. Şi parcă din mijlocul focului ţâşnea un şarpe imens, o limbă roşie, care se răsucea încolăcindu-se pe trupul femeii ce continua să-şi onduleze trupulstrigând către toţi:

— Veţi veni cu mine! Veţi veni cu mine!...Apoi dispăru.... Focul se stinse de parcă nici n-ar fi fost. „Ce-a fost asta? Unde-i Iawa? Toţi au văzut-o pentru o clipă, doar cum dispare. Nu mai era nimic. Doar iarba veştejidă de peste iarnă, pârlită de vânturi şi de ger. Tinerii au amuţit. Au rămas toţi în aceeaşi poziţie, iar când s-au dezmeticit, au rupt-o la fugă spre pădure.

Îl vedeam pe Clim cum dădea porunci în dreapta şi-n stânga s-o caute pe Iawa. Devenise un fel de conducător al grupului. La porunca lui, bărbaţii o căutau pe Iawa, într-un joc de-a v-aţi ascunselea.

Clim scotea vorbe fără de-nţeles, dar tot repetându-le, cei de pe margine reuşiră să le desluşească:

— Hei, Iawo, nu rămâi tu pe mâinile mele? bâiguia el

Rostea vorbe fără şir din care femeile din jurul lui încercau să le priceapă:

— Hei, frumoasele satului, ce mai aşteptaţi? Am terminat cu vrăjile! Se surpă lumea! –îngăima bietul om, privindu-le cu ochi oftalmici...

La comanda lui Clim, femeile din sat alergară spre scorbura vrăjitoarei. Luminară interiorul şi-o văzură pe Iawa dormind, înfofolită cu mai multe haine pe ea. O traseră afară din scorbură cu furie parcă. Dar când femeile se pregăteau cu o nouă avalanşă de reproşuri, constată că femeia din scorbură nu era Iawa, ci Didina, femeia lui Jalbă, care se strecurase neobservată de seara, după ce o văzu pe Iawa plecând.

— Doamne, Didino, ce cauţi aici? Nu ţi-e frică să dormi în aşternutul Iawei?

Femeile scoaseră un chiot de bucurie că vrăjitoarea nu-i în scorbură. Tinerii se retraseră şi nu-l mai băgară în seamă pe Clim care rămase buimac pe iarba veştejită, încercând să desluşească unde se află.

— Unde-i Iawa? - întrebă Clim.

— Cine-a mai văzut-o ? S-o fi dus învârtindu-se în adâncul pădurii.

— Dar ce-aveţi cu ea, fraţilor? O tot alungaţi de colo-acolo! - se supără băiatul lui Halep. Am văzut-o după asfinţitul soarelui c-un sfeşnic în mână şi c-o lumânare. Pleca spre sat. Are treburile ei. Mi-a zis c-are o socoteală de rezolvat în noaptea asta pe lună plină.

Noaptea se năpustise ca o himeră peste toată lunca Dunării îngenunchiată de mâlul plin de izuri insuportabile, dar şi peste pădurea răzleaţă de dincolo de dealul lui Găman.

De acolo venea un aer proaspăt încărcat de arome amărui de muguri umflaţi de dorul naşterii. De secole, de când aici s-au făcut despăduriri pentru aşezări omeneşti, dealul păstra ceva din tainele străvechi ale primului om pe pământ. Aici se urcau localnicii altădată pentru întâlnirea cu cerul.

Toată suflarea de pe deal se adună ca la o comandă. Bărbaţi, tineri, femei care se încumetaseră să danseze, se înşirară unii după alţii şi-o apucară spre Valea Rece,de parcă s-ar fi pregătit s-o ia cu asalt...

— Măi, măi, hai să bem, uite aşa de-a naibii, să facem în ciudă Dunării!... Năvălirăă toţi în restaurant, care acum avea un nou patron.Costasîl lăsase pe Angelo să se ocupe de afacerea lui până-şi rezolvă el problema de sănătate cu nevasta lui.

Situat la poalele dealului Găman, pe o uşoară pantă, restaurantul părea mai ferit de ape. Acolo n-ajunsese niciodată puhoiul, oricât de mult ar fi plouat.

— Hei, măi Angelo, dă drumul la cep şi dă-ne de băut s-o facem lată în noaptea asta, că nu-i Dunărea mai deşteaptă ca noi!...

Cheflii se aşezară la mese, aşteptând comanda cu mare vervă de parcă veniseră aici pentru un chef de pomină...

Deodată, în uşa restaurantului apăru silueta unei femei, înfăşurată într-o pânză albă de in, iar pe cap c-o năframă transparentă.

— De unde vii, suflete? - o întrebă Clim, care o văzu primul.

— Opriţi-vă, îngropaţi-vă morţii cum se cuvine!Apoi dispăru ca prin ceaţă.

— Cine-i femeia? - strigă Clim către toată adunarea aia de cheflii.

— Care femeie? Ce femeie, omule? Noi n-am văzut nimic!

Clim nu mai spuse nimic. Î se arătase numai lui.„Veţi veni cu mine, veţi veni cu mine!...", auzi Clim o voce. Era gândul lui ascuns sau gândul femeii aruncat în încăperea în care petrecăreţii se bucurau de ultimele lor clipe dinaintea prăpădului sau poate era vocea ascunsă a Iawei.

Clim părăsi restaurantul. Se întoarse grăbit pe deal, mânat parcă de treburi urgente.

Leonte, care nu văzuse nimic şi nici nu credea, se trezi că le vorbeşte tuturor din restaurant.

— Fraţilor, eu nu ştiu ce-aţi văzut, dacă-aţi văzut, cine a văzut, dar eu cred c-aţi băut cam mult şi-aveţi vedenii. Eu de ce nu văd nimic? Păi, nu văd, că am capul pe umeri. Pe voi v-a ameţit Iawa. Sunteţi speriaţi... Doar n-o să ţinem doliu acum că, dragă Doamne, Dunărea ne-a pus gând rău!...

Petrecăreţii ajunseseră la al treilea rând de tărie şi începură să lălăie de mama focului, mai ales femeile...

Leonte îşi ţinu cumpătul, căci el nu se ameţea aşa uşor. Starea de buimăceală o avea numai în preajma femeilor. Ele aveau asupra lui un efect de hipnoză.

Ceilalţi începură să se mute de la o masă la altă şi să schimbe impresii.

— Măi!- strigă deodată, Iasmina! Mi-e poftă de-o ţigară! Tânăra venise de curând din Spania. O femeie frumoasă, chiar dacă trecuse de prima tinereţe. Nu se mai mărita. Era fata lui Frigelinte. Colindase prin Europa. Cu mai mulţi ani în urmă, primise o ofertă de dansatoare în Japonia. Iasmina n-a mai stat pe gânduri. Vis de adolescentă. Fetele din sat plecau cu astfel de gânduri şi se întorceau în sat cu buza umflată. Iasmina i-a trimis bani lui Frigelinte cu nemiluita. Şi-o luase-n cap.

Acum era în mare vervă şi simţea nevoia să fie vedeta serii. Ieşi din restaurant să se răcorească la o ţigară apoi se întoarse valvârtej înapoi:

— Oameni buni, trece pe şosea un moş c-un toiag, nu l-am mai văzut pe aici. Are peste doi metri înălţime sau mi se pare mie din cauza întunericului.

Toţi înmărmurir. Se uitau spre uşă, dar nu erau în stare să se urnească din loc. Răuţă, Halep şi Felchiu se ţineau de masă şi se legănau, chinuindu-se să se ridice:

— Măi nenică, ce zice asta a lui Frigelinte ? ... treaba ei ce zice,... vorba e ...ce ne mai dai de băut că s-a terminat paharul? ...Hei, asta, fato, ce ziceai? ...

Jalbă şi Leonte erau mai dezlegaţi la limbă, măcar le înţelegeai ideea;

— Jalbă, prietene, ia uită-te tu cine s-a adunat aici? Numai cheflii. Ăştia care umblă cu nasul numai după băutură. Eu unul am venit aici de frică să nu mă prindă apele acasă, măcar aici sunt la grămadă,o iau repede pe deal,dar aşa,ce să faci acasă? Aici măcar eşti cu ceilalţi la un loc şi la grămadă îţi trece frica.

— Hei, nenorociţilor, n-auziţi ce vă spun, ieşiţi afară că am vedenii... - şuieră Iasmina, încruntându-se.

— Ai băut prea mult - strigă la ea Terente, un alt tânăr venit şi el de curând. Te ţii de şotii, Iasmino, vrei să ne ademeneşti, ai?

Mă făceam pe Dealul lui Găman. De acolo vedeam ca-n

palmă toată mişcarea din jurul restaurantului, luminat difuz de un bec anemic.

Pe la patru dimineaţă, când era somnul mai dulce, cei mai mulţi dormeau sprijinindu-şi capulpe masă. Alţii se trântiră pe lângă pereţi, restulieşi afară şi dormea pe lângă zidul restaurantului. Leonte ieşi afară să se răcorească. Îşi învârti o ţigară pe care o puse în trabuc. Primise şi el untrabuc şi se mândrea din când în când, ieşind cu el în lume. Acum îi făcea bine, parcă-l trezea, după o noapte de nesomn, urmărindu-i pe cheflii din restaurant.

Dinspre Dunăre se auzea un vuiet puternic, urmat de bolboroseli şi răpăituri. Leonte fuse primul care ciuli urechea:

— Măi Jalbă, ia ascultă tu, parcă vuieşte ceva dinspre baltă.

— Ia stai, mă, să mă urc pe acoperiş !

Îl strigă pe Angelo care umbla pe la mese să le facă toate poftele.

— Angelo, omule, dă-mi o scară să mă urc pe acoperiş. S-aude ceva dinspre Dunăre.

Jalbă se căţără pe acoperiş, dar n-apucă să vadă ceva, că se stinse lumina peste tot. Se dădu jos de pe scară, bâjbâind şi-l sună imediat pe frate-său de pe dig. Atunci veni bomba, o veste care-l făcu pe Jalbă să se clatine, piezându-şi echilibrul.

— Frate, s-a rupt digul la cotitură. Acolo nu poate ajunge nici o maşină. Dunărea îşi face meandrele. Sunt într-o salcie, dar cine ştie dacă nu mă ia şi pe mine cu salcie cu tot.

Elicopterele îşi începură rondul, dar fără nici un spor. Reuşiră să salveze echipajul de pe dig şi pe soldaţii care erau trimişi pentru a supraveghea zona. În rest apă şi numai apă.

Alt telefon din capătul celălalt de la trecere bac. Îl sună de data asta pe Angelo:

— A căzut transformatorul. Valea cu plopi e sub apă. Se mai văd doar vârfurile plopilor. Am apucat, măi Angelo, să mă urc pe deal, unde a avut casă Butică, şi-acolo a mai rămas o ruină, dar măcar n-ajunge apa.

Era încă întuneric. Angelo ieşi din restaurant buimac, încercă să desluşească conturul caselor, îşi aruncă ochii spre baltă şi încremeni.

Dinspre Dunăre înainta un vălătuc de apă învolburată, făcând să pârâie stuful, culcându-l palancă.

Totul se acoperi cu repeziciune de parcă cineva dădu drumul unui cep uriaş. Un val imens de apă mocirloasă invadă şoseaua. Caselecare scăpaserăde puhoi la viitura trecută, acum erau pe jumătate în apă. Casa Iawei era parcă pusă în glastră. Îi rămăseserăetajul şi acoperişul sub formă de rozetă. Angelo intră în restaurant şi tună:

— Măi nenorociţilor, treziţi-vă! Vin apele cât casa! Sus! Apoi, îi zgâlţâi pe fiecare în parte. Se ridicară buimaci de pe la mese, de pe lângă zid, săriră ca arşi când înţeleseră ce se întâmpla şi se bulucriră spre ieşirea restaurantului. Se sprijineau unii de alţii, se împingeau ca să ajungă mai repede spre uşă. Odată ieşiţi în stradă, nu ştiau în ce parte s-o apuce, erau şi mai derutaţi. Nici nu-şi dădeau seama unde se află. Fără să gândească, parcă împinşi de cineva din spate, o apucau inconştienţispre şosea, în întâmpinarea vălătucului imens de apă înnoroiată, nedându-şi seama că, de fapt, intrau cu toţii în gura lupului. Începură să se desluşească străzile şi conturul caselor, dar oamenii încă nu se dumireau de ceea ce li se întâmplă. Ameţiţi de nesomn şi băutură, cădeau unul câte unul în şosea, acopetiţi pe rând de noroi. Unii încercau să se ridice, însă greutatea mâlului de pe haine îi ducea în jos, rămânând înfipţi pe marginea şoselei, în poziţii nefireşti, cu faţa-n sus, cu gura căscată, năclăită de mâlul negru, urât mirositor. Smârcul bălţii devenise acum o pastă untoasă, împânzită pe şosea într-un strat destul de gros, vălurindu-se după trupurilor nesăbuiţilor care se mişcau din ce în ce mai încet într-o tăcere sugrumată...

Vedeam cum, peste acestă pastă vâscoasă năvăli altă apă, care tot venea, tot venea, acoperind casă după casă până la poalele dealului Găman. În urmă rămânea o jale imensă. Oameni înfipţi în glod până la brâu,neputându-se urni din loc !

De sus elicopterele îi pescuiau cât puteau de repede. Dar mulţi nu mai erau în viaţă. Se mişcau în noroi din ce în ce mai slab până înţepeneau, de nu-i mai putea scoate nimeni de-acolo.

Cei care rămăseseră pe deal priveau neputincioşi. În noaptea de pomină când au aprins focul şi-au început dansul în jurul lui, nu toţi au avut nesăbuinţa de a intra în horă. Numai aceia cărora le intrase dansul în sânge au apucat-o spre sat, precum somnambulii, ademeniţi parcă de ceva mai presus de ei.

Mă gândeam la ce mi s-a arătat mie pe deal, la Iawa, la hora din jurul focului. Parcă cineva i-a selectat să intre-n horă şi le-a pecetluit destinul. Doar copiii, bătrânii şi femeile însărcinate nu s-au încumetat să intre în horă sau să coboare spre restaurant

Iawa bântuia singură prin pădure. Se rupsese complet de lume. Îmbrăţişa copacii, Se chircea la rădăcina lor de parcă le-ar fi cerut ajutor. Aşa o vedeau femeile. Copiii se apropiau de ea, curioşi. Lor li se părea că este o zână din poveşti şi când Iawa se uita la ei, copiii rămâneau pe loc parcă vrăjiţi.

— Nu vă face vouă Iawa nimic.Voi n-aţi greşit cu nimic. Pe voi vă are în pază cerul, acolo numai voi ajungeţi, arhanghelii mei!

Trei zile au huruit maşinile, au cărat noroiul în mormane spre baltă, ambulanţele au cărat morţii, iar sătenii intrau în curţile lor şi nu le mai recunoşteau, unele erau fără garduri, altele transformate în moloz.

Supravieţuitorii erau parcă pedepsiţi să fie martori la tot dezastrul din jurul lor.

În somnul meu, în visele mele, în zbuciumul meu se răsfrângeau ca-ntr-o oglindă prefacerile satului. Poate aşa doream eu să fie!

Buric şi Iohannes îşi duceau viaţa ca o povară, sortiţi să vadă, să fie martori ai sfârşitului şi începutului.

De veghe la suferinţă, adunată în căuşul palmelor lor bătrâne, bătătorite şi colţuroase. Cui să mai ceară îndurare? Timpul a trecut peste ei nepăsător, iar ei s-au crezut veşnici. Neatenţi a nepăsarea clipei.

Suspendaţi pe câte un deal, îşi priveau cu resemnare sfârşitul.

Numai Dealul lui Găman rămânea neschimbat. El părea veşnic, martor al naşterii şi renaşterii....

Valea Rece mirosea a mort. Valea cu plopi transformată într-o platformă de mâl. Case transformate-n moloz, morţi înfipţi până la brâu în noroiul duhnind a mort. Alte case erau pe cale de a se surpa. Se muiau treptat, se micşorau, apoi cădeau ca nişte cutii de chibrituri.

Apele se retraseră, însă lupta cu pâcla aceea clisoasă era istovitoare. Dar momentul la care cu greu făceai faţă era .Oacela a smulgerii morţilor din mâlul scorţos. Soldaţii coborau pe scări din elicopter ca să-i pescuiască din noroi şi constatau cu stupoare cât de greu era să-i scoată. Parcă refuzau să se desprindă. De aceea era nevoie să facă groapă în jurul lor mai întâi şi apoi să-i recupereze.

Morţii aveau poziţii nefireşti, ceea ce făcea şi mai grea această operaţiune. Unora li se vedeau doar spinările şi era imposibil să-i recunoşti, căci erauîmpachetaţi în noroi, alţii stăteau cu faţa în sus către cer şi atunci te gândeai c-au rămas aşa pentru că ultimul lor efort a fost o rugăciune către Dumnezeu. Răuţă rămăsese cu burdihanul în sus. Părea de două ori mai mare. S-au muncit mult soldaţii până l-au scos. Cei mai mulţi erau cheflii, cei din restaurant, cei care au avut nesăbuinţa de a stârni pe deal duhurile rele, cei care au sfidat şi n-au luat în serios ritualul, cei care au acceptat dezmăţul. Focul interzis şi hora în care au intrat le-au pecetluit destinul.

Era Săptămâna Patimilor. Jalbă zăcea în mâl cu braţele ridicate, cerând şi el parcă ajutor. Halep cu feciorul lui se ţineau de mână, înfipţi unul în faţa celuilalt. Leonte nu se vedea. Probabil că se afla printre cei scufundaţi cu totul în mâl. Mulţi au fost găsiţi aşa.

După aproape o săptămână, când autortităţile au concentrat toate forţele asupra satului, şoseaua a devenit circulabilă. Uliţele satului puteau fi uşor curăţate, căci mâlul se uscase şi călcai pe el, deşi era sfărâmicios. Pe alocuri, începuse să se vadă câte un fir de iarbă. În pământul acela musteau germenii vieţii. Pomii îşi scuturaseră florile şi se îmbrăcaseră în frunzuliţe. Viaţa îşi continua cursul.

— Acesta a fost visul meu, prietene! Toate se răsfrângeau în somnul meu chinuit. Nu pot să nu ţi le spun. Am sentimentul că mă eliberez.

— Nici nu ştii, măi Savule că te-am psihanalizat. Eşti un ins predispus la asta. Dacă aş aplica pe tine nişte tehnici moderne, cred că aş afla toate dedesubturile pe care nu le putem afla nici cu detectorul de minciuni.

— Da stai să vezi cum s-a reflectat în mintea mea prăpădul ăsta pe care-l vedeam în jurul meu.

Cele două dealuri, unde nu de mult tronau cele mai frumoase case, erau acum golaşe şi împuţinate Se vedeau doar nişte mormane, unde, cândva, fusese o construcţie, dar nu bănuiai cât de impunătoare a fost, cum nici despre oamenii scufundaţi în mâl nu puteai spune cât de falnici au fost. Acum vorbeai despre toate aceste ruine la trecut. A fost acolo o casă. A locuit acolo Jalbă sau Leonte sau Halep. Oameni care acum nu mai erau.

Dealul lui Găman rămas singur dominând înălţimile.

Nu mai vedeam casele arătoase din Valea Rece. Nu mai era casa lui Butică, nu mai era vila francezului. Casele din chirpici parcă nici n-au fost. Nu mai auzeam freamătul curţilor. Totul intrase într-o muţenie totală.

Cât am zăcut eu în casă, închipuieşte-ţi că în Valea Rece a fost inundaţie în realitate. Acum nu ştiu dacă a fost ca în visul meu, dar erau urme, Săftoiule, chiar erau.

Zorina mă îngrijea. Mi-a spus că trebuie să mai rămân în casă vreo câteva zile. Zăceam în pat, mai mult mort decât viu. Dar căpătasem puţină putere. Aveam mintea mai limpede. Auzisem de inundaţii de la Zorina. Toate veştile se prelucrau în mintea mea.

Geamurile au rămas deschise cu perdelele fâlfâind. Să mă odihnesc puţin. Pleoapele îmi atârnau greu. Mă cuprinse o moleşeală plăcută care mă îmbia la somn. Mă gândeam că n-am dormit bine în timpul nopţii că nu era normal ca dimineaţa să mă apuce somnul aşa deodată.

Astenia de primăvara! Să vezi ce visez,prietene!

Ieşeam parcă pe poartă. "Unde să mă duc? ". Îmi apăru în faţă şoseaua curăţată de curând de mâlul adus de vijelioasa Dunăre. Visam că ies cu greu la şosea. Vedeam pe-o parte şi pe alta a şoselei casele murdare, pe jumătate mâlite,unele fără pereţii din spate, cu acoperişul curgând în dezordine, iar casa lui Buric intrase aproape de tot în pământ. „O fi adevărat ce văd? " Mă văd plutind peste tot, peste o vale întunecată,pustie,fără viaţă. Îmi aţintii ochii spre şosea. Acum mi se făcu în faţă altă casă. "Aha, asta-i casa lui Jalbă. O fi mai trăind? " Trecui pe lângă ea, dar văzui uşile scoase din ţâţâni. Îmi aruncai ochii în curte şi-l văzui pe Jalbă plin de mâl, cu gura năclăită şi cu toate hainele atârnând, şuroind de apă.

— Stai acolo, Savule, că pe tine nu te-a luat moartea ca pe mine. Mai ai de dus crucea. Ce te uiţi aşa la mine? Nu-ţi vine a crede? Ieşi mai repede din curtea mea să nu mă mai vezi în faţa ochilor, că uite-aşa am murit eu ca prostu'. Că m-am luat după nenorociţii ăia ..." Şi Jalbă dispăru. Nici ţipenie în curtea lui.

Am ieşit repede din curte, dar în faţă îmi apăru dintr-o dată Angelo.

— Măi Angelo, ce-i cu Jalbă, măi, mai trăieşte, ori visez eu? " Dar Angelo se uită la mine rânjind:

— Oho, am murit şi eu de-o săptămână, n-ai auzit ? Pe ce lume trăieşti? Vrei relaţii suplimentare? Uite acum ţi le dau de aici, din lumea umbrelor, în transmisiune directă." Omule viu şi neliniştit şi năuc ce eşti, plimbă-te cât vrei şi pe unde vrei că tot nu vei afla adevărul până nu crezi. Că eu n-am crezut şi uite unde am ajuns. Tyron estebuba voastră. Toţi ai lui Jalbă au fost luaţi de ape, aşa i-a menit ăia ai lui Tyron, că s-au înmulţit câtă frunză şi iarbă şi umblă prin ţară. Au pus ţara pe chituci. Aşa că Jalbă cu-ai lui nu mai sunt, căci nici unul nu s-a îndurat să părăsească gospodăria. E bine să ştii să pleci la timp şi când te cheamă destinul. Noi ne-am cam jucat cu el".

— Angelo, Angelo! — strigm la el, chinuindu-mă să mă smulg din somn, cum a murit, măi, Jalbă? "

Angelo ţinea un microfon la gură şi transmitea precipitându-se:

— Pe Jalbă l-au găsit înfipt în mâl, cu braţele către cer, nu departe de restaurantul meu, iar eu am făcut-o pe viteazul şi m-am repezit să-i ajut pe cei mai lângă sosea, dar a venit un nou puhoi şi m-a luat şi pe mine. M-am dus cu ei cu tot pe apa Sâmbetei de unde te salut cu adâncă plecăciune".

Mă uitam la el cu jale. Ce-a ajuns vestitul Angelo? Cine mai era ca el? Şi iată-l acum, un amărât plin de glod, nu mai era fălosul ăla de-o făcea pe bancherul, lăfăindu-se-n maşina lui de ultimă oră. „Dar era totuşi un domn, ce-o fi fost în capul lui să se asocieze cu destrăbălaţii aia?

— Jalbă ce-o fi căutat pe-acolo?

— Asta e! I-a plăcut mereu să fie în mijlocul evenimentelor, să nu-i scape nimic"

Angelo îşi continuă relatările din lumea umbrelor, ca să-mă lămurească că s-au mutat cu toţii altă dimensiune, că pe pământ au rămas doar amintirile...

— Răuţă se duse şi el, săracu'-îl compătimi reporterul post-mortem- Ce mult i-a plăcut viaţa!... Nici pe-aici nu-i mai breaz. Mă uit la el şi acum cum îi curg balele după mâncare, dar pesemne că n-are cine să-i dea de pomană destul, o fi şi pe la voi sărăcie, criză, nu-i aşa uşor să mai faci parastase ca înainte. Şi pe aici ni se ţin cursuri despre sensul Vieţii de Apoi. Avem şi pe aici filozofi berechet!...Ne aburesc în fiecare zi, nu-i mare sfârâială când zici pe lumea cealaltă. Vax! Cam la fel. Numai că suntem cam înghesuiţi şi puşi pe nivele de spiritualitate. Eu am cam încurcat-o. Mi se trage de la afacerea aia a mea, că m-am lăcomit. Dar ce să mai spun? Că n-am voie să divulg secretul, că atunci toţi şi-ar lua măsuri de prevedere. Aşa că purtaţi-vă crucea mai departe, că belelele curg!... Pe Halep l-au găsit în mâl ţinând o stilcă-n mână şi pe feciorul lui cu altă mână. Aşa cum ieşise din restaurant. Era fericit, îşi înecase frica în alcool".

Am vrut să-l mai întreb ceva, dar am văzut că nu se poate, între se puse parcă un geam de sticlă. Angelo dispăru. Încerc să scrutez depărtările, dar fantoma se pierdu pe după dealul lui Găman. O fi plină Valea Rece de stafii, de-aia şi dau buzna peste noi, nu mai au loc pe nicăieri şi, hodoronc-tronc, vin peste noi!"

M-am trezit parcă pentru o clipă şi m-am întors cu faţa-n jos. Acum, chiar îmi plăcea să dorm, îmi plăcea să visez. Mă văd plimbându-mă prin sat ca un atotstăpânitor.

De departe se vedea casa lawei care era-n picioare. Părea întreagă. Avea pereţii murdari de urmele apei, căci parterul era plin de mâl. Mă uit mai atent în curtea lawei, o curte încăpătoare, unde parcau pentru maşinile din Galaţi sau care ajungeau în Valea Rece pentru tot felul de nevoi ce ţineau de ezoteric.

Se făcea în curte ei un morman imens de glod uscat ca betonul, căci pământul de baltă se întăreşte mai ceva ca molozul, nu mai poţi face nimic cu el. Nimeni nu se încumeta să-l urnească din loc. Era nevoie de utilaje grele ca să scapi de el. Mă izbii un miros de cărbune ars. Mă lăs dus de miros, deschid o uşă, încă una, pătrund într-un hol imens la capătul căruia era încă o uşă. O deschid şi pe aia cu o oarecare teamă şi-o văd pe Iawa îngenunchiată lângătronul ei îmbrăcat în brocart roşu aprins. Lângă tron era o măsuţă cu tot felul de globuleţe, boluri de lut din care ieşea un fum subţire.

Apoi desluşii un craniu înfipt într-un trepied, avea ochi fosforescenţi, beţişoare ca nişte săgeţi în care erau înfipte inimi modelate din ghips vopsit roşu, toate compuneau arsenalul Iawei. Geamul era acoperit cu o draperie neagră care se unduia parcă umflată de-o adiere.

De altfel, în toata camera aceea obscură era un freamăt continuu, de parcă un aparat ascuns ar fi pus în mişcare toate obiectele din cameră. Era un fel de legănare, care împreună cu vocea Iawei semăna a jelanie:

Fir de iasomie / Din pământ învie

Peste miez de floare / Suflă iar suflare

Sămânţă să-nvie / Peste cununie

Pruncul din pruncie / În pântec să-nvie

Că-i prea urgisită / Iarba înverzită

Că miroase a moarte / Pestetot şi-n toate

Potop de păcate. /

Şi Iawa reluă în neştire incantaţia, înconjurând măsuţa de mai multe ori. Mă văzu şi mă privi fix până mă luă ameţeala:

— Ce cauţi, suflete pribegit, după ce te-ai ascuns ca orbetele, că nu ştii ce mi-au făcut mie pe deal Leonte şi Jalbă!!! Nu puneau preţ pe ce le spuneam, omule, ajunsesem ciuma tuturor. Câte n-am făcut eu pentru ei!!... Dar lasă că am eu o socoteală şi nu mă las până nu le arătcine este Iawa"

— Taci, Iawo, şi-ascultă, unde ai fost până acum ? Trăieşti pe sub pământ ? Toţi ăştia nu mai sunt, n-ai auzit ce-a făcut puhoiul duminică noaptea? " Dar Iawa începu să râdă.

— Cum să nu ştiu? Am urmărit de sus tot, am vrut să-i previn, vedeam totul cu ochii minţii mele. Eu încă sunt vie, măi Savule, nu moare Iawa aşa repede. I-am văzut pe toţi cum se duceau ca proştii, ca mielul la tăiat. Mă uitam de pe deal la ei. I-am urmărit cu gândul până au dat ortul popii. Apoi am hălăduit prin pădure o vreme până s-au retras apele. Acum m-am închis în casa mea şi gândul meu te-a adus la mine. Nu mi-am pierdut puterea încă, chiar dacă m-au alungat păcătoşii de pe deal în noaptea dezastrului. I-am lăsat să aprindă focul. Îi vedeam şi-mi era milă de ei. Şi ce-au făcut păcătoşii? Au stârnit duhurile. Fiecare pasăre pre limba ei piere, ca să zic aşa, de când e lumea şi pământul... Atunci am fugit cât mai departe de ei. Am luat în braţe un copac şi m-am rugat de el să mă apere de urgia pe care eu o vedeam venind peste sat, vedeam tot, Savule, tot dezastrul, dar nimeni n-a avut putere, căci toţi erau atinşi de Tyron. Eu sunt slujitoarea lui. Dar de-acum îmi iau şi eu zborul. Că misiunea mea s-a cam împlinit în orăşelul vostru, al gălăţenilor veniţi aici să omorâţi credinţele şi datinile...

La geamul Iawei bătu cu ciocul o pasăre cu pene albe şi negre, cu aripi mari desfăcute, acoperind toată fereastra. Nu mai văzusem aşa ceva şi nici nu aveam curajul s-o-ntrebe, dar simţeam în toată încăperea fâlfâit de aripi. O văzui pe vrăjitoare întinzând braţele, cuprinzând pasărea în braţe, apoi aşezând-o pe umeri.

In acea clipă, camera se roti în jurul Iawei în sensul acelor de ceasornic, într-o mişcare centrifugară. Iawadeveni centrul lucrurilor, căci în jurul ei se crease un adevărat vârtej care o sălta de la podea, ca o ţâşnire în sus prin tavan. Am fost martorul unei magii tuburătoare, care îmi încleştă limba. Nu putui articula nici un sunet. Mă simţii zidit într-un spaţiu fără ieşire. "Doamne, unde mă aflu? "

Se făcu parcă întuneric beznă. Încercai să bâjbâi peretele spre locul unde ştiam că este uşa, dar m-am izbit de zid. "Iawa-i supărată pe toţi şi ne-a pus gând rău"- se auzi o voce sugrumată. Am încercat să strig, dar nu-mi ieşeau decât nişte sunete gâjâite.

"M-a nenorocit zăpăcita asta ! Ce i-am făcut? "

M-am trezit urlând::

„Ce ţi-am făcut eu ţie, Iawo? Lasă-mă-nevoia mea, că sunt destul de năpăstuit, că numai sufletul meu ştie, Iawooo... dă-mi drumul... ce, nu eşti întreagă la minte? ... nu te mai ascunde... ştiu că ai puteri... hai odată, că-mi pierd răbdarea!"

În cameră năvăli Stelea, auzind strigătele mele.

— Domnule Savu, treziţi-vă, că vă cheamă doamna Zorina.

— Ce-i asta? Am visat? Deci n-am plecat nicăieri! Iar mă bântuie nălucile. M-am ridicat repede din pat şi am ieşit pe prispă. O văd pe Zorina şi o cuprind-n braţe:

— Zorino, iar..iar au visat urât...acum am ce am cu Iawa... Mă duc azi la ea...că de când am intrat în casă şi-am pus capul pe pernă mă lucrează ca pe hoţii de cai...dar oare cât o fi ceasul? ...

— Cât să fie ceasul, Savule, e de-acum soarele sus...

— Zorino, mă ia cu frisoane, nu-i a bine...

— Doamne, Savule, nu te mai las, că te-apucă frigurile, dragul meu, ai uitat prin ce-ai trecut? Te trage aţa tot la rău! Am eu leac pentru tine. Te linişteşte imediat. M-am lăsat în braţele Zorinei ca-ntr-un balsam. Adorm din nou.

Se făcea că eram în curtea asta a mea, unde de douăzeci de ani duc o viaţă ca vai de ea.

Pe prispă Stelea privind în gol. Mi se păru că pe poarta mare intra o tânără cu părul negru şi ochi scânteietori. Doamne, Mălina mea. Îl văzui pe Stelea sărind ca ars de pe prispă alergând spre ea. Mălina îl prinse de mână:

— Mi-e dor de veşnicie!

Asta spuse fata mea, plecându-şi capul. Păşea spăşită. În gesturile ei vedeam multă smerenie. Amândoi se desprindeau de pământ. Păşeau pe deasupra cu încetinitorul spre dealul lui Găman, Şi, Doamne, ce departe mai era dealul ăsta!... Până unde duce? ... Aşa, cu Mălina de mână, Stelea urcă printre arbuştii ţepoşi, care dădeau să înmugurească. Le vedeam frunzuliţele crude, de un verde mătăsos, abia ivindu-se din tije. Florile albe şi roz erau atât de vii, încât parfumul lor îl simţea pătrunzându-i prin toţi porii. Şi urca cu Mălina alături care îşi puse capul pe umărul lui ostenită de drum.

— Du-mă, omule drag, până la cer...

— E mult pân-acolo, o viaţă de om..., până atunci, hai să încercăm amândoi să trecem treaptă cu treaptă, până ajungem mai aproape de stele. Mălina, lasă-mă să te duc eu până la apus…, dar n-apucă să termine gândul că auzi o voce cristalină, mângâindu-i auzul.

— Dă-mi mâna ta! Să mergem până sus cât mai sus!

Visam cerul albastru, prea albastru, prea adânc, o limpezime neobişnuită de parcă s-ar fi primenit pentru un nou început.

Visam dealul lui Găman!

Se făcea un foc imens cu flăcările spre cer şi oameni mulţi… mulţi oameni…parcă se adunaseră acolo toţi morţii şi viii. Toţi moşii şi strămoşii noştri.

Din focieşea o femeie dansând.

— Parcă-i Iawa, dar parcă nu e ea!...

— Ne amăgeşte…cine ştie ce ne aşteaptă !...

— Zi-i Iawa şi taci…tot cu nebuniile ei…!

— Ce vorbiţi, oameni buni, ia, uitaţi-vă mai atent, arde!

Ca la o comandă, toţi au început să strige:

— Arde, ardeeee….dealul lui Găman!... Arde Iawa!...

Cei care vedeau intrau unii într-alţii, simţind parcă focul cum îi cuprinde pe fiecare în parte. O apucară în neorânduială spre deal, gâfâind.

Femeia ieşea din flăcări sau ni se părea nouă.

Înlănţuia cu braţele copacii, de parcă ar fi dansat în jurul lor.

— Măi, oameni buni, parcă nu-i Iawa! Nu-i oare Carolina?

...

O altă voce completă:

— Măi, e Rita lui Palady, o fi înnebunit iar…

De la rădăcina ficărui copac se ridicau flăcări, la început firave, dar care treptat cuprindeau de jur împrejur cu limbi ascuţite trupul femeii presupuse. Ardea în picioare, sub văzul tuturor. Lipită de copac se făcuse una cu el, ardea nemişcată ca o lumânare.

Oamenii îşi făceau cruce. Mergeau ca somnambulii, nu ştiau ce fac şi unde se duc. Nici unul nu vorbea cu nimeni. Un urcuş în tăcere, istovitor... În gândul fiecăruia sălăşluia femeia asta puternică, cuprinzându-le sufletul lor plin de ispite de tot felul...

Urcam şi nu ştiam dacă-i vis sau realitate. În mintea mea se învălmăşeau durerile neamului, păcatele lor, cu voie sau fără de voie.

Ne afundam câte unul, câte unul în uitare, până când nu mai rămânea în urma noastrădecât fum. Se spulberau iluziile.

Urcam şi tot urcam cu Zorina de mână, urcam spre cer. Urcam spre nicăieri şi ne pierdeam în poveste.

SFÂRŞIT